# 鎌倉うずまき案内所

青山美智子



宝島社文庫

宝島社

# 鎌倉うずまき案内所

Kamakura
Uzumaki
Annaijo

青山美智子

Michiko Aoyama

宝島社

START

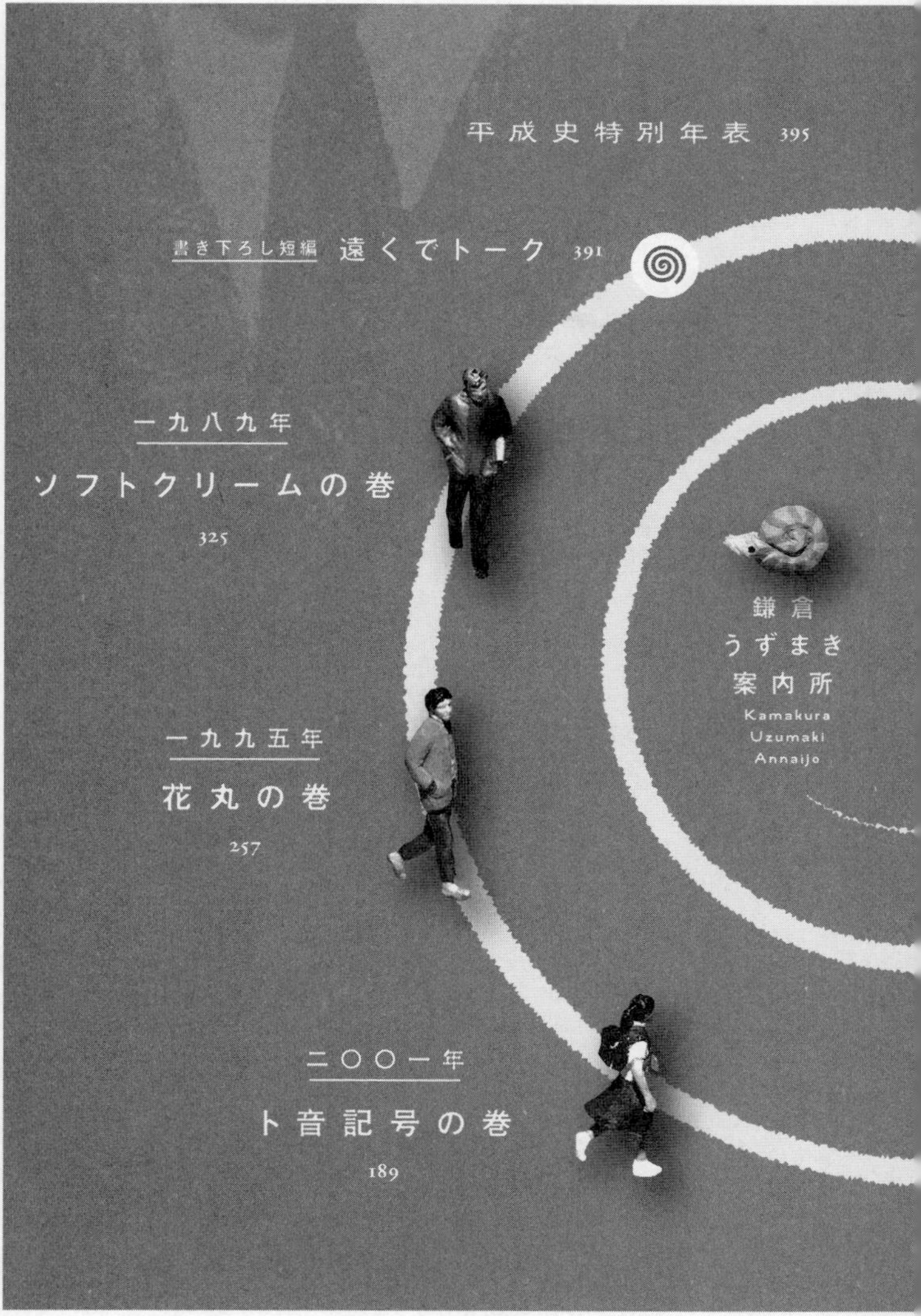




鎌倉
うずまき
案内所
Kamakura
Uzumaki
Annaijo

ミニチュア制作・写真　田中達也（MINIATURE LIFE）
ブックデザイン　菊池 祐

# 二〇一九年 蚊取り線香の巻

Kamakura Uzumaki Annaijo

Kamakura Uzumaki Annaijo

平成が、終わった。


二〇一九年四月三十日、それは華やかな幕引きだった。

上司の折江《おりえ》さんによると、天皇崩御で昭和が終わるとき、いつ訪れるのかわからないエックスデーをはさんで半年ぐらい日本中が自粛モードだったらしい。

平成二年生まれの僕にとっては歴史の教科書を読み聞かされているような話だ。天皇がお元気なうちあらかじめ改元日が定められていた平成のラストイヤーは、自粛どころか大いに盛り上がっていた。元号の継ぎ目に立ち会うことはお祭りみたいな気分だったし、間違いなくこれは慶事だった。

平成最後の夏。平成最後のクリスマス。平成最後の正月。平成最後の……。

終わりの日をちゃんと事前に知らせてくれるって、とても親切なことだ。心の準備ができるし、きちんと計画を立てられるし、ものごとは明るくスムーズに進んでいく。

改元がもたらした十連休が明け、令和になってから出勤した初日、聞いてもいないのに折江さんが頰杖《ほおづえ》をつきながら語り始めた。今年五十二歳の彼は、平成になったとき大学三年生だったそうだ。愛車の赤いプレリュードを乗り回し、イタメシ屋でアルバイトをしていたという。イタメシ屋って炒め物の定食屋かと思ったら、イタリアンレストランのことだった。

「まだカミさんに片思いしてたころでさ。昭和から平成に変わった日に、ああ、俺、この子と一緒にふたつの時代をまたいだんだなあって、なんか感動したんだよね。これで再び一緒に時代をまたいだよ。まさに歴史は繰り返されるだな」

ふたつの時代をまたぐ。

折江さんの遠い昔の恋バナになんか興味はないけど、その言葉はちょっとだけ胸にささった。

鞄《かばん》の中にしまい込んだ白い封筒。

なかなか出せなくて、この二ヵ月、日付を変えるために何度も書き直している。

五月に入ってまた新たに便箋《びんせん》を前にし、僕はため息をついた。平成と令和、ふたつの時代を、僕は退職願と一緒にまたいでしまった。

鎌倉《かまくら》駅のプラットホームで、僕は目の前にひしめいている人の群れをぼんやり眺めた。

横須賀線《よこすか》の車両から吐き出された乗客たちは、あまりの多さにすぐには改札へ出られず、階段に向かって渋滞している。頭。頭、頭、頭。目鼻のない後頭部にも、独特の表情がある。

「早坂《はやさか》くん、時間、大丈夫？」

手の甲で額をぬぐいながら、ノギちゃんが言った。ちょびヒゲの生えた鼻の下にも、うっすらと汗がにじんでいる。オシャレなノギちゃんが今どき流行《はや》らないちょびヒゲを好んでいるのは正直、謎だ。彼なりのこだわりがあるのか、童顔をごまかそうとしているのか、そのヒゲをもってしても彼は三十三歳には見えない。若いというより幼く見えて、ノギちゃんのほうもフレンドリーに接してくるから、僕は彼より四歳も年下なのについためロになってしまう。

今日はまるで夏を思わせるような晴天で、電車が走り去ったホームに午後二時のまぶしい陽射《ひざ》しが照りつけてきた。ゴールデンウィークが過ぎて五月も終盤になり、少しは人混みも減ったかと思ったけど、どうやら今度は紫陽花《あじさい》のシーズンらしい。もっとも、世の中の全員が平日の昼間に働いたり学校へ行ったりしているとも限らないのだから、こんな観光地にはいつ来たって混んでいるのかもしれない。おまけに、突然の信号確認で電車が少し止まってしまったのも計算違いだった。

「連絡しておくよ」

僕はチノパンの尻ポケットからスマホを取り出した。フリーカメラマンの笠原《かさはら》さんからラインが入っていて「もう着いてます」とある。「すみません、向かっています」とだけ返し、僕は取材先の古民家カフェに電話をかけた。

僕は都内の出版社に勤めている。入社したのは七年前、主婦向けの女性誌『ミモザ』編集部に配属されてからは六年になる。

最初に担当したページは「空き箱を使った収納ストッカー」だった。特集とも呼べない見開き企画で目新しさもないし、気に留めてくれるような読者はいなかっただろう。それでも、異動になってすぐのころは雑誌作りの工程がわかるようになったり好きな芸能人にちょっとだけ会えたりもして、僕なりに面白みも感じていた。だけど、このところそういうことにもテンションが上がらない。それよりも、寝不足や締め切りや、なかなか通らない企画書提出や、アクの強い上司……つまり折江さんからの圧力につぶされ気味な毎日が続いている。

今日の取材は、「ヒトツナギ」というインタビュー記事の連載ページだ。ここに登場した著名人が次の人を紹介していくリレー形式をとっている。

スリーコールでカフェの店員が電話に出た。僕はこちらの名を告げる。峰文社《ほうぶんしゃ》の早坂です。お世話になっております。

「申し訳ありません、もう鎌倉駅には着いているのですが、五分ほど遅れるかもしれません」

「ああ、駅から出るのもひと苦労ですもんね」

スマホの向こうで、男性の明るい声がした。僕はうかがうように訊《たず》ねる。

「黒祖《くろそ》先生はもう、お待ちでしょうか」

「ええ。でも、待っているという感じではないですから、大丈夫ですよ。いつものように午前中から来られていて、ずっと執筆中のようです」

急いで向かいますと言って僕は電話を切った。

黒祖ロイドというSF作家はめったに顔出しをしないことで有名なのに、前号に出た大御所女優、紅珊瑚《くれないさんご》からの紹介を受けて異例のOKが出た。彼女とは古いつきあいらしい。

正直、僕は黒祖ロイドの小説を読んだことがなかったけど、中学校時代からのファンだというライターのノギちゃんはかなり興奮していた。

「すごいよな、黒祖ロイドに会える日が来るなんて。俺、あの人の小説ならたぶん全部持ってる」

そういえば、ノギちゃんのブログにも何度か黒祖ロイドの小説の書評が載っていた。彼のブログは人気があって、一日のアクセス数が三万PVを超えるらしい。フリーライターとして実名で書いているので、それを読んだ出版社から仕事依頼が来ることもあるそうだ。ブログやツイッターのアイコンはちょびヒゲのイラストで、ノギちゃんのトレードマークになっている。

キラキラしてるよな、ノギちゃんは。囚《とら》われるものも背負うものもない身軽さは、フリーランスならではだよな。自分の中で顔を出すやっかみを踏みつけるように、僕は明るく笑う。

「よかった。僕、一応最新刊だけは目を通してきたけど、他の本はわからないからよろしく」

ノギちゃんは大きな目をくりくりさせて、勢いよくうなずいた。

ふたりで一緒に東口の改札を抜け、やっと駅から出る。右手のバスターミナルにはわらわらと人が集まり、金髪の外国人が数人、はしゃぎ気味にガイドブックを広げていた。

「小町通りのほうだよね」

ノギちゃんが言った。左手の赤い鳥居をくぐり、小町通りに入る。入り口付近は若い層を意識したファンシーな土産物《みやげもの》屋や、食べ歩きができそうな屋台風の店が並んでいた。

ふとノギちゃんが立ち止まった。修学旅行生らしき集団が向こうから歩いてくる。中学生と思われる制服グループは横に広がったままちっとも進まない。ノギちゃんはなぜかまぶしそうな目で中学生たちを眺め、ふにゃっと笑った。可愛《かわい》い女の子でもいたのかもしれない。僕はノギちゃんをつついて道の脇に身を寄せ、隙間を縫うようにして歩いた。

カフェはもうそんなに遠くないはずだ。マップアプリで確認しながら和菓子屋とクレープ屋の間にある小路《こみち》に入ると、突然静寂が訪れた。

渋谷《しぶや》や銀座《ぎんざ》でもよくある風景だ。にぎわっていた道をたった一本それるだけで、あの喧噪《けんそう》が幻だったかと思うような、閑散とした別世界が広がっている。むしろそっちの面積のほうが広いに違いない。古い建物がいくつも並んでいるのを横目に、いかにも趣味だけでやっていそうな小さなギャラリーを通り過ぎ、僕たちは目当ての古民家カフェ「メルティング・ポット」にたどりついた。約束の時間を八分過ぎている。玄関口で開かれた低い門扉から身をかがめて入っていくと、ドアも開いていた。

「すみません」と声をかけたら、黒いサロンをかけた男性が現れた。

「いらっしゃいませ」

電話で何度かやりとりしたオーナーの田町《たまち》さんだろう。年齢は四十代後半だろうか。にっこり笑うと、たれ目がいっそう優しい弧を作った。

「すみません、遅れてしまって」

「いえいえ、大丈夫です」

玄関は広くて、しっかりした木製の棚にレターセットやポストカード、筆記具がディスプレイされていた。店先でこういう文房具も売っているのだ。

「靴はこちらにどうぞ」

上がり框《かまち》の横に、靴箱がある。僕らは靴を脱ぎ、中へ入った。

店内はかつて人が住んでいた気配をそのまま残しており、部屋がいくつかに分かれていた。元は居間だったのだろう、大きな窓と縁側のある広い部屋で笠原さんが待っていた。壁際《かべぎわ》には本のつまった書棚があって、ノギちゃんがふらふらと吸い寄せられていく。僕はノギちゃんを引っ張り、笠原さんと合流して移動した。

廊下に設置されたコルクボードには、「ＦＲＥＥ　Ｗｉ‐Ｆｉ」の貼り紙がある。レトロなムードの中、今の時代のニーズもきっちり押さえられていた。その下には鎌倉で行われるイベントのチラシがいくつかピンで留められていて「鮎川《あゆかわ》茂吉《もきち》シナリオ講座」という見出しが目につく。場所は浜書房《はましょぼう》となっていた。あんな有名な劇作家が、本屋で講座なんか開くんだ。

清潔なキッチンを回り込み、田町さんは隠れ部屋のような奥の一室に僕たちを案内してくれた。

「ロイドさん、峰文社さんがいらっしゃいました」

田町さんに続いて中に入ると、むわっと煙草《たばこ》のにおいがした。赤い絨毯《じゅうたん》の上に小さな丸テーブルが三つ置かれている。

黒祖ロイドは、窓際のテーブルでノートパソコンを広げていた。ちらりと僕たちに目をやる。ごつい黒縁メガネの奥の眼光が鋭い。たしか四十九歳だ。白髪まじりの前髪を長く残したまま、後ろ髪を潔く刈り上げている。

「は、はじめまして。今日はよろしくお願いいたします」

ノギちゃんが緊張ぎみに名刺を差し出した。黒祖ロイドもノートパソコンを閉じ、革製の名刺入れを取り出す。名刺は黒地に白い文字で「黒祖ロイド」とあって、両端がくるんと巻かれた植物のツルのようなデザインが施されていた。

僕や笠原さんとも同じように名刺交換を終えると、黒祖ロイドは前髪に手をやった。

「写真撮影、久しぶりだな。ちょっとトイレ行ってくるから待ってて」

黒祖ロイドは席を立ち、部屋から出た。田町さんが後に続く。

馴染みの顔だけになると、笠原さんがレフ板をセッティングしながら言った。

「早坂さん、もう折江さんに会社辞めるって話しました?」

僕は口ごもった。ノギちゃんも僕を見ている。

「いや、ちょっとまだ……タイミングっていうか」

「気が乗らない場所でくすぶってるの、もったいないですよ。それに、乃木《のぎ》くんのことうらやましいって言ってたじゃないですか」

ノギちゃんは何も言わず、ちょっとだけ唇の端を上げた。笠原さんは畳みかける。

「もう企業に縛られる時代じゃないでしょ、クリエイターはなおさら」

「……ですよね」

黒祖ロイドが戻ってきた。

カメラ目線の近影を撮り、あとはインタビューの間に撮らせてもらうことにする。

「峰文社って、ＦＵＴＵＲＥ《フューチャー》っていう週刊誌出してるよね。デビューしてすぐのころ、一度だけ取材を受けたことがあったな」

ひとりごとのような黒祖ロイドの言葉に、ノギちゃんが嬉しそうに答えた。

「デビューされたのって、二十年前ですよね」

「うん、そんなになるね。そのあとはずっと顔を出すのは断っていたから、若いころの写真はそれだけだな。貴重な一枚だね」

すると笠原さんが、食いつくように言った。

「その写真、このページで出したら面白いじゃないですか。ファンが絶対に大喜びしますよ」

黒祖ロイドは少し考えたあと、顔を傾けた。

「いいよ、このページだけでっていう限定なら。でも、いつの号かわからないよ、見つけられる？」

「まあ、そこは峰文社さんがなんとか」

笠原さんがニヤニヤと僕を見た。黒祖ロイドも静かに笑う。

そんな無責任なこと簡単に言うなよな。内心そう思いながら、僕は「尽力します」と答えた。探す気はなかった。面白いアイディアだけど、サブ写真一枚のことだ。そんな途方もないことに割《さ》く時間も労力ももったいない。やっぱり見つかりませんでしたで済む話だ。

「失礼、煙草を吸っていいかな」

黒祖ロイドは青いメビウスの箱から一本取り出し、マッチで火をつけた。よく見ると、マッチ箱はメルティング・ポットのオリジナルだった。壺《つぼ》の中からいろんな国旗が飛び出すイラストが描かれている。

「ここ数年の喫茶店業界は、ヘビースモーカーには肩身が狭くてね。この店は完全個室の喫煙部屋があるから助かってる」

黒祖ロイドはうまそうに煙草のけむりを吐く。そこに田町さんがコーヒーを運んできてくれた。ノギちゃんが田町さんに顔を向ける。

「この店はいつ頃から？」

「二〇一三年の年末ですから、今年で六年になります。祖父から譲り受けた古民家で、ちょっと大がかりなリフォームが必要だったから、消費税が八パーセントになる前に急いで仕上げました。今年の十月からは十パーセントになりますよね、どこまでいくのか」

田町さんは苦笑する。ノギちゃんが言った。

「大きな家ですもんね。古民家カフェにはぴったりじゃないですか」

「ええ、でも最初はカフェじゃなくて、貸本屋みたいなことをやっていたんです。本を選びに来るお客さんと話をしながらサービスでお茶なんか出してるうち、妻といっそカフェにしちゃおうって話になって。そうしたら、今度はお茶飲みながら手紙書いたりしたいってお客さんがいたから、ポストカードをちょっと置いたらこれがなかなか好評で、商品を増やしました。お客さんの声で変容してきた店なんですよ」

黒祖ロイドが煙草の合間にコーヒーをひと口飲み、なつかしそうに言った。

「カフェをオープンするとなったとき、知り合いのオーストラリア人から案内をもらってね。それからずっと、私にとってなくてはならない仕事場だよ。だから定休日は困ってる」

「恐れ入ります」

田町さんはほほえんで頭を下げた。

「このマッチ箱、いいですね」

僕が言うと、田町さんはひとつ僕にくれた。「あとで物撮りしてください」と笠原さんに渡す。黒祖ロイドの昔の写真がなくても、サブ写真はこれでじゅうぶんだ。

笠原さんがマッチ箱を見ながら言った。

「このお店のものって、全体的にすごくセンスいいですよね。入り口のステーショナリーを買いに来るだけでも価値がありそうな」

「ありがとうございます。確かにそれでのぞいてくれるお客さんは増えたんですけど、見るだけで買わないお客さんって一発でわかるようになりました」

ノギちゃんが興味深そうに顔を傾ける。田町さんは笑った。

「かわいい！って言いながら、商品をべたべたさわるお客さんは、だいたい買っていかないです。本当に欲しい方は、無言でじっと見つめて、心に決めた感じで買っていかれます」

なるほど、とノギちゃんが感心したようにつぶやいた。

「では、何かあったら呼んでください」

そう言い残し、田町さんは部屋を出ていった。彼も忙しいのだ。

このカフェについて黒祖ロイドと少し話したあと、ノギちゃんが話題を変えた。

「黒祖先生がSFというジャンルを選ばれたのは、どういった経緯なんですか」

黒祖ロイドはノギちゃんから視線を外し、吸い終わった煙草を灰皿にぎゅっと押しつけた。

「SFじゃない小説なんて、あるのかな」

左手で顎をさわる。なにか物思いにふけっているようだ。中指を小さく動かすと、第一関節の上に大きなふくらみが見てとれた。ペンだこらしい。黒祖ロイドは左利きなのだ。

パソコンの時代が来る前に、きっと膨大な量の原稿を手書きしたのであろうその指は、顎から離れて煙草の箱に伸びていった。

「ああ、しまった。煙草が切れた」

黒祖ロイドは青いメビウスの箱をくしゃりとつぶした。僕は腰を上げる。

「僕、買ってきます。同じ銘柄でいいですか」

「ありがとう、そうしてくれる？ 店を出て右手に行くと帽子屋があるから、その角を左に曲がって。そこのグロサリーに売ってる」

グロサリーという言葉は聞きなれなかったが、聞き返すのも無粋な気がした。たぶん売店のことだろう。僕は財布だけ持って玄関に向かった。この場を離れることに、ほっとしていた。

ノギちゃん。笠原さん。田町さん。そして黒祖ロイド。

どこにも属さない、解き放たれた個。自分の名前ひとつで身を立てるスペシャリストたち。

笠原さんの皮肉っぽい声が蘇《よみがえ》ってきた。まあ、そこは峰文社さんがなんとか。

あそこでの僕は早坂瞬《しゅん》ではなく、「峰文社」だ。

メルティング・ポットを出て、言われたとおり右手に行くと、帽子屋はすぐそこだった。店頭に帽子がたくさんかけられている。明るい茶色のテンガロンハットが目を引いた。鎌倉まで来てテンガロンハットを買いたい人がいるのかどうかわからなかったけど、その堂々としたたたずまいはここが帽子屋であることを強調していた。その角を左、だったか。角？

角らしきものがないので見回すと、細い路地があった。この路地を入ればいいのか。

ただでさえ繁華街から外れているうえ、そこは一層、ものさびしさがあった。

店とおぼしきものは見当たらず、民家が続いている。人が住んでいる風情はあったが、家の中に誰かがいるようには思えないし、通行人もいない。おかしな空気のゆがみを感じて、少し寒気がした。

平屋の軒下にばかでかい蜘蛛《くも》の巣があって、アニメでしか見たことのないような完全ないでたちの女郎蜘蛛が足先を動かしている。僕は蜘蛛と目を合わせないように顔をそむけながら通り過ぎた。

どうも、道を間違えたみたいだ。マップアプリを開こうとして、スマホを店に置いてきてしまったことに気づく。まずは引き返そうとUターンしたところで、足を止めた。なんだか、さっきと景色が違う気がする。道端に赤い花なんか咲いていたっけ。庭にブランコのある家なんかあったっけ。

こめかみのあたりがひやりとしたが、この一本道を歩いてきただけなのだから戻れば元いた場所に出るはずだ。僕はそのまま道が切れるところまで歩いた。だけど出たところはやはり、見おぼえのない風景だった。

高い塀を回り込むと、古ぼけた時計屋があった。でも今日は定休日らしい。店の端に分厚い一枚板の看板が置かれ、達筆な毛筆で「鎌倉うずまき案内所」と書いてあった。下向きの赤い矢印がついていたので目をやると、建物の脇に人がやっとひとり通れるくらいの狭い外階段が地下に向かって備わっている。

薄気味悪かったが、とにかくにも「案内所」という言葉に望みを託し、僕は看板が示しているほうへ足を向けた。

階段を降りたところに小さな鉄のドアがあった。仰々《ぎょうぎょう》しいくらい大きな丸いノブに手をかけ、おそるおそる開けると、螺旋《らせん》階段が続いていた。

さらに地下にもぐるのか。壁も階段も黒い。手すりにぽつぽつと、ほのかに光る豆電球が等間隔に下がっている。本当にここに足を踏み入れていいものか迷ったけど、他に方法がない。

ぐるぐると階段を降りていくにつれ、黒かった階段も壁も、しだいに青みがかってきた。少し緊張しながら一番下までたどりつくと、そこはあたり一面濃紺の、ひとり暮らし用ワンルームほどのスペースだった。

何も置かれていない小さな部屋で、グレーのスーツを着た小柄な爺《じい》さんがふたり、壁際の小さな丸テーブルに向かい合って座り、オセロをしている。頭の上あたりの壁に、フリスビーみたいな丸い巻貝がかかっていた。最初は壁時計かと思ったが、数字も針もないところを見るとオブジェのようだ。

僕が立ち止まっていると、彼らは一秒の差もなく同時にこちらを見た。揃《そろ》いの紺色ネクタイをしている。さらに、同じ顔で同じ背格好だ。双子？

「はぐれましたか？」

爺さんのひとりが僕に言った。

「あ、いや、はぐれたというか、迷って……」

そこまで言いかけて、「はぐれる」という言葉は今の自分にあまりにもしっくりくるように思えた。

そうだ、僕は今、はぐれている。

あの会社から。仕事から。自分のやりたいことから。

「……たしかに、そうなのかも」

ぼんやりひとりごちると、もうひとりの爺さんが「それはそれは」とうなずいた。

爺さんたちはすっと立ち上がり、ぴたりとそろって僕に一礼した。

「ワタクシが外巻《そとまき》で」

「ワタクシが内巻《うちまき》でございます」

よく見ると、くるんと巻かれた前髪ともみあげがそれぞれの名を表している。後付けのあだ名なのか、それとも、名前に合わせた方向に髪を巻いているのか。ふたりの毛の先をぽかんと眺めながら、癖で名刺を取り出そうとしてやめた。これはべつに仕事じゃないのだ。

「……早坂瞬です」

僕が名乗ると、内巻さんが言った。

「それでは瞬さん。お話をおうかがいいたしましょう」

「ええと、煙草をたのまれて……グロサリーに行こうとして」

「ほうほう」

違う。

僕が案内してほしいのは、行くべき道を知りたいのは、そんなことじゃない。

ぐらりと視界が揺れた。


――僕は。

峰文社が出している『DAP《ダップ》』という雑誌の編集がやりたくて、この会社を受けた。

DAPは男性向けのビジネス誌だけど、押しつけがましい固さがなく、切り口の角度が圧倒的に他とは違って面白かった。世の中でどんなことが起きているのかがわかりやすく伝えられていて、読者に威張らない、権力に媚びないところが好きだった。経済や政治問題も、カルチャーもゴシップも、知りたいこと、知っておくべきことがまんべんなく網羅《もうら》されているその月刊誌は、大学時代の僕のバイブルだった。

DAPというタイトルは何かの頭文字を取ったものではなくふたつの意味が込められた英単語で、ひとつは「手と手を叩《たた》き合わせる親愛の挨拶」、もうひとつは「小石などが水面を跳ねる」というようなことらしい。

まさに、DAPはそんな雑誌だった。河川敷でよくやった石切りが思い浮かぶ。水の上を忍者みたいに跳んでいく、すばしこくて賢い石。できそうもないことが目の前で起きるあの感動的な遊び。DAPで知恵をつけ、考察を深め、遊び心を忘れなければ、僕もカッコいい大人になれる。社会の荒波の中で、カッコいい大人と一緒に手と手を叩き合わせられるような。

DAPは時代を動かす。そんな気持ちが育って、読む側じゃなく作る側になりたいと願うようになった。

峰文社に入りたいというよりも、僕はDAP編集部で働きたかったのだ。そのために猛烈に企業研究をしたし、面接では僕がいかにDAPを愛しているかを熱弁した。

晴れて峰文社に入社できたものの、僕が最初に配属されたのは総務部だった。ムキになってことあるごとにDAP編集部に行きたいと各方面にアピールした末、翌年に「退職者がひとり出たから、雑誌やってみるか」と人事部長から言われてミモザ編集部に異動になった。

はっきり言って、すさまじい落胆だった。なんでDAPじゃなくてミモザなんだろう。新人への嫌がらせなんじゃないかと思ったくらいだ。でも会社には会社の事情がある。辞めた人材の穴埋めとして、編集を希望していた僕が動かされたまでの話だ。社員である以上、従わなければならなかった。とりあえずここで耐えていればいずれ願いは聞き届けられる。そんなふうに、なんとか自分をなだめすかしてきた。それからもう六年だ。

三ヵ月前に突然、DAPが休刊になった。事実上の廃刊だった。

僕があんなに恋焦がれていたDAPは消滅してしまった。「作り置きおかず」だの「油汚れに無敵の洗剤選び」だの、家まわりの凡庸なページを作っている間に。

先月、仕事仲間との飲み会で、酔っぱらった僕は「もう峰文社にいる意味なんかどこにもない」と吠えた。僕の席のテーブルには、ノギちゃんと笠原さんがいた。

ノギちゃんはDAPの契約社員だった。彼も僕と同じようにDAPをこよなく愛していたひとりだ。エレベーターでたまたま乗り合わせたり、ちょっとした飲み会で顔を合わせるうちに仲良くなって、いつか一緒にDAPをやろうねと話していた。

でもノギちゃんは会社ではなく編集部との契約だったから、DAP休刊と同時に彼は解雇になった。その後、フリーランスでライターとして活動し始めたノギちゃんは、もともと編集より書くほうが好きなんだ、だからこれでよかったと笑った。それ以降、彼の仕事は順調で、すごく楽しそうに見える。それで僕は言った。「ノギちゃんがうらやましい」と。

少なくとも、ノギちゃんはDAPで仕事をしたのだ。僕よりもずっと先に休刊することを知っていて、「DAP最後の取材」とか「DAP最後の記事」とか、そのひとときを味わいながら休刊の日を迎え見送ったのだ。世の中のみんなが、平成最後のイベントを堪能したみたいに。

そうだ、僕は、せめてDAPの終焉《しゅうえん》に立ち会いたかった。DAPの歴史の、証人のひとりになりたかった。それすらもかなわないまま、DAPへの想いは宙ぶらりんだ。

DAPはもう、ないんだ。だったら峰文社にいる必要はない。

「僕もフリーになろうかな……主婦雑誌なんかもうイヤだ」

そうこぼしたら、笠原さんがうなずいた。

「早坂さんがフリーになったら、K社とかD社とか、紹介しますよ」

ホントですか、と僕は身を乗り出した。どちらもビジネス書や男性誌に強い大手だ。

急に気が大きくなってきて、それがいいと思った。峰文社を辞めて他の出版社に転職したとしても、どこの部署に配属になるかわからない。それなら、フリーでもっと面白そうなことをやりたい。

そんな僕に、下戸のノギちゃんがウーロン茶を飲みながらへろっと笑った。

「フリーになったからって、好きな仕事ばっかりできるわけじゃないよ」

「それはさ、ノギちゃんが来た仕事みんな受けちゃうからじゃん。折江さんの無茶ぶりとかも、全部」

僕はわめいた。

折江さんは副編集長で、僕にとって直属の上司ということになる。

良く言えば熱血漢で、悪く言えば傍若無人《ぼうじゃくぶじん》だ。大昔にはじけたバブルを引きずっているみたいに、グルメでブランド好き。元CAの奥さんと、四人の子どもがいるという。体育会系の爽やかな高体温ではなく、ギラついたアツさと押しの強さを持つ折江さんは、僕がもっとも遠ざけたいタイプだった。

極《きわ》めつきは「折江プレゼン」だ。折江さんが担当している特集ページに企画を出し、通った人に折江さんがビールを一杯ごちそうしてくれる「ビールおごってやる券」が副賞としてつくというもので、折江さんの気まぐれで不定期に「折江プレゼン受付中！」という告知が出る。ビール一杯ぐらいで部下がやる気を出すとでも思ったら大間違いだし、それはつまり折江さんと飲みに行かなきゃいけないってことで、そんなのはむしろ御免こうむりたい。さらにツッコませてもらうなら、「おごってやるけん」は広島弁のダジャレらしいのだが、折江さんは生まれも育ちも東京で、広島には縁もゆかりもないという寒さがなんというか折江さんだ。企画会議は別でちゃんとあるのだから、わざわざ折江プレゼンに挑もうとする人がいるのかどうか僕は知らない。仕事熱心と言えば聞こえはいいけど、みんながみんな折江さんと同じテンションでいられるわけじゃないのだ。

こないだだって、急性虫垂炎でイベントの取材に行けなくなったノギちゃんに、いたわりの言葉もなく電話で「この穴埋めはちゃんとしてもらうよ。次は絶対、行ってよね！」と声を荒らげ、手術が無事終わったと知ると入院している病室に大量のテープ起こしの仕事を「お見舞い」するという暴挙に出て編集部員の顰蹙《ひんしゅく》を買った。ライターだって人間なんだから、病気になることだってあるだろう。機械か何かだと思ってるんだろうか。そんなの断ればいいのに、ノギちゃんは人がよすぎる。仕事を選ぶ自由があるのもフリーの良さじゃないか。

そう考えたら、折江さんの下で我慢して働く「不自由さ」は、割が合わない気がしてきた。僕だって、自由に好きな仕事してキラキラしたい。

「もう、明日にでも折江さんに会社辞めますって言う!」

僕はそう叫んで芋焼酎を飲み干した。「その意気、その意気!」と、笠原さんが拍手していた。

しかしその勢いは翌朝になると急速にしぼんだ。折江さんの顔を思い浮かべるだけで、気が重くなるのだ。そうこうしているうち、同僚のひとりが体調不良で診断書を出して突然退職してしまい、よけいに辞めづらくなった。そんな気配もなかったのにやられた、先を越されたと思った。

幾度となく「明日こそ」と思いながらもその日はなかなか来ない。普段からろくにコミュニケーションが取れていない折江さんから、中途半端なことをするなとか人手不足を考えろとか、どんな暑苦しい説教をくらうんだろうと思うとなかなか言い出せなかった。退職願は簡単には受理されないだろうし、もしなんとか聞いてもらえるとしても、辞めますと言ってから実際退職する日まで針のむしろだ。そう考えると、てんでやる気の出ない職場で足踏みしながら一日延ばしになってしまうのだった。

気がつくと僕は、つらつらと爺さんたちに愚痴をこぼしていたらしい。

こんな話、この人たちにしたって仕方ないのに。でも、話したら少しだけスッキリした。

「僕はなんのためにこの会社にいるんだろうって、毎日思うんです。目標を失ってから、何を目指せばいいのかわからなくなってしまって」

突然、爺さんたちが横並びで肩を寄せ、両手の親指をぐーっと立ててこちらに突き出した。

「ナイスうずまき！」

「……は？」

四つ並んでいる親指に、ぐるりとうずまきがある。見ていたらトンボみたいに目が回りそうだった。

すると、壁にかかっていた巻貝がくるっと回り出した。ルーレットでも始まるのかと目を見張ると、貝は360度でぴたりと止まった。そして今度は、貝の入り口というのか、閉じていた穴がドアのようにぱこんと開かれ、中からぴろぴろと何本もの足が飛び出してくる。生きているとは思わなかったので思わず「うあっ」と叫び声を上げたら、内巻さんが穏やかに言った。

「怖がらなくて大丈夫です。うちの所長です」

「所長？」

外巻さんがニヤッと笑う。

「ショチョウお見舞い申し上げます」

彼はそう言い、ひとりで嬉しそうに笑った。暑中お見舞いとかけているのか。しかも五月になぜ。折江さんを思い出して軽く脱力していると、見透かしたように外巻さんが言った。

「ダジャレは日本の素晴らしい文化です。ダジャレを極めてこそ大人」

肯定も否定もできず、僕は返事をしなかった。巻貝が足をさらに伸ばす。その奥から大きな目が現れた。

受け入れるのが難しいけど、僕の認識が間違っていないとすれば、これは……これは……。

「アンモナイト、じゃないですよね？」

「ええ、アンモナイトです」

アンモナイトって、はるか昔に絶滅したんじゃなかったっけ。それともこれ、やっぱり作り物なのかな。それにしてはよくできてる。

まじまじと見ていると、アンモナイトは真っ黒な丸い目を光らせて壁から離れ、しゅごーっと音を立てながら勢いよく飛んだ。

「と、飛んだ？」

「このように、ジェット噴射で移動するのでございます」

アンモナイトは宙に浮かびながら、複数ある足のうち一本をひらっと左右に動かす。内巻さんがそれを見て「ふむふむ」とうなずき、僕に向かってこう言った。

「変化を恐れず味方につけよ、と申しております」

「え、僕に？　このアンモナイトが？」

「所長です」

ふたりはぴしりと声を合わせた。このアンモナイトには敬意を払わねばならないらしい。

変化って、つまり仕事変えろってことなのかな。まあ、そうなんだろうな。

「それでは、ご案内しましょう」

内巻さんに促されて、ぷかぷか飛んでいるアンモナイト所長と一緒に案内所の隅に向かう。遠くに甕《かめ》が見えた。ここに来たときはすごく狭く感じたはずなのに、けっこう歩く。もう、なにがなんだかさっぱりわからなかった。

そばに近づくと甕は案外大きい。僕の腰ぐらいの高さで、円の直径は五十センチぐらいだろうか。薄い薄い水色が塗られている。

「……きれいな色ですね」

僕が思わずそう言うと、内巻さんがほほえんだ。

「かめのぞき、と申します」

「この甕のことですか」

「いえ、この甕の色の名前です」

外巻さんが甕の前に手を向けた。

「では、瞬さん。こちらに来なされ」

僕が甕の前に立つと、アンモナイト所長がその上にふわりと浮かんだ。甕には八分くらいの水が入っている。水は透明だったけど、不思議なことに底が見えなかった。

あらためてじっくり見ようと顔を上げたとたん、所長が突然ぽちゃんと甕の中に飛び込んだ。想定外の行動だったので思わず甕の中を見たら、所長はあっというまに沈んで姿を消した。僕は爺さんたちのほうへと顔を上げる。

「どこに行っちゃったんですか、所長は」

「まあまあ。もう一度、のぞいてごらんなさい」

外巻さんに促されて甕をのぞくと、水面にぐるぐると巻かれた渦が、幾重にも輪をつくっていた。その渦はしだいに、ぼんやりと何かの形になって、映像が浮かび上がってくる。深い緑色のうずまき。その先にともる赤い火と……煙?

内巻さんが訊ねる。

「何が見えましたか」

「蚊取り線香?」

僕がそう答えると、蚊取り線香のビジュアルはしゅっと消えた。

「では、瞬さんには、蚊取り線香とのご案内です」

「え、ちょっと待って、蚊取り線香がなに？」

「瞬さんを手助けするアイテムになることでしょう。お帰りはこちらの扉からどうぞ」

内巻さんが伸ばした手のほうに、白い扉があった。濃紺の壁の中、その白さは光るように浮かび上がっていて、こんなのあったかなと思いながら僕は言われるまま出口に向かった。

扉の脇に小さなチェストがあり、その上に籠が置かれている。中にはセロファンに包まれた青いうずまき模様のキャンディが積んであった。

籠に添えられたカードに「困ったときのうずまきキャンディ」と書かれている。外巻さんがひょこりと僕の隣に来た。

「ご自由にどうぞ。おひとり様につき、おひとつ限定でございます」

安っぽい参加賞に見えたが、せっかくだからもらっておくか。僕は無造作にキャンディをひとつ取り、チノパンのポケットに入れた。

「グロサリーは、お向かいでございます」

内巻さんが言い、爺さんたちは恭《うやうや》しくそろって頭を下げた。

「では、お気をつけて」

結局なんだったのかわからないまま、僕も軽く礼をしてドアノブに手をかける。

待てよ、来たときは地下に降りたんだよな。ここでドアを開けても、地上には……。

出られた。

ぶわん、と視界が膨らみ、目の前に小さな売店が現れた。店頭にはトイレットペーパーが積んであり、開け放たれたスライド式のガラスドアの向こうに、缶詰や調味料、スナック菓子が並んでいる。店をのぞくと、レジにおばあさんがひとり、座って週刊誌を読んでいた。グロサリーって、これか。

僕はおばあさんに「煙草はありますか」と声をかけた。おばあさんは眼鏡を片手で支えながら僕を見上げ、「あるよ」と平淡に答えた。やけに鼻の高いおばあさんだ。

目的地に着けたのは良かったけど、いろんなことが奇妙すぎて頭がついていかない。それに、黒祖ロイドをだいぶ待たせている。僕は腕時計を見た。

しかし驚くべきことにメルティング・ポットを出たときからほとんど時間が進んでいなくて、あれえ、と思いながら店の外を見るとそこに白い扉はなく、ジェラート屋の前に観光客がわさわさと群がっていた。

「黒祖ロイドの次のバトンは、ヒロチューかあ」

帰りの電車で、隣に並んで座っているノギちゃんが頬を紅潮させて言った。名字の

「広中《ひろなか》」をもじったニックネームのヒロチューは誰もが知る若いIT社長で、自らが広告塔となってあちこちのメディアに登場している。

「すごいよな、ヒロチューってまだ二十三歳なんだろ。バクテリアは今、年商五百億だって……早坂くん、聞いてる？」

「あ、うん」

バクテリアはヒロチューの立ち上げた会社だ。ヒロチューは雇われのサラリーマンだったことなんかあるだろうか。きっといきなり社長だったんだ。ノギちゃんが興奮気味に続ける。

「こないだFUTUREのインタビュー記事で読んだんだけど、ヒロチューって、起業する前は二年ぐらいかけて日本中を端から端まで歩いて回ったんだって。フェリー以外は、電車とかバスとか使わないで足だけでだよ。やっぱりやることが普通じゃないよな」

その記事なら僕も読んだ。そこでいろんな人と出会って、IT界の有力者や彼に出資したいという富豪とコネができたんだ。そんな遊んでるみたいな生活しながらITのノウハウを覚えて金持ちを味方につけて、この若さであっさり起業して大成功なんて、まじめに会社勤めしてる自分がばかばかしく思えてくる。

ほら、ここでもまた、ひとりでキラキラしてるヤツがいるって思い知らされる。僕と同じ人間なのに、この違いは……。嫉妬のまじったいつもの諦めを覚え、じわりと現実感が戻ってきた。

「どうしたの、ぼんやりして。煙草買って戻ってきてからずっと変だよ」

心配そうに言うノギちゃんに、僕は軽く首を横に振った。あの案内所でのことをSF好きのノギちゃんに話せば、目を輝かせて聞いてくれるだろう。でもあまりにも奇想天外すぎて、僕には飽和状態だった。あれは現実だったのか白昼夢だったのか、いずれにしても、疲れているのかもしれない。

ノギちゃんは何かに気づいてぴくっと肩を動かし、ジーンズのポケットからスマホを取り出した。

「あ、折江さんからだ」

画面をタップしながらノギちゃんはメールを読む。

「……大丈夫?」

今度は僕がノギちゃんを心配する番だった。

「ん? 大丈夫だよ。来月のフィルムフェスティバル、取材してくれないかって依頼」

ノギちゃんは素早く返信を打つ。僕は訊ねた。

「やりにくくない? 折江さん。ノギちゃんにも相当無理言ってるだろ」

「社員さんからは、そう見えるかもしれないけど。俺は折江さん、好きだよ」

ノギちゃんはメール送信を終え、スマホから顔を上げた。かつて峰文社の名刺を持っていたノギちゃんは、今ではもう完全に外から僕を見ていた。

「だって、ノギちゃんが入院したときだって……」

「あのテープ起こし、すごく助かったんだ」

ノギちゃんは笑った。助かった？

「仕事一本、飛ばしちゃったし、入院費もけっこうかかったしね。テープ起こしなら出かけないで、体調見ながらひとりで好きな時間にできたから。納期にも余裕があって無理なくできたよ。あれは最高のお見舞いだった」

僕はぐっと言葉につまった。

「でも……次はちゃんとやれとか、電話でけっこう強く言ったり」

「うん。あれ、折江さんなりの気配りだと思うよ。フリーにとっては、ひとつの仕事で穴あけたりミスしたりするだけで、もう二度と依頼が来ないんじゃないかって、それが一番恐怖なんだ。『次はちゃんとやって』って言われると、次があるんだなって、ほっとする」

そう言ったあと、ノギちゃんはまっすぐ僕を見た。

「優しいことしか言わない人のほうが、俺は信用できないよ。仕事紹介しますよって軽く言われてそのまま放置されることって多いし」

すぐにわかった。それは僕に、笠原さんのことをさりげなく注意喚起しているのだった。僕が黙っていると、ノギちゃんは腕組みをしてちょっと笑った。

「まあでも、たしかに退職にあたって折江さんを突破するのはなかなか勇気が要るよね」

僕は頭をかきむしる。

「あー、もう、会社つぶれてくれないかな。そしたらわざわざ辞めるって言わなくても自動的にフリーになれるんだけどな」

ノギちゃんはふと真顔になった。

「だめだよ、心から願ってるわけじゃないことは言葉にしちゃ。言うと本当になっちゃうよ」

いつになく厳しい口調だった。ノギちゃんはさらにもう一度、ゆっくり繰り返した。

「言うと、本当になっちゃうんだ」

「ノギちゃん?」

「これ、俺の座右の銘。まあ、辞めるなら辞めるで、最後の仕事ほどやれるだけのことはやるといいよ。経験上、有終の美ってホント大切。フリーになるなら、なおさらね」

西大井《にしおおい》に着いた。ノギちゃんの自宅からの最寄り駅だ。ノギちゃんは「じゃあね、おつかれさま」と、にこにこしながら席を立った。

僕はそのまま座って、会社に向かう。ワイヤレスイヤホンを耳に装着し、スマホでストリーミング再生の操作をした。米津玄師《よねづけんし》を聴きながらシートにもたれると、窓から夕方の陽がこぼれてくる。

ノギちゃんはもしかしたら、DAPが休刊になればいいのになんて口にしたことがあったんだろうか。

チノパンのポケットに「困ったときのうずまきキャンディ」が入っている。あの薄暗い案内所のことを思い出す。これを持ってるってことは、あれは夢や妄想じゃなかったんだよな。

僕はキャンディを取り出し、その固さを指でたしかめたあと、肩掛け鞄の内ポケットにしまって目を閉じた。まぶたの裏で、蚊取り線香が渦を巻いていた。


翌日は土曜日で、僕は簡単に部屋を掃除すると家を出た。

有終の美という言葉が、頭に残っていた。やれるだけのことをする……そう考えると、僕は恥ずかしいくらい何もしていない気がした。ひとつぐらい「早坂くん、このページすごいね」って言われるようなものがあれば、折江さんに退職の話もしやすくなるかもしれない。

僕は会社に向かっていた。

昨日、FUTUREの編集長に黒祖ロイドの顔写真について説明したら、そんな昔のことは知らないけど、どの号なのかわかれば使ってもかまわないと言ってくれた。

軽くあしらわれたことは否めない。でも彼は去年着任したばかりだし、他部署のことに関わっていられるほど暇ではないのもわかる。そのページを僕が見つければ画像を貸してくれるはずだ。

ミモザは数日前に校了が終わったところで、きっと休日出勤している人もいないだろう。平日は打ち合わせや雑務に追われてしまうから、今日はじっくり探し物をするのにうってつけだった。

途中、ドラッグストアに寄った。殺虫剤や防虫薬のコーナーに足を向ける。僕を助けるアイテムは蚊取り線香。よくわからないけど、まずは手に入れておこう。

考えてみたら、生まれてこのかた、蚊取り線香の実物を見たことがないかもしれない。物心つくころにはマンションに住んでいて、子どものころから蚊の対策といえば液体型だったし、就職してアパートで独り暮らしを始めてからは部屋の角にスプレーしておくタイプのものしか使っていない。

売り場を見ると蚊取り線香は案外バラエティに富んでいて、ハーブやアロマの香りがついていたり、カラフルなものもたくさんあった。蚊取り線香って、こんなに進化しているのだ。どれにしようかと思いながらしばらくあれこれ手に取っていたが、いろいろありすぎて逆に選べなくなってしまったので、一番オーソドックスなタイプのミニサイズ缶を買った。

会社に着いて、ミモザ編集部のある三階に行くと、ひとりだけ人がいた。折江さんだった。コピー機の前で作業をしており、僕に気がつくと「ああ、早坂くん」と言った。

黄色いポロシャツに、たぽっとした茶色いスラックスを穿《は》いている。いつもの若作りなファッションと違って、「休日のお父さん」感がにじみ出ていた。

折江さんはコピーを終えると、紙の束を持って奥のデスクに向かいながら言った。

「珍しいね、休日出勤」

「ちょっと……やりたいことがあって」

僕は自分の席の椅子を引いた。座ろうとしたら「やりたいこと？」と聞かれたので、正直に答える。

「探し物というか。昔、黒祖ロイドがＦＵＴＵＲＥに載ったことがあるらしくて、そのときの画像を今回の記事にだけ出していいって言われたんです。ＦＵＴＵＲＥの編集長には許可を取ってあります。下の資料室にバックナンバーが全部ありますよね？」

折江さんが眉を寄せる。

「いつの、何のページなの？」

「わからないんですけど、二十年ぐらい前。黒祖ロイドがデビューしてすぐのころ、一度だけインタビュー取材を受けたって言ってました」

僕の言葉に、折江さんは驚いて首を前に突き出した。

「二十年ぐらい前のインタビュー記事って、週刊誌なのにそんなアバウトな情報しかないの？　見つかったとしても、そのころって紙の版下でポジだよね。たぶん残ってないから写真引っ張ってくるのは難しいよ」

紙の版下。ポジ。

昔の用語をまくしたてられてもわからないし、端《はな》っから難しいと言われると気が落ちた。せっかくがんばろうとしていた意気込みが萎える。僕が黙っていると、折江さんはペットボトルのボルヴィックをごくりと飲み、斜め上を見ながら続けた。

「まあ、誌面をそのままスキャンするか。レトロな味のほうがむしろいいかも。うん、話題性があっておもしろいな。黒祖ロイドはデビュー二十周年のタイミングだし、普段ミモザを読まない人でもコアなファンがその一ページのために喜んで買うね」

折江さんはペットボトルの蓋を閉めると、片手を上げた。

「手伝うよ。行こう」

「え？　でも……」

「ここに誰か来るかもしれないから、一応、貴重品は持っていきな」

折江さんは財布をスラックスのポケットに入れ、スマホとペットボトルを手に持った。僕は肩に鞄をかけたまま、折江さんのあとについていった。

資料室は一階の奥にあって、めったに足を踏み入れることがない。

各編集部にひとつずつ配られている鍵を使って、僕と折江さんはドアを開けた。よどんだ熱気がこもって、苦しいくらいに蒸し暑い。

電気をつけ、冷房を入れようとしたら反応がなかった。折江さんが叫ぶように言う。

「あ、ここのエアコン、壊れてるって言ってたな！」

僕は窓を開けた。かび臭い空気が外に出ていくようで、風が通って気持ちよかった。窓の前には鉄製の古いキャビネットが置かれ、引き出しに「音声カセット」とラベルが貼ってある。

ＦＵＴＵＲＥの棚は奥の壁一面に置かれていた。こうして見ると壮観だった。創刊から四十年続いている週刊誌だ。僕が生まれるずっと前から、ここで着々と増え続けている。

折江さんは棚の前に立ったまま、スマホをいじっていた。手伝うというのは口だけで、僕がどれだけのことができるか冷やかしで見に来たのかもしれない。

僕は二十年前あたりの号を探す。ネットで調べたプロフィールによると、黒祖ロイドがデビューしたのは一九九九年の二月だったから、少なくともそれ以降ということは確かだ。

ぱちん、と音がしたので振り返ると、折江さんがスマホを持っていないほうの手で自分の腕を叩いていた。

「うわ、蚊が入ってきた」

折江さんは心底憎らしそうに言い、腕を掻《か》いた。資料室の外はちょうど裏庭になっていて植え込みがある。雑草も相当茂っているが手入れはされていなかった。

耳元でプウンとイヤな羽音がして、僕もあてずっぽうに手を叩く。

「何匹かいますね」

「窓閉めようか」

折江さんは窓に近づいていったが、立ち止まって振り返った。

「長丁場になるよね。エアコンきかないとなるとツライかな。虫よけとかあったらよかったんだけど」

あ。

あるじゃないか、あれが。

「あの、僕……持ってます」

僕は鞄の中から、ドラッグストアで買ってきた缶を取り出した。折江さんが目を丸くしている。

「なんで持ってんの、蚊取り線香なんて」

「えっと……今度、キャンプに行くんで。買っておこうかなって。安かったから」

僕は口から出まかせを言いながら缶の蓋を開けた。

「でかした、早坂くん」

そう笑った折江さんが、次の瞬間、首をひねる。

「でも、こんなに大事な紙モノばっかりある部屋で、火は危ないかな。蚊取り線香なら気をつけてれば大丈夫だと思うけど」

「じゃあ、このキャビネットの上に置いて、僕が十分置きにチェックします」

折江さんはうなずく。

「わかった、水もあるしな。じゃあ、十分交替でチェックしよう。ペットボトル、ここに置いておくから」

交替で？　意外な提案を受けながら、僕は缶の中身をキャビネットの上に出した。本体の他に、大きいクリップみたいな形の線香立てが入っている。蓋を逆さにしてそこに置けば、灰の受け皿になるらしかった。

ビニール袋に入った蚊取り線香は、思ったよりぎっしりとした円だった。それを取り出しながらライターがないと気づく。一瞬あせったが、そういえば物撮りを終えたメルティング・ポットのマッチが鞄に入ったままだった。

円の中心に細い穴がふたつ空いている。つぶった目みたいだ。ここにクリップの尖《とが》った部分を差せばいいのかな。缶の蓋にセットした線香立ての先に蚊取り線香を差し込もうとしたところで、スマホ操作の続きをしていた折江さんが僕を見て「えっ」と小さく声を上げた。

「それ、ふたつくっついてるのを外すんだよ」

「あ、そうなんですか」

なるほど、言われてみれば二巻きあった。とぐろを巻いた二匹の蛇が、ぴったりと抱き合って眠っているみたいだ。

「びっくりしたなあ。平成生まれは蚊取り線香をさわったことがないのか」

折江さんは半笑いでスマホ操作を終えると、財布と一緒にキャビネットの端に置いた。

僕は二匹を引き離し、一匹の目に金具の先を差し込んだ。そうだ、テレビCMなんかでよく見るのはこの形だ。しっぽの先端にマッチで火をつけると、ひとすじの煙が揺れながら立ちのぼった。その匂いは親戚の法事を思い出させる。

「よし、じゃあスタートね」

折江さんと僕は、同時に腕時計を見た。十一時十分だった。

そこから僕たちは、おのおのFUTUREを一冊取り出しては、ざざっとページをめくっていった。インタビュー記事、あるいはそれに該当するようなページにいちいち目を留め、名前と顔写真を確認した。二十年前といえば、そのときの黒祖ロイドは僕と同じ二十九歳だ。きっと今とはぜんぜん違うビジュアルだろう。気が遠くなるような作業だったが、不思議な高揚感が芽生え始める。そして十分たつごとに、僕と折江さんはきちんと替わりばんこに蚊取り線香の安全を確かめた。

「折江さんも何か、仕事があったんじゃないんですか」

僕が訊ねると折江さんは「ああ」と首をひねった。

「来週撮影の予定だったハウススタジオ、ダブルブッキングされてたみたいでね。違うところを見つけなくちゃいけなくなったんだけど、急だし、なかなかぴったりくるところがなくて」

ハウススタジオ。何の情報も持っていない僕には、お役に立てそうもない。

「あそこ、いかにもって感じじゃなくてホントに人が暮らしてる雰囲気があって、すごくよかったんだけどなあ。先月号でホームパーティー特集やったろ？　そのとき使ったところなんだけどさ」

僕は「あー」とわかったような相槌《あいづち》を打った。そんなページがあったかどうか、思い出せない。しばらくお互い無言で作業していると、何を思ったのか、折江さんが静かに言った。

「早坂くんは、ＤＡＰがやりたかったんだろ」

「……はい」

「残念だったな、休刊になっちゃって。元気出してな」

予想外の言葉に、じわっときた。なんだこれ。折江さんが僕を励まそうとするなんて、おかしい。

「あれ、いい雑誌だったのになあ」

折江さんがつぶやく。僕は大きくうなずいた。

「はい。時代を動かすような雑誌でした」

「ミモザだって、時代を動かす雑誌じゃん」

確認し終わったFUTUREを棚に戻しながら、折江さんが言った。僕は吹き出しそうになるのをこらえた。ミモザが時代を動かす雑誌だって？　重曹を使った掃除方法や、冷凍野菜の賢い使い方が？　折江さんは次の号を手に取り、まじめな声で続けた。

「どんな立派なポストについてる人にだって、どんな偉業を成し遂げた人にだって、生活があるだろ。朝起きて、トイレに行って、メシ食って、歯を磨いて。夜になれば、風呂に入って、ベッドで眠って……。人の一日って、出発点も終着点も、結局は台所とか風呂とかトイレなんだ。どこで誰といても、いなくてもね。仕事が休みの日はあっても、トイレが休みの日はない」

僕はなんだか胸を突かれて、折江さんをじっと見た。この人の話をもっと聞きたいと思ったのは、初めてかもしれない。折江さんはFUTUREを開き、なめらかな口調で言った。

「いつの世も、主婦を見ればその社会の実態がわかるよ。主婦がイエスと言わない商品は絶対に売れない。安いっていうだけの理由で彼女たちは財布を開かないし、モノだけじゃない、時間や労働の値打ちに目をこらしてる。いつも頭と手を使って、細部まで熟考してるんだ。この時代で、どうすれば自分や家族が幸せに暮らせるかって。それが社会ってことだろ？」

社会……。それが、社会。たしかにそうだった。

折江さんはぐるりと首を回した。

「実際、うちのカミさんなんか見てても思うけど、同じ景色のちょっとした変化にすぐ気がつくんだよな。そういう敏感さはしっかりした世の中を作るのに絶対必要なんだ。億単位で金を転がす起業家や法律を牛耳ってる政治家だけじゃない、主婦だって時代を動かす絶大な力を持ってる。ミモザはそれに一役かってるって、俺は自負してるよ」

僕は思わずうなり、手を止めて考え込んでしまった。今まで僕は、なにか、一番かんじんなことを見落としていたのかもしれない。すると折江さんは、今度は大声を出した。

「うわ！　なつかしい」

折江さんが開いているカラーページには、色とりどりのパソコンらしきものが並んでいた。

「これ持ってたな、青いアイマック」

半透明のそれは、モニターの後ろが丸みを帯びた三角のかたちに出っぱっていて、フルフェイスのヘルメットみたいだった。

「マックなんですか？　なんか、すごい場所取りそうですね」

僕が言うと、ははは、と折江さんは笑った。

「当時はオシャレだったんだよ、このフォルム。それまでは四角い箱型しかなかったから。そうそう、このころはなんでもスケルトンって、流行った、流行った」

折江さんはしばらく目を細めて「最新型、登場」と見出しのついたマックを見つめていた。キーボードの縁やマウスも同じ色をしている。ブルーハワイのフラッペみたいな青。

「いいなぁ。なつかしいって感情は、年長者へのご褒美みたいなものだよね。時がたてばたつほど、美味くなる」

折江さんがぽつんと言い、ふっと空気がゆるんだ。

考えたら、僕は折江さんとふたりでじっくり話したことなんか一度もなかった。いつも他に誰かしらが一緒にいたし、敬遠してふたりきりになるのを避けていたところもある。

ぴこん、と着信音が鳴る。折江さんのスマホだ。

折江さんはキャビネットからスマホを取り、画面を見て「きた!」と叫んだ。操作しながら早口になる。

「有力情報ゲット!　黒祖ロイドの写真、個人インタビューじゃなくて、タレントとか文化人とかにアンケート取ったおすすめのビデオ特集じゃないかって」

「え?　誰からなんですか」

「昔、FUTUREにいた編集部員で、ユミちゃんっていう子。っていっても俺と同期だからもう女の子でもないか。十年ぐらい連絡取り合ってなかったからアドレス変わっちゃってるかなと思ったけど、ちゃんとメールできてよかった。そのページを担当してたわけじゃないんだけどね、ユミちゃん、黒祖ロイドのデビュー作からのファンだからなんとなく覚えてたってさ」

著者インタビューの記事じゃなくて、軽いエンタメコーナーだったのか。言われてみれば、黒祖ロイドは「取材」としか言っていなかった気もする。チェックするところがぜんぜん違っていた。今まで開いた号も、もう一度確認しなくちゃいけないだろう。

ちょっとがっくりきたけど、でもこれで、とりあえず見るところが限定された。僕たちは気を取り直し、また改めてページをめくり始めた。

はっと、僕は今さらながら折江さんにお礼を言っていないことに気がついた。さっき折江さんがスマホをいじっていたのは、ユミちゃんに連絡を取っていたんだ。その前に、自分の仕事を放って僕を手伝うためにここに来てくれたことに対しても、僕は何も言わなかった。

「……ありがとうございます」

小さくそう言った僕の声が聞こえたのか聞こえなかったのか、折江さんは「ユミちゃんってさ」と話し始めた。

「ＦＵＴＵＲＥのあとインテリア雑誌の編集部にいて、十五年前にけっこう有名な建築士と結婚して辞めちゃったんだよね。そのあとはフリーでコーディネーターやってたからたまに仕事組んでたんだけど、ユミちゃんに子どもが産まれてから疎遠になっちゃってて。いや、久しぶりに繋《つな》がって嬉しいよ。こんなことがなかったらメールなんかしなかった」

「……折江さんは、フリーになりたいって思ったことはないんですか」

僕は訊ねた。大学を卒業してからずっと峰文社で勤めている折江さんに、かねてから聞いてみたいと思っていたことだ。

「なりたいっていうか、俺、峰文社の正社員になる前はフリーだったもん」

「えっ！」

驚いている僕をよそに、折江さんはちらりと腕時計を見て、蚊取り線香をチェックするためにキャビネットに近寄った。

時計を見ると、もう二時だった。ミニサイズの蚊取り線香は燃焼時間が三時間で、緑の蛇はちょろりと小さなトカゲぐらいになっている。

「ずっと峰文社だと思ってました。昔のことよく知ってるし」

「まあ、それも間違いではないけど。最初は契約社員で、ファッション誌の編集やってたんだ。それが休刊になってリストラされて、そのあと二年ぐらいフリーでさ。正社員の中途採用があるって聞いて、敗者復活戦に挑んだわけよ」

ぜんぜん知らなかった。僕は深く納得した。

「だから折江さんは、ノギちゃんの気持ちがよくわかるんだ……」

僕がひとりごちると、折江さんは楽しそうに笑った。

「ノギちゃんね、あの子、おもしろいよね。フリーなのに折江プレゼンにチャレンジしてきたの、ノギちゃんだけだよ」

「ノギちゃんが？」

僕は目を見開く。折江さんがくわっと口角を上げた。

「三つあげてきたうち、ふたつはボツ、ひとつは再提出を申し渡してある。折江プレゼンはそんなに甘くはないのだ！」

折江さんは無意味に腰に手をあて、わっはっはと豪快に笑った。

僕は笑えなかった。

気づいたからだ。下戸のノギちゃんはきっと、ビールはもちろん仕事欲しさだけにそんなことをしたんじゃない。本当に作りたいページがあって、書きたいことがあって……。ノギちゃんがキラキラして見えるのはフリーだからじゃなくて、そんな想いをいつも持ってるからだって、今になってやっと理解した。

僕はうつむいたまま訊ねた。

「折江さんは、リストラされたとき、どう思ったんですか」

「そりゃ、まいったとは思ったよ。でもそれは承知で契約してるわけだしね、どうなっても受け止める覚悟はしてた。フリーになったのも中途採用受けて受かったのも、流れ流れた果てのことよ」

折江さんはペットボトルを片手に持ち、泳がせるみたいに揺らした。透明のボトルの中で、ちゃぷんと水が跳ねる。

「ただ俺は、流れ着いた先での、そのつどの全力が起こしてくれるミラクルを信じてるんだ。思いがけない展開で次の扉が開くのがおもしろいの。それは会社員だってフリーランスだって同じだよ。そのつどの全力の結果、俺は今ここにいるんだ」

そのつどの全力が起こすミラクル？

どういうことなんだろう。折江さんの言うことは、時々謎解きみたいでよくわからない。

折江さんは棚に戻ってきて、ふたたびＦＵＴＵＲＥに手をかけた。

「まあでも、出版の仕事っていろんなスタイルがあるからさ。会社を辞めてフリーになりたいと思うならそうするのがいいし、業界全体が新陳代謝するのは悪くないと思うよ」

折江さんは穏やかな表情を浮かべている。こんなことを言われるなんて、それこそ思いがけない展開だった。今なら、退職願を出してもスムーズに受け取ってもらえるかもしれない。

新しく手に取ったＦＵＴＵＲＥのページをめくりながら、そのことを切り出そうかと口を半開きにしたとたん、僕の目が「黒祖ロイド」という文字を捉えた。

「あった！」

あった。あった、黒祖ロイドの顔写真。

「ルーキーたちのおすすめビデオ、これだけは観ておけ！」とタイトルされたモノクロの見開きだった。

折江さんが飛び跳ね、「黒祖ロイド、いた？」と顔を近づけてくる。

「うわ、かわいいな」

折江さんが笑った。

僕はうなずく。

「マジかわいい」

一九九九年十二月七日号。デビューしたばかりの、まだ二十代の黒祖ロイドは長髪で、照れくさそうにカメラをにらんでいた。

「黒祖ロイドのおすすめは『バグダッド・カフェ』か。へえ、こんな優しい映画をチョイスするなんて意外だな。ゆったりして静かな作品だけど出てくる奴らがみんな人間くさくてね、ちょっとせつなくて、それがいいんだ」

折江さんは記事を読みながら言った。僕の知らないその古い映画をおそらく当然のように観ていて、さらりとそんなコメントをする折江さんは、すごくカッコいい大人だった。

その特集ページに並んだ十個の顔は、新人と呼ばれる駆け出しの若い著名人だった。

バンドマン、芸人、アイドル、漫画家、小説家。今や大御所の面々もちらほらいたけど、そのほとんどが、僕の見たことも聞いたこともない人だった。折江さんがしみじみとつぶやく。

「黒祖ロイドも、がんばったよな。ルーキーとか言われたあと消えていく奴が多い中で、踏ん張ってきたんだろうな」

消えていく、という言葉に僕は蚊取り線香を見た。僕の番だ。

蚊取り線香はもうほとんど灰になって下に落ちていて、線香立ての金具に蛇の頭がついているばかりだ。

なんだか、魔法にかかったみたいな時間だった。黒祖ロイドの写真がちゃんと見つかって、折江さんと今までになく打ち解けて、これこそミラクルじゃないか。

ふと、思い当たる。

そうか。今になってやっと気がついた。

僕を助ける蚊取り線香。この蚊取り線香が燃えているうちは、特別な時間の中にいるってことか。

これはきっと、僕が会社を辞めるために用意された時間に違いない。折江さんがこんなに話のわかる上司になるなんて、ありえない。でももう、残りはごくわずかだった。写真が見つかったからには、二匹目をセッティングするのは不自然だ。

今だ、今しかない。

この蚊取り線香が燃え尽きる前に、鞄の中の封筒を折江さんに渡すんだ。これを逃したら僕はまた、退職願の日付を更新し続けることになる。

「あの、折江さん。僕、話があるんです」

「話？　どうしたの」

そのとき、折江さんのスマホから『情熱大陸』の着メロが流れてきた。電話だ。

「ごめん、ちょっと待って」

折江さんは電話に出た。「うん、見つかった見つかった、ありがとう」と言っているところからして、ユミちゃんだろう。

蚊取り線香の火が進み、緑の蛇はじわじわと白くなっていく。まずい、このままだと、折江さんが電話している間に魔法の時間が終わってしまう。

思い出した。困ったときのうずまきキャンディ。

僕は鞄の内ポケットからキャンディを取り出し、セロファンをはがして口に入れた。青いからミント味かと思ったけど、ただ砂糖みたいに甘ったるい飴玉《あめだま》で、びっくりするくらいあっさり溶けてなくなった。

折江さんはまだ電話し続けている。

「えっ、ホントに？　じゃあ、ちょっと画像送って」

ああ、蛇の顔が半分白くなった。きっとあと一分もしないうち、燃え尽きてしまう。

そのとき、信じられないことが起きた。

蛇の顔が突然緑色になり、ぐにょん、と生えるように一センチだけ伸びたのだ。まるで時間が巻き戻ったみたいだった。しっぽからは何事もなかったかのように煙が出ている。

きっとキャンディの効果だ。少しだけど、これで魔法の時間が延長された。

僕が息を呑《の》んだのと同時に、折江さんが電話を切った。まだ話す余裕がある。僕は退職願を出すために、床に置いていた鞄に急いで手をかけた。

それと同時に、折江さんがスマホを握ったまま叫んだ。

「ミラクルきた！」

「……え？」

折江さんは興奮してまくしたてる。

「ユミちゃんち、家の一部を改装して、来月からハウススタジオとして貸すことにしたんだって。それで、プレオープンってことで来週以降、何かあったら使ってみてってさ。すごいな、あっちからこんな話が飛び込んできた。おもしろいなぁ」

短い着信音がする。折江さんは急いでスマホをタップし、「おお！　これならバッチリ」とガッツポーズを取った。内装の画像が送られてきたらしい。続けて何回か、画像送付の着信音が鳴る。

ぴこん、ぴこん。

それはまるで、折江さんの「次の扉」が開く音みたいだった。

僕は、はしゃいでいる折江さんをぼうっと見た。

ミラクル。それはそんなに不思議なことではなく、折江さんがこれまでやってきたひとつひとつが運んでくる、自然のなりゆきのように思えた。

僕に……部下に力を貸そうと黒祖ロイドの写真を探したことで、ユミちゃんと久しぶりに繋がって、ハウススタジオが見つかって。

怒るときもほめるときも裏表のない折江さん。十分置きの蚊取り線香チェックを律儀に交替し続ける、部下にも対等な折江さん。ミモザを愛し、いいページになると思えば自分の担当じゃなくても手間を惜しまない折江さん。

この人は、流れに文句を言って立ち止まることなく、理不尽な波に抗うことなく、そのときたどりついたところでずっと、おもしろいな、おもしろいなって言いながら、ありったけの力で仕事してきたんだ。

ノギちゃんだってそうだ。

僕はノギちゃんになんて言った？

うらやましいとか、会社つぶれないかなって。そう言った。自分は何もしてないくせに、軽い気持ちで。正社員と同じように、いや、それ以上にがんばっていたのに、雇用形態が違うというだけでリストラされた彼に対してどれほど失礼な発言だったのだろう。それだけじゃない。僕は自分が関わったページ以外を読み込むこともせず、同僚の体調不良にも気づかず思いやれず、不満だけ言いながら面倒くさいことから逃げてやり過ごしていた。

次の扉を開くような、そのつどの全力を僕は知っているだろうか。

そんな力を少しも培《つちか》っていないのに、フリーになっていったい何ができるだろう。

峰文社に入って七年、僕はいったい何をしてきたんだろう。

僕はミモザがどんなふうに時代を動かすのか、まだわかっていない。長い時を経てまた繋がることが嬉しくなるような仲間として、きっとまだ誰からも認められていない。

ぐるりと資料室を見回す。峰文社が、ここで働く人たちが、何十年もかけて毎日築き上げてきたもの。

今まで僕は、まったく愚かなことを思っていた。DAPをやれないのに無駄な時間と労力を費やしたって。

違う。ぜんぜん違う。こんなに恵まれていたのに、すぐ近くに宝物がたくさんあったのに、すべて無駄にしていたのは僕自身だ。

僕だってDAPに運ばれて、流れ流れてここまできたんだ。僕の前にも、扉はあるじゃないか。

折江さんがスマホをキャビネットに置きながら僕に顔を向ける。

「ごめん、話ってなんだった？」

僕は鞄から手を離し、立ち上がった。

「……折江プレゼン、今度はいつ開催ですか」

しがみついて動けなかった執着から解き放たれて、僕は扉をノックする。かなわなかった憧れを幻で終わらせない。時の流れの中で移り変わりながら……そう、変化を味方にしながら、もっともっと力をつけて僕がいつか新しいＤＡＰをつくればいい。

今は、立っているこの場所から、折江さんをあっと言わせる企画を出すんだ。ノギちゃんに負けないようなやつを。そしてキンキンに冷えたビールを、折江さんと一緒に飲むんだ。

蚊取り線香がすべて燃え尽きて、完全なる白蛇がニヤリと笑っているのが見えた。
令和最初の夏が、もうじきやってくる。

Kamakura Uzumaki Annaijo

# 二〇一三年 つむじの巻

Kamakura Uzumaki Annaijo

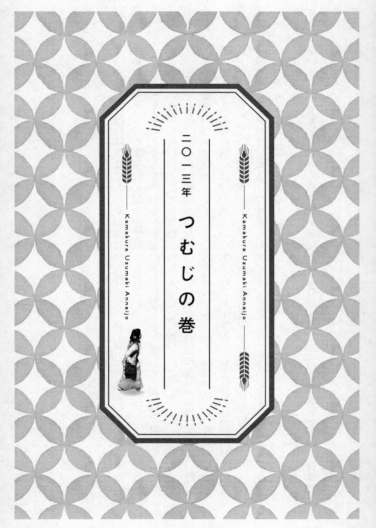

今のうちですよと、うりざね顔の店員が言った。

言わんとしている意味はすぐにわかった。消費税が上がる前に買えということだ。二〇一四年の四月以降は、あらゆる商品の消費税が八パーセントになる。家計を守る主婦にとって、この事態は心穏やかではいられない。

二〇一三年もあと少しで終わる。年末のあわただしさとボーナス時期を狙って、あちこちで「今のうちに」とことさら騒がれるようになった。

今日もそうだ。トイレの電球が切れていたから家電量販店に寄っただけなのに、何気なく洗濯機のパンフレットを手にしたら店員につかまった。ニヤニヤしながら私の隣に迫ってきたその胸には、山西《やまにし》というネームプレートがついている。私と同じく、五十代に入ったぐらいだろう。ノルマがあって彼も必死なのかもしれない。

「八パーセントって、大きいですからね」

ねっとりとした口調で山西さんは言う。

それはそう。だけど、その言い方も戦略だ。いきなり八パーセントになるわけじゃない。五パーセントから八パーセントに上がるのだから、「三パーセントアップ」だ。なのに「8」という無限大みたいなかたちの数字を突きつけられて、私たちは必要以上に大ごとのような気がしてしまう。

洗濯機の本体価格は八万六千円だった。年末の今なら税込みで九万三百円、四月からは九万二千八百八十円。同じものなのに二千五百八十円も違う。

つい二週間前も、そんなふうに言われてテレビを買い替えたばかりだ。二月からソチオリンピックが始まるということもあって、うまく乗せられた。美しい液晶で羽生結弦《はにゅうゆづる》くんの雄姿を見たいという想いで決めてしまったけど、よくよく考えてみれば電化製品は数ヵ月すれば型落ちして今より安くなるはずだ。洗濯機にしたってそうだろう。なんだか踊らされている。

「息子が高校二年生でね。来年、大学受験だからしばらくお金がかかるのよ。少し考えるわ」

私はそう言って店を後にした。山西さんは執拗《しつよう》には追ってこない。

夕飯の買い物をして帰宅すると、私は食材を冷蔵庫にしまい、温かい生姜紅茶を淹《い》れてリビングでほっとひと息ついた。

ついでに買ってきた『ミモザ』という雑誌を広げる。主婦向けの月刊誌だ。毎号購読しているわけじゃないけど、店頭でぱらぱらと開いてみて気の利いた特集があるときはレジに持っていっている。

今月号の「空き箱を使った収納ストッカー」のページは、ちょっと目を引いた。よくある特集だけど、うまくやらないとたんに貧乏くさくなってしまうこの手のリメイクが、さっぱりとスタイリッシュに仕上がっている。これなら私もやってみたいかも。

生姜紅茶を飲みながら、私はページをめくっていった。読者プレゼントのページに手が止まる。付属されたアンケートはがきに希望商品を書いて送るのだ。

プレゼントの内容は各種いろいろだ。ル・クルーゼの鍋、あきたこまち五キロ、洗剤と柔軟剤のセット……。その中で、美容液のボトルに心を奪われる。女優の紅珊瑚がCMをやっている高級コスメ。

「四十代からのエイジングケア」と小見出しがある。本来なら税抜きで一万二千円もする商品だ。

紅珊瑚は何歳だったかしら。たしか四十代半ばのはずだ、私は五十一歳だけど、「四十代から」ということはターゲットの中に入れてもらってもいいだろう。この間、化粧品売り場で無料肌年齢チェックしてもらったら四十六歳って出たし。あれは嬉しかった。

「重力と闘う！　リフトアップのための独自コラーゲン配合」というキャッチコピーを見て、私はしげしげと考える。

二十代のころ使っていた化粧品の宣伝文句って、「うるるん、つや肌」とか「ローズの香りで姫気分」とか、もっとロマンチックだった気がする。それが今では「重力と闘う！」だ。姫じゃなくて戦士。この年になって体力も気力も落ちているというのに、私たちは闘わなくちゃいけないのねぇ。この「独自コラーゲン」はどれくらい強い武器なのかしら。

戦うじゃなくて闘うって、どう違うんだろうと思いながら、私はアンケートはがきをハサミで切り取った。

ハサミの持ち手に油性ペンで書かれた「しんご」という文字がかすれている。息子の真吾《しんご》が保育園のときに使っていたものだ。我が家の日用品はたいがい持ちがいい。

先週知った真吾の「進路希望」を思い出し、私はため息をつく。

そうよ、今は闘わなくちゃいけないのよ。

私は母親として、愛する息子が道を踏み外さないよう、断固、負けるわけにいかないのだ。

夕飯の支度をしていたら、夫の譲《ゆずる》が帰ってきた。

鞄を置くなりトイレにかけ込む。すっきりした顔で出てきたので「トイレ、明るくなったでしょ」と言ったら「うん？」と曖昧に笑った。何のことかわからないのだろう。私は種明かしするように伝える。

「ＬＥＤにしたから」

去年から、電球が切れたところからＬＥＤに替えることにした。電球自体は高めだけど寿命が長いので相対的には安く上がるし、何より取り換える手間が少なくてすむ。もっとも譲にしてみればトイレの明るさなんてどうでもいいことらしく、返事もせず、ついていたテレビを見ながら靴下を脱いでいる。

続けてスーツの上着を脱ぎシャツを脱ぎズボンを脱ぎ、パンツ一丁でソファに座ってもたれかかった。テレビでＡＫＢ48が『恋するフォーチュンクッキー』を歌っているのを見て、小さく口ずさんでいる。

「これ、行くでしょう」

私はローテーブルの上に細長い封筒を置いた。「劇団海鷗座《かいおうざ》」の芝居のチケットだ。譲は体を起こし、チケットを手に取る。

「おおー、これが発売開始後一分で完売するという、幻のチケットか」

公演会場を見て「サンシャイン劇場かぁ」と心底嬉しそうにつぶやく譲の横顔を、私は見つめる。

屈託のない人。結婚して十八年たっても、彼は出会ったころと変わらない。変わったのは、決まった時間に決まった会社に行くサラリーマンになったことだけだ。もちろんそれは、とても大きな変化だったけど。

芝居に映画、読書にジャズ喫茶めぐり。好きなことばかりして定職に就かない譲と同棲していたころ、生活費のほとんどは私が出していた。というよりも、私のアパートに彼が転がり込んできたというのが実際のところだ。私の稼ぎはそう多くはなかったけれど、贅沢《ぜいたく》しなければふたりでなんとか暮らすことはできた。周囲から「ヒモ」と言われたりしても、惚《ほ》れた弱みというのか、彼の生き方を否定する気になれなかった。やりたいことに正直な彼が私にはまぶしかったのだ。

私の父は歯科医で、兄も姉もあたりまえみたいに歯科医になった。そしてまたあたりまえのように、私もその道を選択することを勧められた。

でも、私は早いうちに気づいていた。私は、誰かのサポートをするのが一番向いている。

だから歯科衛生士になった。医師の下で、患者に最も近いポジションで。

友人から「人の口なんて、イヤじゃないの？」と聞かれることもあったけど、私にとってそこは神秘的であらゆる可能性を秘めたドキドキするような場所だった。

人間の体の中で、これだけ硬いものがむき出しになっているのは歯だけなのだ。エナメル質に覆われたそれは骨とは違い、永久歯は一度損なわれたら再生しない。その名のとおり、永久に、たったひとつ。こんなに危うくて大事なものを、人はそれぞれがそれぞれの形で持っている。そんなことはみんな知っているはずなのに、多くの人が自分の歯に関心が薄いことが不思議だった。よほど痛くならないと、歯医者に行こうという気にはならないらしい。美容院やネイルサロンにはあんなにしょっちゅう通うのに。

でも、歯ブラシの使い方ひとつで、口の中の状態は見違えるほど良くなるのだ。汚れのひどい人、口臭の強い人ほど私は燃えた。改善されたことがわかりやすいからだ。絶対に私がきれいにしてみせる。歯石を取り、ブラッシングの仕方を伝える時間が私は本当に好きだった。そのとき医師はそばにいない。患者とふたりで、雑談を交えながら、その人の生活スタイルや好きなこと、苦手なことを話しながらケアを考えていく。たった一度のレクチャーで、再来院した患者さんが「あれから、歯茎から血が出なくなったよ」などと嬉しそうに報告してくれるのがたまらない喜びだった。

そんな中、真吾を妊娠したのは、正直なところ計算外だった。それをきっかけに譲は身を固めると言い、就職して私と籍を入れた。そのころ譲はもう四十歳になっていて、特に職歴のない彼に正社員での入社は難しく、父の口添えで医療機器メーカーの営業職を紹介してもらった。

それでも、子どもを育てていくとなると暮らしはすぐ楽にはならなかった。私は出産と育児のため一年間休業したあと職場復帰し、真吾が小学校に上がるまで共働きをしていた。

仕事を辞めることを決めた一番大きな理由は、真吾のぜんそくがひどかったからだ。そばにいてやりたかった。譲の仕事も軌道に乗り、もともと営業職は彼に向いていたのだろう、結果が出せるようになって昇進した。経済的に安定したことと、年齢的にホルモンバランスが崩れたのか自分の体調不良が続いたこともあって、私は専業主婦になった。

それはそれで、私には意義のある人生に思えた。家の中を清め、家族の健康を気遣い、綿密な家計簿をつけ、暮らしを整える。真吾が中学生になってだいぶぜんそくが落ち着いてからも、すっかり慣れたこの生活を崩す気になれなかった。今では、コーラスのサークルに入って歌を楽しみながらつつがない日々を送っている。

……はずだったのに。

譲が言った。

「真吾は？」

「まだ。いったん学校から帰ってきて、友達と遊びに行ったきり」

「Mステ、始まってるのに」

タモリがミュージシャンと軽い雑談をしている。いつ見ても安定の司会ぶりだ。レコーダーが回っているから、真吾があらかじめ録画予約をしていったのだろう。

「笑っていいとも、終わっちゃうんだよなあ」

譲がさびしそうにつぶやいた。十月に発表が出てから、もう何回も同じことを言っている。三十一年続いた長寿番組が、消費税五パーセント終了と同じ三月三十一日で最終回を迎えるのだ。

彼は昔、『笑っていいとも！』に出たことがあった。もう二十年近く前になる。芸能人のそっくりさんコーナーで、彼の友人が「必殺な仕事はしない三田村邦彦《みたむらくにひこ》」というボードを掲げてくれた。三田村邦彦は『必殺仕事人』というドラマに出ていた俳優だ。

判定結果は○×半々という、バラエティ番組としてはまったくおもしろみのない結果だったけど、当時、確かに譲は三田村邦彦に似ているとよく言われていた。黒目がちな瞳や、甘い顔だちや、横顔のふとした品の良さとか。本物の三田村邦彦と比べて、全体的なスマート感には欠けるかもしれない。それでも一般人としては美形だ……と、少なくとも私は思っていたし、五十八歳になった今だって、顔も体もふっくらしてきたけど、まあ、悪くない。

いいカンジにおじさんになった三田村邦彦もどきが私を振り返った。

「あ、そうだ。鎌倉って明日だったよね？」

「うん」

「ごめん、外せない仕事が入っちゃって。取引先がどうしても明日ミーティングしてくれっていうんだ」

私たちの住んでいる中野《なかの》から鎌倉まで、電車で一時間半ぐらいかかる。でも、私には何がなんでも鎌倉に行きたい理由があった。

コーラスで一緒の上之内《じょうのうち》さんが言っていたのだ。それまで学年順位がうしろから三番目だった息子さんを鎌倉の荏柄天神社《えがらてんじんじゃ》に連れていったら、憑《つ》き物が落ちたように勉強に励むようになり、慶應大学《けいおうだいがく》に合格したのだという。

天神といえば学問の神だ。天神を祀《まつ》っている神社はたくさんあるけど、身近でそんなサンプルを見せられたら、ここしかないと思わせる説得力がある。

書店で立ち読みした鎌倉のガイドブックには、鶴岡八幡宮《つるがおかはちまんぐう》の近くに点在している史跡をたどりながら歩いていくという観光コースが載っていた。私は財布を探り、その場で急いでレシートの裏にメモをした。せっかく鎌倉まで足を運ぶのだから、いろいろ回っていくのもいい。思い出もできるし、家族の絆も強まるかもしれないし。

それで三人で鎌倉に行くことを提案したのだが、家族で出かけるのを恥ずかしがるようになった真吾をどうそちらに仕向けるかが課題だった。初詣だったら自然かとも思ったけど、きっと壮絶な人混みに違いない。天神様だってさばききれず、願いを聞いてもらえないかもしれない。

そう思って、月半ばの土曜日を指定してコースを提示しつつ、「鎌倉に美味しいお蕎麦《そば》屋さんがあるらしいのよ」と適当な理由で打診してみたら、真吾は予想外に食いついてきた。そんなにお蕎麦が好きだったとは。それとも、案外史跡巡りや神社仏閣が好きなのかもしれない。十七年一緒に暮らしている息子でも、知らないことがいっぱいある。

でも、譲が行けないとなるとどうだろう。私とふたりでなんて、相当ハードルが高いんじゃないだろうか。

真吾が帰ってきた。紺のマフラーを唇のあたりまでぐるぐる巻きにしている。外が寒かったのだろう、鼻が赤い。

「おかえり」

「うん」

耳からイヤホンを取り、真吾はｉＰｏｄにコードを巻きつけた。今年の誕生日のリクエストがこれだった。譲が真吾のほうを向き、自分の顔の前で両手を合わせる。

「真吾、悪い。明日、父さん仕事が入っちゃって。鎌倉、母さんとふたりで行ける？」

行ける？ってなんだろう、その聞き方。行ってこいよって、なんで言わないの。腑《ふ》に落ちないまま、私は黙って真吾の答えを待った。

真吾は「あー」と平淡に言いながらマフラーを外した。

「別に、いいよ」

抑揚のない声だ。私とふたりで嬉しいってことはないだろうけど、拒絶反応はない。内心ほっとしながら、私もあえて感情をこめずに言った。

「九時ぐらいに出るからね」

「うん。母さんが言ってたのって、鶴岡八幡宮と宝戒寺《ほうかいじ》と源頼朝《みなもとのよりとも》の墓に行って、最後に荏柄天神社だよね？　あ、それと蕎麦屋か」

「ん？　そ、そうね」

すごい。私が一度伝えただけのコースがちゃんと頭に入っている。自分で言っておきながら、私はメモ書きを見なければ思い出せない。

「鶴岡八幡宮のあと、ちょっと寄りたいところがあるんだけど」

「どこ？」

「風水屋《ふうすいや》っていう店。ちょうど、宝戒寺に行く途中にあるんだ。津村《つむら》がそこで開運スマホケース買ったんだって。僕も同じの欲しいから」

津村。何度か聞いたことのあるクラスメイトの名前だ。

小中学校のころは、真吾の友達といえば近所の子だったから顔と名前がちゃんと一致した。なんならお母さんのことも知っていたり、家の行き来もあったりして、お互いにどんな友達なのか把握しやすかった。

でも高校に入ってからの彼の友達の顔やつきあいが、私はほとんどわからない。スマホのほうが私よりよっぽど真吾の交友関係を知っている。

そうか、鎌倉と聞いて彼が食いついたのはお蕎麦屋さんではなかったのだ。開運スマホケースなんて、わけのわからないものが欲しかっただけだ。親と一緒なら、交通費やら飲食代やらのスポンサーがつく。私はもう、真吾にとって財布だ。

「開運って……。大丈夫なの、それ。高いお金取られる悪徳商法じゃないの？」

「え？　千円ぐらいだよ、けっこうみんな持ってるし。津村がね、それ買った日に彼女できたんだって」

「彼女⁉」

思わず大声を出してしまった。

これまで色恋沙汰はまったく気配がなかったのに、彼女が欲しくてそんなものを買おうとしているのか、この子は。

私のざわざわした胸の内をあっさり読み取ったらしい真吾は、あからさまに眉をひそめた。

「僕が彼女を欲しいってわけじゃないよ。津村の念願だっただけ。それくらい効力があるってことが言いたかったの」

真吾は口をとがらせる。薄い唇だ。目も小さくて、鼻も低くて。地味な顔。どういうわけだか、真吾はまったく譲に似なかった。百パーセント私だ。そっくりさんコーナーで優勝できるくらいに、私と真吾は似ている。小さいころから、一緒に歩いているとわざわざ振り返って二度見する人がいるくらいだ。

出産のときも、頭だけ出てきた真吾を見た助産師さんから「お母さんに瓜《うり》ふたつよ！　がんばって！」と励まされた。もうろうとした頭で「そんなの、この状態でわかるわけないでしょう」と思ったけど、案外、方便でもなかったらしい。

ともかく荏柄天神社参拝は叶いそうなのだから、これ以上ぐちゃぐちゃと刺激しないほうがよさそうだ。津村くんや開運スマホケースに感謝しなくてはならない。

「ごはんにしましょう」

私は味噌汁《みそしる》を温めるためにガスコンロの火を点けた。

対面カウンターから見えるテレビ画面では、タモリが「次は舞祭組《ぶさいく》でーす」と告げている。

「今日はデビュー曲を披露してくださるとのことで、初登場なんですよね」と、最近代わったばかりの若いアナウンサーが初々しくサポートしていた。

十二月もあと二週間というところで、鎌倉の街もクリスマスモードだった。鎌倉駅に併設されたガラス張りのベーカリーショップには、赤いサンタクロースの帽子をかぶった店員が見える。東口の改札を抜け、若宮大路《わかみやおおじ》のほうへ向かった。真吾は歩きながらスマホをいじっている。

「危ないからやめなさい」

「ちゃんと周り見えてるし、大丈夫だって」

口ごたえにも慣れてきた。それでも、私は何度でも注意しなければと思う。転ばぬ先の杖。虫歯になる前のブラッシング。親の義務だ。

道の真ん中で一本に続く桜並木の参道を、私たちはふたりで歩いた。両脇に車が通っていて、その間を鶴岡八幡宮までまっすぐ歩いて行ける。

横に並ぶと、私のおでこのあたりに真吾の顎があった。

真吾は小学生のうちは身長が低いほうで、痩せているしおとなしいし、どちらかというと引っ込み思案な子だった。ぜんそく持ちでよく風邪もひいていたから、自分のことを弱いと思っていたところもあるかもしれない。

それが、中学一年生の夏休みを皮切りに、なぜか急にめきめきと背が伸びてきた。声が低くなり、ニキビができるようになり、あるとき洗面所から譲に「ヒゲってどうやって剃《そ》るの？」と訊ねているのが聞こえたとき私は、キッチンで洗っていたお皿を落としそうになってしまった。

ただ、いくら体が男くさく成長しても、真吾はずっと穏やかな子だった。どろんこになってサッカーや野球に明け暮れている同級生の快活さを「いいな」と思うことはあったけど、インドアな真吾はむしろ私をほっとさせた。ケガもなく仲間内のトラブルもなく、成績は優秀ではないけど落ちこぼれでもなく、ひとりで黙々と本を読んだり絵を描いたりするのが好きな姿に私は「私のところに生まれてきてくれたのがこの子で良かった」と何度も思った。

中学時代の成績に見合った普通の公立高校に入って、彼が選んだ部活は情報処理部だ。パソコンをやるところ、ぐらいの理解しか私にはなかった。エクセルとか、ワードとか。でも、よくよく話を聞いてみればそればかりじゃなかった。時代はもっともっと、進んでいるのだ。私はすっかり遅れている。

ちょっと落ち込みそうになったところで、鶴岡八幡宮の赤い鳥居にたどりついた。鳥居の付近で、たくさんの人がごったがえしている。私は真吾を見失わないように、ぴったりとくっついて歩いた。本当は、手をつなぎたいぐらいだったけど。

本殿に上がろうとすると、真吾が足を止めた。

階段の脇に、赤い柵がある。真吾はその中に植えられた大きな切り株のようなものをじっと見ていた。

立てかけてある説明書きを読むと、イチョウの木らしい。

そうだ、そんなこともあった。鶴岡八幡宮の大銀杏《おおいちょう》が強風で倒れたのだ。樹齢千年と言われていたから、鎌倉にゆかりのある人にとっては大きなショックだっただろう。

説明書きには、倒伏したのは平成二十二年三月十日未明とある。

――皆様の祈りが「頑張る大銀杏」のエネルギーになります。何卒見守り続けて下さるようお願い申し上げます。

鶴岡八幡宮社務所からの言葉に、思わず胸が熱くなる。天災で被害に遭った場所や人を知ると、そこに居合わせなかった私たちは「自分には何もできない」と思ってしまうけど、祈ることが誰かのエネルギーになるのだと、神社から優しく教えてもらえた気がした。そうだ、私たち人間は自分以外の誰かの、何かのために祈ることができるのだ。それってすごいことかもしれない。

倒れた木はすぐ近くに移植されたらしく、それがこの切り株だ。ごつごつした根元に小さな緑色の芽がいくつも出ている。もともと樹があったところからも、残った根株から一メートルくらいの若く細い茎と葉が伸びていた。

「すごいわね、生命力って」

私は言った。真吾は黙っている。

何を考えているのだろう。聞いてみたかったけど、うっかりと触れることのできない強さが彼のまなざしの中にあった。いつのまに、こんな表情をするようになったのだろう。

私も隣で黙ったまま立っていると、真吾はふと顔を上げて「行こう」と言った。階段に足をかけようとして、不意にしゃがみ込む。ほどけた靴紐をなおそうとしたらしい。

私の太ももあたりに、真吾の頭があった。身長を追い抜かれてから……いや、その前に背が私に近づいてきてから、この角度で彼の頭を見ることはほとんどなくなっていた。私は思わず笑みを漏らす。

てっぺんに、ふたつ並んだつむじ。

鳥居つむじというのだそうだ。それはもう大変に珍しいらしい。出産したとき、病院の相部屋で一緒だった乙姫《おとひめ》さんという人のお母さんにそう言われた。珍しい名前なのでよく覚えている。私がベッドの上で真吾を抱っこしていたら、そのお母さんが通りすがりに「あれ、まあ！」と叫んだのだ。

「これはすごいね、こんな見事な鳥居つむじ、めったにいないよ。この子は天才か大バカだね」

退院の支度をしていた乙姫さんは「ちょっと、お母さん！」とあわてて、ものすごく恐縮しながら私に「ごめんなさいね、気にしないで」と謝った。そしてお母さんを押し出すようにして、ばたばたと病室を出ていった。

天才か、大バカか。

紐を結び終えた真吾が立ち上がった。

長い長い階段を、ひとつずつ登っていく。私はそのあとをついて歩いた。

参拝を終えると、鶴岡八幡宮の正面入り口を出て左へ行く。真吾の言う「風水屋」がそちらにあるらしい。

名前からしてうさんくさい。風水屋って。

大通りからふたつめの角を曲がり、真吾は細い道を迷いなく折れていった。

「道、わかるの？　行ったことあるの？」

「来る前に地図で確認してきたから。だいたいこのへん……あ、ほら」

真吾が指さすところに、風水屋の看板があった。想像していたような怪しさはなく、若い子が好きそうな雑貨屋だった。

小町通りや若宮大路ほどではないにしても、そのあたりにはぽつぽつと店があった。こんなさみしいところでお店をやっても流行らないんじゃないかと思うけど、真吾みたいに話を聞きつけてやってくる客がいるのかもしれない。

真吾と一緒に店に入ったものの、客層が若くてちょっと気後れした。真吾にしても、ここで私といるのを同世代の客に見られるのは抵抗があるのか、あっというまに店の奥に入っていく。

外を見ると、向かい側に布小物の店があった。私はそちらを見てこよう。店先に立っていればすぐにわかるだろうと思い、私は真吾に声はかけずに風水屋を出た。

店の前に並べてある手ぬぐいやハンカチを眺め、私は少し時間をつぶした。小花模様のコースターを買おうと思い、店の中に入ってみたけど店員がいない。ずいぶんとセキュリティの甘い店だ。これじゃあ万引きし放題じゃないの。

まあ、そんなに欲しいわけじゃないからいいか、とコースターを店先に戻し、風水屋のほうに目をやって私は愕然《がくぜん》とした。

あたり一面、民家になっているのだ。この布小物屋の向かいに風水屋があったはずなのに。

私、どこから来たんだったっけ。

ああ、いやだ。こういうことが最近、本当に多くなった。もともと方向音痴だけど、このごろ特に物忘れがひどい。重力だけじゃなくて、自分の記憶力とも闘わなくてはならない。

なんだか、通行人もぜんぜんいなくなっている。少しだけど散らばっていたように思えたお店も、なにひとつない。すべて私の思い違いだっただろうか。

冷たい風が吹いてきて自分の髪が顔にあたる。私はマフラーに顎をうずめて、来たはずの道を戻った。

そうだ、こういうときのための携帯電話だ。私はフリップを開いた。ところが画面に「圏外」の表示が出ていて、がっくりとくる。

鎌倉って、そんなに電波が悪いのかしら。お手上げだ。私はため息をつき、とりあえず人のいる大通りまで出ることにした。

しかし、歩いても歩いても、大通りに出ることができなかった。完全に迷ってしまったらしい。せめて誰かがいれば訊《き》くのに。立派な家がたくさん並んでいるのに、人のいる様子がまるでない住宅街だ。

不安でいっぱいになりながら、赤い屋根の戸建《こだ》てを回り込むと、何かのお店を見つけた。クラシックな店の作りや雰囲気からアンティークショップかと思ったけど、よく見ると時計屋らしかった。

「CLOSE」のプレートがかけられたガラス張りの扉から中が見える。壁一面の掛け時計が、いろんな時刻をさしていた。世界中の現在時刻に合わせているのかもしれない。

ふと、店の端に置いてある立て看板に気づいた。厚みのある木の板に、筆書きで「鎌倉うずまき案内所」という字が躍っている。赤い矢印もついていて、矢の先を見ると細い外階段が下に向かっていた。

助かった。地下に案内所があるみたいだ。風水屋の場所を聞いてみよう。


狭い階段を降りていくと、錆《さ》びた鉄の扉があった。

円形のドアノブはくすんだ金属で、こんな乾燥した季節にそのままさわったらすごい静電気が起きそうだった。バチリとくるのが怖くて、マフラーの裾でくるむようにしてノブを回す。

重たそうに見えた扉は意外に軽く開いた。そこからさらに、くるりと螺旋階段が続いている。ずいぶん下にあるのねえ。こんなに掘っちゃって、地盤沈下とか大丈夫かしら。

壁と階段は黒一色で、手すりにところどころ豆電球がぶら下がっていた。ちょっと暗いけど、その省エネっぷりには少し感心した。二〇一一年の震災直後、企業やら商業施設やらがどこでもこぞって節電節水をアピールしていたのに、二年経った今では早くもその感覚が薄れている。案内所って、鎌倉市がやってるんだろうか。

階段を降りるごとに、壁と階段の色が少しずつ青くなっていくのがわかった。なかなか粋《いき》なことをするじゃないの。

最後の階段を踏み、フロアに足を着くとそこは六畳ぐらいの狭いスペースで、棚もポスターもなく、ただ壁際におじいさんがふたりいた。チェーン店のカフェにあるみたいな小ぶりの丸テーブルに向かい合っている彼らは、静かにオセロをしていた。

ふたりに挟まれるようにして、少し上のほうに丸い壁時計がある。巻貝のオシャレなデザインだ。

案内所の人、よね？　休憩時間だったら申し訳ないと思いつつ、私は声をかけた。

「あの」

おじいさんたちは揃って顔を上げた。おんなじ顔。双子のおじいさんって、私はもしかしたら初めて見たかもしれない。双子のおばあさんなら、きんさんぎんさんっていうのが昔いたわねえ、と思いながら私はおじいさんたちを眺めた。

「はぐれましたか？」

白に向けたオセロを持ったおじいさんが言った。

落ち着いたその声に、なんだか安らいだ。誰かにそんなふうに優しく気遣われたのなんて、久しぶりな気がする。嬉しいのと、そのことがみじめに思えたのとで、ちょっとだけ泣けてきた。

はぐれましたか。言われてみれば的を射ているように思えた。

息子から。そう、私は今、真吾からはぐれているのだ。

「おっしゃる通りかもしれません」

私が自嘲気味にため息をつくと、黒側のオセロを持っていたおじいさんが「それはそれは」とうなずいた。

ふたりは合図もなしに同時に立ち上がった。仕立てのいいグレーのスーツ、濃紺のネクタイ。私に向かってていねいにお辞儀すると、彼らはほほえんだ。

「ワタクシが外巻で」

「ワタクシが内巻でございます」

あら、おもしろい。私はとたんにゆかいな気持ちになった。その名の通り、外巻さんは前髪ともみあげが外側に、内巻さんは内側に、それぞれくるんとカールされている。よくよく見ると、ふたりはすごく似ているけれど毛先だけじゃなく表情の雰囲気も違う。外巻さんは血行が良くてぱあっと陽気な感じだし、内巻さんは慎ましく控えめで上品だ。

きんさんぎんさんもそうだったけど、やっぱり双子が生まれるとセットで名前をつけたくなるものなのかしら。

「親御さんがつけたお名前なんですか？　それともニックネーム？」

私が訊ねると、内巻さんが首をかしげた。

「親、ですか」

外巻さんも反対側に首をひねる。

「ワタクシたちの親……。誰でしょうな。オヤオヤ、わかりませんな」

オヤオヤ、ともう一度繰り返し、外巻さんはハッハッハーと声を出して笑った。ダジャレだったのか。

内巻さんは外巻さんのダジャレが聞こえなかったかのように素通りして、私に向き直った。

「綾子《あやこ》さんのお話をおうかがいしましょう」

「ええ、実は……」

言いかけて、ふと止まる。私、自分の名前を言ったかしら。

ああ、でも物忘れがひどいのはいつものことだ。入ってきたときに言ったのかもしれない。私は話を続けた。

「風水屋という店に、息子がいるはずなんですけど」

「ほうほう」

「店がどこなのか……わからなくなってしまって……」

わからなくなってしまって。

そう、私がわからなくなってしまったのは、真吾の心だ。

顔は私とこんなに似ているのに、中身はまるで理解不能な生き物になってしまった。

急に、ふらりとした。軽いめまいみたいだ。ああ、いやだ、こんなときに……。ぼんやりした頭のまま、私は口を開いた。

「先週……」

――先週、学校で進路相談の面談があった。

そろそろ塾も考えなくてはと思っていた。真吾の高校は普通科の進学校で、ほとんどの生徒があたりまえのように大学進学している。担任の岸田《きしだ》先生は去年も受け持ってもらっていて、中堅どころの男性教員として信頼できるし、私は何の疑いもなく「どこの大学を受けるか」という話をするために学校に向かったのだ。

でも、そこで見たものは衝撃でしかなかった。

岸田先生が困った顔で差し出した真吾の進路希望用紙には、どこの大学名も書かれていなかった。ただ、将来の希望職種にひとことだけこう書いてあったのだ。

ユーチューバー。

最初は何のことかわからなかった。バー？　どんな棒よ？　外国のお菓子みたいなその名前は、パソコンをほとんどやらない私には聞きなれない言葉だった。

岸田先生が「流行ってるんですよね、ユーチューブに投稿するの」と言って、軽く説明をしてくれた。真吾は情報処理部の先輩が動画サイトに投稿しているのを見て、自分もまねをし始めたらしい。その先輩は好きなゲームの紹介をふたつほど上げて飽きてしまったのだが、真吾はがっつりとハマったのだ。

岸田先生の話も、私にはよくのみこめなかった。まず、投稿というのがよくわからない。動画サイトって、ユーチューブって、どこかの誰かがテレビ番組の録画を勝手に流してるアレのことじゃないんだろうか。上之内さんが、ドラマを見逃したときに見てるって言っていた。

「僕も真吾くんの動画を見たんですけど、学校側としては特に問題視する必要はないかなと。志望大学が空欄というのは気にかかりますけど、ただ決めかねてるだけなら、これから考えていけば……」

私を少しでも安心させようとしているらしい岸田先生に、真吾はへろりと言った。

「僕、大学行く気ないんで」

私は言葉を失った。

岸田先生はある程度の予想がついていたのか、私たちのほうを見ずに愛想笑いをした。

「ま、まあ、まだ正式に進路決定する時期ではないですから、あとはご家族でよく話し合っていただいて。ね？」

岸田先生がまとめにかかったのをいいことに、真吾はぺこっと頭を下げて席を立つ。

私は先生に一礼するとあわてて真吾を追いかけ、廊下の隅で腕をつかんだ。

「ちょっと、どういうことよ」

「どういうことって、そういうことだよ」

真吾はさらりと受け流す。私は詰め寄った。

「大学に行かないで、なんとかバーになるっていうの？」

「立派な職業ですよ、ユーチューバーは」

やけに大人びた口調の真吾に、私は絶句した。

「僕、これから部活に行くから。じゃあね」

細い体をひらりと翻して腕をほどき、真吾は行ってしまった。私を残して。

帰宅後、家で真吾を待ち構えていると、彼は「津村と図書館で宿題して帰る」とメールをよこしてきた。まったく、せめて電話にしなさいよ。言いにくいことを一方的に短文で送ってくるなんて。

腕を組んでソファに座り込んでいたら、譲のほうが先に帰ってきた。事の次第を話し出したところで、譲は「ああ、あれな！」と笑った。

「知ってたの？」

「うん、俺のアドセンスに紐づけしてるし」

「なによ、それ」

「十八歳未満だから、保護者のアカウントとか口座名義が必要なんだ。広告収入はそこに入るようになってる」

目玉が飛び出るかと思った。広告収入って、何！　毎月のお小遣い以外にそんなものを得ていたということがショックで、膝から崩れ落ちそうだった。

「聞いてないわよ、なんでそんなこと勝手に」

「ごめんごめん、半年ぐらい前だったかな、綾子がコーラス行ってるときにそういう話になって」

半年。そんなに長い間、私だけ知らずにいたなんて。

譲は私の様子をうかがいながら、リビングにあるデスクトップパソコンのスイッチを入れた。ジャーンと音がして画面が立ち上がる。表示が落ち着いてくるのを待って譲はマウスを動かし、ユーチューブのサイトを開いた。

「まきまききまき、巻き戻し～」

調子に乗ったタイトルコールが流れた。真吾が言っているんだろうけど、なんだか知らない子の声に思える。

譲が解説した。

「これは初期のころだね。マヨネーズ」

最初に、どんとマヨネーズのチューブボトルが現れた。うちでいつも使っているメーカーだ。冷蔵庫から取り出したのだろう。私がスーパーで吟味してきたマヨネーズがこんなことに使われていたなんて、なんだか腹が立ってくる。

ボウルにマヨネーズがあけられ、スプーンでかきまぜている真吾の手が映る。実物の動画はそこまでだった。それ以降は、おそらく真吾が描いたのであろうパラパラ漫画みたいな稚拙なアニメーションが続いた。

画面が二分割され、右側にお酢、左側に卵。右のお酢は瓶からお酒や米を擬人化したイラストに変わり、小学生の夏休み研究みたいに酢ができる工程をまとめたものが次々に出てきた。併せて、左では割られた卵が球体になり、ころころ転がってにわとりの中にすぽんと入っていく。

私は絞り出すように言った。

「……なんなの、これは」

「え、知らない？　マヨネーズって、卵と酢でできてて……」

「そういうこと聞いてるんじゃないわよ！」

こんなばかばかしいものを発信するのがユーチューバーなんだろうか。

「こんなの投稿して、どうしてお金になるわけ？」

「投稿がお金になるっていうよりは、これを見る人がたくさんいるって認められることで広告主が出資してくれるんだ。まあ、そんなにピリピリしなくたって、まだぜんぜん稼げてないよ」

譲はのほほんと笑う。

「稼げないのなんてあたりまえじゃない。だからびっくりしてるんでしょう。真吾は大学行かないでこれを商売にするなんて言ってるのよ、正気の沙汰じゃないわよ！」

「真吾にやりたいことがあるなら、やらせればいいじゃないか。大学がすべてじゃないし、行きたくないならべつに行かなくたって」

二の句が継げなかった。この人は、なんでこんなにのんきなんだろう。

「……つまり、これを見た人の数で広告収入が決まるってことよね？」

「そうそう。最近はけっこう評判いいんだぜ、このアリジゴクの一生なんて再生回数二千回もいって」

「もう見ない。私もう、絶対に見ないから！」

真吾を荏柄天神社に連れていくのだ。一刻も早く、天神様に改心させてもらうのだ。

上之内さんがずいぶん前に言っていた情報を思い出し、私はそう決めたのだった。


こんなこと、誰にも言えなかった。

でも、このおじいさんたちに打ち明けたら、なんだか止まらなくなってすべて話してしまった。

「私は今、息子のことがさっぱり理解できないんです。どうしてあんなことをやりたがるのか、どうして大学受験をしないなんて言い出すのか。親として、これからどうやって彼をサポートしていけばいいんだろうと悩んでしまって……。息子には、本当に幸せな人生を歩んでほしいのに」

おじいさんたちはパッと私の前で横並びになり、肩を寄せ両手の親指をぐーっと立てて声を合わせた。

「ナイスうずまき！」

「え？」

寸分違《たが》わぬ親指が四つ並んでいる。それぞれにぐるぐるとうずまき模様が刻まれていて、それを見たらまた軽くめまいがした。

そのとたん、壁時計がくるりと一度だけ回って止まった。壊れちゃったのかしらとよく見たら、時計ではなかったらしく針がついていない。大きさといい形といい、なんだかルンバのようだった。勝手に床掃除をしてくれるオートマチック掃除機。買うかどうか、検討中だ。

「ステキなインテリアですね。古風な巻貝の模様とかたち。まるでアンモナイトみたい」

私が言うと、外巻さんがほほえんだ。

「さよう、アンモナイトです」

「え？」

閉じられていた貝の蓋が、いきなりパッと開く。驚いていると、中からぐにゃぐにゃした細い足が何本も現れた。

「いやあああっ！」

思わず悲鳴を上げて後ずさると、内巻さんがやわらかく取りなした。

「大丈夫、怖がることはありません。うちの所長です」

「しょ、所長?」

アンモナイトにあらためて目をやると、足の付け根で大きな黒い瞳が光っている。そして壁から自力で外れると、私たちの頭上にふわりと浮かんだ。動くときにシュゴッと音がする。歯医者で唾液を吸引するときに使うエジェクターみたいな音だ。

そうか、アンモナイトって、まだ生きているのだ。てっきり絶滅したと思っていたけど、勘違いだったかもしれない。絶滅したのはシーラカンスだったかしら?

私は本当に無知で、勘違いと思い込みばかりだ。ゴキブリが飛ぶって知ったのも、つい去年のことだったし。アンモナイトも、こんなふうに宙を飛ぶんだろう。世間知らずの主婦と思われないように、私は平静を装いながらこっそり息をついた。気持ちを落ち着かせているうち、アンモナイトの瞳もつぶらで可愛く見えてくる。

それにしても、所長だって。よく、お店で飼っている犬や猫を「店長」って呼んでいるところもあるし、きっとこの子も案内所のペットなのだろう。

アンモナイトは私の頭の上でバク宙するみたいにくるりと回った。芸なのかなと思い、私は拍手する。

「お上手よ、所長さん」

内巻さんが私の隣で「ふむふむ」と首を縦に振った。

「息子さんに寄り添っておやりなさいな、と申しております」

「まあ、そうなの」

私は相槌を打つ。所長さんはおじいさんたちに大切にされているのね。猫がこう言ってる、赤ちゃんがこう言ってるって、さも代弁するように伝えてくるのは、普段からかわいがっている証拠だ。

「それでは、ご案内しましょう」

内巻さんが手を掲げた。なんだか急にフロアが広くなった気がする。所長さんもふわりふわりとゴム風船みたいに漂いながら、内巻さんの指すほうへと移動し始めた。彼らについていくと、案内所の奥に大きな甕が置かれているのが見えた。淡い水色の、洗濯機ほどの大きさの甕だ。するりとした美しい甕の色に私は見入った。白に近い、やわらかな緑がかった青。

「なんてきれい……」

「かめのぞきという色です。諸説ありますが、藍染めのときに、藍の入った液に布をほんの少しだけ浸したときの色とも言われております。ちょっと甕をのぞいただけで引き上げるという作業の形容でしょう」

内巻さんの説明に、私は顔を上げる。ああ、言われてみれば。

「そのネクタイ、藍染めですね」

「ご名答。よくおわかりで」

内巻さんは満足そうにほほえんだ。

「では綾子さん。こちらに来なされ」

今度は外巻さんが甕の前で私を促す。私は甕の前に立った。甕には水が張られていた。高さも水量も、本当に洗濯機みたいだ。水は濁りなく澄んでいて、どうしてなのか底が見えない。

所長さんがゆっくりと甕の上まで飛んできた。丸い目がきょろりと私を捉える。いいなあ、こんな大きな瞳。うらやましい。

突然、所長さんが甕の中に落ちた。パシャッとしぶきが上がる。びっくりして甕に顔を寄せると、所長さんはどんどん小さくなって消えてしまった。

「大変！　所長さんが！　ねえ、落っこちちゃったわよ、助けないと」

「心配には及びません。水中は所長のホームです」

「ホーム……」

おうちに帰ったのか。呆然《ぼうぜん》としていると、外巻さんが言った。

「さあ、もう一度、のぞいてごらんなさい」

私は腰を少しかがめて、甕の中を見た。所長さんが落ちたときにできた波紋がまだ残っている。ぐるぐると回る渦が少しずつ黒く変わり、丸い形になっていった。テレビ画面のように、何かが映し出される。これは……頭？

そうだ、上から見た人の頭だ。よく似た頭を知っている。特徴のある、ふたつ並んだ鳥居つむじ。真吾？

「何が見えましたか」

私が口にしたとたん、水面に浮かび上がっていたその黒い頭はさっと消えてしまった。

「……つむじ」

「では、綾子さんには、つむじとのご案内です」

私はきょとんと外巻さんを見た。つむじとのご案内？

内巻さんが穏やかに言う。

「綾子さんを手助けするアイテムになることでしょう。お帰りはこちらの扉からどうぞ」

差し出された手の向こうに扉が見える。ここには場違いなぐらい明るい白。

「お帰りって、案内はこれでおしまいなんですか」

そう訊ねながら扉のそばに行くと、台の上に置かれた籐《とう》の籠が目に留まった。透明のセロファンに包まれた青いうずまき模様のキャンディが積んである。「困ったときのうずまきキャンディ」と書かれたカードが添えられていて、外巻さんが「ご自由にどうぞ。おひとり様につき、おひとつ限定でございます」と言った。

「あら、そうなのね。いただいていくわ」

帰るときにキャンディをくれるなんて、焼肉屋みたいだ。私はキャンディをひとつ取り、ショルダーバッグの内ポケットに入れた。

「風水屋は、お向かいでございます」

内巻さんが言ったあと、おじいさんふたりは同時にお辞儀をしながら声をそろえた。

「では、お気をつけて」

「……ありがとうございます」

白い扉は木のノブだ。静電気の心配もないので私はそのまま手をかけ、そっと開けた。

ぱあっと明るい陽の中に放り込まれて、また少しめまいがした。

暗がりにいたのに、急に外に出たからだ。二、三秒瞬きをしてから軽く頭を振り、あらためてあたりを見回すと、目の前に風水屋があった。

なんだ、案内所の向かい側だったの。だったら最初からそう言ってくればいいのに、アンモナイトだの甕だのって、おじいさんたち、暇だったのね。楽しかったからいいけど。

ちょっと笑いながら振り返り、呼吸が止まった。

さっき私がいたはずの案内所はさっぱりと消えている。そこには布小物屋がひっそりたたずんでいた。

ずいぶん時間が経っていると思ったのに、真吾は特に待たされたというふうではなかった。お目当てのスマホケースを購入し、店を出てからさっそく装着している。黄金色のケースには、龍の絵が描かれていた。開運。真吾にとって運が開けるって、どんなことなんだろう。

私はなんだか頭がぼうっとしていて、宝戒寺まで真吾のあとをただついていく形になった。お寺はどこもかしこも手入れされていて、椿《つばき》がきれいだった。聖徳太子《しようとくたいし》堂や菩薩《ぼさつ》像などいろいろ見たはずなのにそれしか頭に残っていない。そのあとも真吾に連れられるようにして源頼朝の墓に立ち寄ってから、最終目的の荏柄天神社に着いた。

小さな提灯の連なりに挟まれた細い階段を上ると、そこでようやく、身も心もしゃんとしてくる。

せっかく天神様のところに真吾を連れてきたのだ。気合を入れてお願いしなくては。鎌倉うずまき案内所って、あれはなんだったのかしら。確かに私は、双子のおじいさんふたりと話したはずだ。

寄り添っておやりなさいって、そう言われた。まさにその通りだ。私は間違っていない。

大事なのは予防なのだ。口の中だって、事前にケアがきちんとできていれば虫歯や歯周病を食い止めることができるのだ。真吾が正しい道へ進めるように、たとえうっとうしがられてもちゃんと寄り添っていかなければ。

本殿の前に立つ。開かれた扉は朱色で、くりぬかれた梅の花の模様が可愛らしい。

扉の隣には、ぎっしりと絵馬がかけられていた。ちょっと見ただけで、合格祈願の熱い想いがあふれかえっているのがわかる。

私は扉と同じ朱塗りの賽銭箱に千円札を入れた。大盤振る舞いだ。真吾と並んで手を合わせ、心をこめて祈る。

どうかどうか、天神様。

真吾がばかげたことを撤回して大学受験をする気になって、しっかり勉強してくれますように。そして、そんなに名門校じゃなくていいですから、真吾に合った大学に合格しますように。

帰り際、真吾がトイレに行っている間にお守りをひとつ買った。いや、お守りは「買った」ではなく「授かった」と言うらしい。学業御守。そこでは渡さず、バッグの中に忍ばせる。

上之内さんにあらかじめ聞いておいたお蕎麦屋さんは、小町通りの端にあるのですぐにわかった。鶴岡八幡宮の方面に引き返す形になったけど、ここで食事をしたあとに小町通りをぶらついて駅に戻るつもりだった。

天ぷらつきのせいろを食べ終わると、真吾が言った。

「天神ってさ、菅原道真《すがわらのみちざね》を祀ってるんだよね」

「え？　あ、ああ、うん。そうね、菅原道真」

そうだった気もする。天神様としか頭になかった。

私は蕎麦湯を自分の猪口《ちょこ》に注いだ。真吾のほうに目配せすると、彼は片手を上げて要らないのポーズをとる。

「僕、あれはホントに気の毒だと思うなあ。道真って、勉強できて仕事もできて、きっとすごい努力して出世したのに、妬《ねた》まれて濡れ衣着せられて左遷させられてさ」

「そうそう。かわいそうよね」

話を合わせながら蕎麦湯を飲んでいると、真吾がちょっと早口になった。

「挙句の果てに左遷先で無念の死を遂げて、そのあと道真を陥れた奴らがどんどん死んだり、疫病が流行ったり雷が落ちたりみんなが不幸な目に遭っていって」

「そ、そんな怖い話だったかしら」

「道真の怨霊だ！っていうんで、これからはあなたを神様としてあがめますから、もう祟らないでくださいって、勝手に神に仕立て上げたわけだよね」

「そうなのね……」

「僕、誰かの死や天災が道真の祟りだと思うことのほうが、ずっと濡れ衣だと思うんだよなあ。ひでえ話。道真、あの世でぽかんとしてると思うよ。俺がやったんじゃねえよって。それが、なんで関係ない現代人を受験で合格させてやろうなんて思うんだろ」

私は真吾に見惚《みと》れた。そうだ、彼はこういうところがある。ひとつのことを気の済むまで調べて、どんどん掘り下げて考えて。回転のにぶい私と違って、頭のいい子なのだ。

真吾はふと視線を落とし、お茶の入った湯飲みに手をやった。

「まあでも、しっかり学べよって応援してくれてるのかもね。頭使えよって。僕も、もっとがんばんなきゃな」

私はハッと真吾を見た。

なんてご利益の早い。こんなにすぐに改心させてくれるなんて、菅原道真ってなんていい人なんだろう。私の「寄り添い」はちゃんと通じている。いっぺんに春が来たような気分になって、私は言った。

「そうよ。だから大学に行って、いい企業に就職して……」

「大学は行かないよ。僕のやりたいことはそこにはないし」

ぴしゃりと冷たい水をかけられた。春から極寒の冬に巻き戻しだ。

「だって今、がんばんなきゃって言ってたじゃない」

「うん。ちゃんとしなきゃって思うよ。勉強のできた道真にもきっと隙があったんだ。妬まれたからってまんまと蹴落とされたりしないくらい、しっかりしないと」

「だ、だからそのためにも、大学に……。友達もみんな、受験するんでしょう」

「なんでそんなに大学に行かせたいの。みんなって、誰？」

私は口をつぐむ。なんでって、だってそれが一番王道で、何をするにもスムーズじゃないか。真吾にはそれだけの頭脳も環境もあるのだ。みんなって、みんなって、知らないけど津村くんとか。真吾は続ける。

「父さんだって大学出てないし、まともに就職したの四十歳からだろ。それでもちゃんと家庭守って僕のこと何不自由なく育ててくれたし、いい父親じゃん」

わかったような口ぶりでそう言われて、かーっと頭に血がのぼった。

譲が四十まで好きなことやっていられたのは、私が陰で支えていたからじゃないの。正社員になれたのだって私の父の援助だし、家庭を守っていたのは私だ。いい父親って、あんなくだらない動画サイト投稿に協力する親のことなの？

ああ、とうとう蓋が開いて本音が顔を出した。私は、心配なのだ。真吾が譲みたいになってしまうことが。女として譲を愛した一方で、母親として真吾にはもっと安全で確実な道を選んでほしいと願ってしまうのだ。

こらえきれなくなって、私は叫んだ。

「とにかく、進学しないでユーチューバーになるなんて絶対に反対だからね！　今横道にそれて取り返しのつかないことになったらどうするのよ。いいから、受験しなさいっ。まずはちゃんと大学に行くの！　投稿なんて大学生やりながらでもいいじゃないの」

隣のテーブルにいたカップルがこちらを見る。私は気まずくなってうつむいた。

真吾がぼそりと言った。

「……それは母さんの人生計画だろ。大学生の母親になって、そのあとは安定した職業に就いた息子を見て、ああ、よかったわって胸をなでおろしたいんだ」

「そんな……」

「先に帰るよ」

真吾は席を立った。

真吾、と、私は名前を呼んだ。でも彼は、私の呼びかけには答えずに店を出て行ってしまった。


まだ真吾が、私の腕の中にすっぽり収まるくらいに小さかったころ、彼はよく、ただ「おかあさん」と呼んでくることがあった。

用事はないのだ。おかあさん、と呼ぶだけ。そんなときのイントネーションは独特で、呼んでいるだけだとすぐにわかった。おかあさん。そう呼ばれて、私は答えた。真吾。

あの甘い時代はもう来ない。小さな真吾はもういない。わかっている。そうでなければもっと困る。

あれから真吾は、私に壁を作ってしまった。冬休みに入り、家にいることが多くなっても私とはほとんど口をきかない。

真吾が中学生のころ、周囲のママ友が暴言を吐く子どもに手こずっていたときでも、真吾には反抗期らしいものがなかった。今思えば、もしかしたら言いたいことを言わずに飲み込んでいたのかもしれない。

無視はしんどい。気持ちをあらわにしてくれないことのほうがつらいと知った。うるせえ、ババアとでも言ってくれたほうがまだましだった。

それは母さんの人生計画だろ。真吾のあの言葉は、私を突き刺したまま深く埋まっている。彼は私をはるかに追い越している気がした。背だけじゃなくて、人間として。

日曜日の昼間、譲がＤＶＤを借りてきて、一緒に観ないかと誘ってくれた。落ち込んでいる私を、気にかけてくれているのだ。優しい人。

昔からそうだ。私を喜ばせたり思いやる方法を、譲はよくわかっている。お金がない時代でも、彼のそんな想いが私を支えてくれていたのだ。

譲がプロポーズのときにくれた桜貝を、私は今でも小瓶につめて大切にしている。鎌倉の由比ケ浜《ゆいがはま》で、対になっているきれいなものを探したと言っていた。二枚貝の殻は、対となるペアでしかぴたりと合わさらない唯一無二の片割れなのだという。負け惜しみでもなんでもなく、私には、ティファニーの指輪よりもそれがうんと嬉しかった。

真吾は出かけている。私はうなずき、年末の大掃除をあきらめてソファに座った。

譲が選んだのは、黒祖ロイドという作家の小説が原作になっているSF映画だった。未来から来た少女が、自分のルーツをたどって過去を旅するのだ。時折差し込まれる、遺伝子のイメージ映像。ぐるぐる回る螺旋のDNA。

少々コメディの要素もありながら、物語は思いがけない展開を見せ、ラストはじんわりとあたたかな気持ちにさせられた。いい話だ。

「遺伝子って、なんなのかしらね。私と真吾はあんなに顔が似てるのに、性格はぜんぜん違うもの」

エンディングロールを眺めながら私が言うと、譲がびっくりしたようにこちらを見た。

「え？　性格もけっこう、似てると思うけど」

「どこがよ？」

「たとえば、おっとりして見えるのに実は熱いもの持ってるとことか、身近な人がいって言ってるものに乗っかりやすいとことか、ちょっとオタク気質っぽいとことか」

オタク気質？　復唱する私に譲は言った。

「初めて会ったときからそう思ってたよ。歯の話をあんなに夢中でしゃべり続ける人、見たことなかったから。おもしろいなあって」

両親にはいまだに内緒にしているけれど、譲は、私が衛生士をしていたころ歯科医院に通ってきていた患者のひとりだ。

「でも、親子だから似てるとか、親子なのに似てないとか、そういうのってどうでもいいんじゃないかな。だって結局はぜんぜん別の人間なんだし」

譲はそう言いながら、ふと遠くに目をやった。

「真吾が小学三年生のころだったかな。社会のテストで、法隆寺《ほうりゅうじ》を建てたのは誰ですか、って問題があったろ?」

「あったわね。覚えてる」

私は吹き出した。真吾はあのとき、大きな文字で堂々と「大工さん」と書いたのだ。当然、先生の採点はバツだった。正解は聖徳太子だ。小学生のよくある悪ふざけは失笑を買うだけで怒られることもなく、私も「ばかねぇ」と笑って済ませてしまった。

「俺さ、正直に言うと、あのときすごく感動したんだ。真吾はふざけてなんかいなくて、おおまじめにそう思ったんじゃないかな。あの答えは、模範解答とは違ったかもしれないけど、ちゃんと合ってる。物事の末端や始まりに誰がいるのか、真吾は本当のところをちゃんとわかってるんだなって思った」

私は、お蕎麦屋さんで菅原道真について口早に語っていた真吾を思い出した。

ただ押し付けられた、とおりいっぺんの教養や知識で終わらせないで、自分の目で、頭で、理解して考える。それが真吾だ。

「あいつ、大丈夫だよ。大学行かないっていうのも、ユーチューバーになりたいっていうのも、ちゃんと何か考えがあるんだと思うよ」

私はようやくうなずく。そうかもしれない。

親は、子どものことを何も決められないんだ。ただ見守ることしか。

私が、私たちが、決めることを許されたものがあるとしたらたったひとつ、名前ぐらいだ。譲と一緒に、たくさんたくさん考えて決めた。

真吾。真の吾《われ》。いつわりのない、本当の自分であれと。


翌日の夕方、ひとりでショッピングモールに出かけた。

お正月飾りや、おせち料理の材料を仕込むためだ。食材はあとにして、先にしめ縄を探そうと生活用品フロアに向かう。

とん、とやわらかいものがふくらはぎのあたりにぶつかった。振り返ると、小さな男の子が私のロングスカートの裾を引っ張っている。私を見上げ、男の子はあれっという顔をした。

二歳になるかならないか、やっと歩いているという感じだ。

「お母さんは？」

かがみながら私が言うと、男の子はもじもじとうつむく。飛行機の形をした布製のおもちゃを、しっかりと握りしめていた。

今度は「お名前は？」と訊ねてみた。すると男の子は元気よく「たっくん」と答える。

近くに親らしい大人は見当たらない。迷子か。

呼び出しのアナウンスをかけてもらおう。エントランスから入ってすぐのところに、総合案内があったはずだ。

「お母さんを呼んでもらおうね」

私はたっくんの手を引いて、移動しようとした。とたんにたっくんが泣き出す。どこかへ連れていかれると思ったのか、ここを離れたくないのか。

困った。何か、小さな子をあやすようなものは……。

バッグの中を探ったら、案内所でもらった青いキャンディを見つけた。すっかり忘れていたけど、困ったときのうずまきキャンディって書いてあったっけ。

急いでセロファンをはがしたところで気がつく。

飴は、この子にはまだ早い。飲み込んでしまったら危ないし、それに青いから薄荷《はっか》味かもしれない。

セロファンを開いてしまったので、なりゆき上そのまま自分の口に入れた。薄荷ではなく、なぜかミルクみたいな優しい味がして、シュワッとすばやく溶けた。

しゃがみ込み、泣いているたっくんに思わず腕を伸ばすと、彼はしがみついてきた。体の奥がきゅんとなる。痛いくらいだ。なまあたたかくて重くてやわらかくて、エネルギーが指の先までぱんぱんに詰まってるみたいないのちのかたまり。

　胸がいっぱいになって、たっくんをぎゅっと抱きしめた。大丈夫よ、たっくんのお母さんはきっと見つかるから。私が見つけるから、安心して。

　顎の下にたっくんの小さくて丸い頭がある。黒々とした、つややかな細い髪の毛。なつかしい感触……。

　そのときだった。

　たっくんの頭にあるつむじがぐるぐると動き出し、ふたつに分かれたのだ。

　え、え、え？

　鳥居つむじ？

　私があっけにとられているうち頭の形も微妙に変わり出し、見たことのあるラインに落ち着いた。

　すっと顔が上がる。私を見つめる小さな目。低い鼻、薄い唇。

「真吾！」

　私の腕の中にいるのは、まぎれもなく、幼いころの真吾だった。

　思い出した。幼い日の真吾。

　公園では、すべり台やブランコより、アリの行列に魅入っていたこと。

保育園に迎えに行くと、他の子たちとは離れたところでひとり、レゴのものすごい大作を作っていたこと。

「紙芝居の時間になっても、真吾くんだけ部屋の隅でパズルをしています」と先生から連絡帳に書かれたとき、私はどう思った？

あのころは、嬉しかったのだ。真吾が他の子と違うことが。

通りすがりのおばさんに鳥居つむじのことを教えられ「天才か大バカ」って言われたときも、一滴の疑いもなく「天才」のほうだと思ったのだ。この子は間違いなく大物になるって。

いつからだろう。みんなと同じじゃないと不安になったのは。

普通のことを普通にしてくれればいいと思うようになったのは。

私の腕の中で、ふるんとしたほっぺの真吾がにへっと笑った。そう、この笑顔。この子がこんなふうに笑うこと以上に素晴らしいことなんてあるだろうか。

私は今、真吾に寄り添ってなんかいなかった。

後ろから追い立て、前から無理やり引っ張り、上から指図していた。

彼の隣で添うのは、命令することでも決めつけることでもなかったのに。

「おかあさん」

小さな真吾が私を呼んだ。

私も呼ぶ。

「真吾」

用事はない。ただ呼びたかっただけ。

あなたがここにいることが、ただ嬉しくて幸せだって、そう思うから。


「拓海《たくみ》！」

遠くから女性の叫び声が飛んできた。

私の腕をすりぬけていくその声はたっくんのもので、つむじはひとつに戻っていた。

「おかあさーん！」

「ごめん！　ごめんね、拓海。私がちゃんと見てなかったから……」

若い母親がたっくんを抱きしめた。髪の長さやスカートの色が、私と似ている。後ろ姿を見てたっくんは間違えてしまったのかもしれない。

ふたりの隣に、ほっとした表情の男性がいる。お父さんだろう。

「朝美《あさみ》が悪いんじゃないよ」

思いやりのある素敵なご主人だ。私はうっとりと、初々しい親子を眺めた。

お父さんが私に向かって、ていねいに頭を下げる。

「すみません、ご迷惑をおかけして」

「いいえ、場所を動かないでよかったわ」

お母さんもたっくんを抱いたまま、泣き出しそうになりながら「ありがとうございます」と深く礼をした。

たっくんを巻き戻していったら、このふたりにたどりつくのだろう。真吾の始まりが私と譲との出会いであったように。

さっき幼い真吾に会えたのは、ほんの一分ぐらいのことだったかもしれない。でも私にとっては、永久を閉じ込めたようなひとときだった。

忘れないでいよう。いつかまた、真吾を理解できなくて苛立つときがきても、きっと思い出そう。私の人生に、あんな喜びの時間が確かに授けられていたことを。

家に帰ると、真吾がリビングでパソコンに向かっていた。

「ただいま」と言った私に、ちらりとこちらを見て小声で「おかえり」と答える。

私はコートを脱ぎ、洗面所で手洗いうがいを済ませると、真吾の脇に椅子を並べた。

真吾はぎょっとしたように身を引く。

「これね、渡しそびれてたから」

私は荏柄天神社のお守りを真吾に差し出した。真吾はしぶしぶ受け取りながら、嫌そうな顔をする。

でかでかと刺繍が施された学業御守の文字。イヤミに受け取っただろうか。でも違う。菅原道真に加え、私の祈りもしっかり込めておいた。

真吾の学びが、彼の願う一番いい形で成就しますように。

神社に頼らなくても大丈夫だ。だってこの子は、頭に鳥居を載せて生まれてきたのだから。

私は椅子に深く腰かけ、パソコンの画面を指さした。

「母さんにも見せてよ。真吾の動画」

真吾は三秒ぐらい静止して何か考えていた。そして無言のまま、おもむろにマウスを動かす。

いくつもの動画を、私は真吾と見た。

まきまきまきまき、巻き戻し。

チョコレートがやがてインドネシアの畑で実るカカオに、一冊のノートがやがて林に群れる樹木に。譲に見せてもらった初期のマヨネーズと比べてどんどん見やすく工夫がこらされ、パラパラ漫画の絵も目に見えて上達して感動さえ覚えた。

途中からジャンルが増え、モノの成り立ちだけでなく流通のシステムをたどったものも上がっていった。一通の手紙が、受け取った側から送る側に戻るまで、いかにたくさんの人の手を渡っているかを彼は伝える。まだまだある。コップ一杯の水、蛍光灯のあかり、ガスコンロの火。

真吾の視界は、こんなふうに広がっているのだ。普段何気なく目にしているものが、どこからどんなふうにやってきたのか。その先に何があって、誰がいるのか。そこを見つめる真吾の瞳には、世界のすみずみで小さく誇らしげに輝く光が映っているに違いなかった。

私が感嘆の声を上げたり質問をすると、最初のうちは警戒していた真吾もしだいに声をゆるめ、興奮気味にいろいろと説明してくれた。

「僕、もっともっと知りたいんだ。日本中を端から端まで自分の足で歩いて、目立たない場所でたんたんと偉大な仕事をしてる人に会いたい。みんながひとつにつながれるように、それを世の中に発信したい」

私の隣で熱弁する真吾の頬に、つぶれかけたニキビがある。

幼い真吾はそりゃあ可愛かった。でもニキビ面の真吾も、やっぱり私には可愛い。世界一可愛い。

私は永久の親バカだ。大バカ級の親バカ。それでいいじゃないの。

大学受験するかどうか、将来何の仕事をするのか、先のことはとりあえず置いておこう。

今は、今のあなたの話を聞かせてほしい。

ヒロチュー。

それが真吾のユーチューバーとしての名前らしかった。たぶん、名字の「広中」をもじっているのだろう。

動画がまたひとつ終わって、次の開始までに少し間ができる。

私は呼んだ。

「真吾」

真吾はこちらに顔を向けた。名前を呼んだきり黙ったままの私を見て、なにかに気づいたようにふっと笑う。私によく似た小さな目を動かしながら。

そしてちょっと照れくさそうに、ただ「母さん」と、小声でつぶやいた。

Kamakura Uzumaki Annaijo

二〇〇七年

# 巻き寿司の巻

Kamakura Uzumaki Annaijo

その年老いた占い師は自分のことを人魚《にんぎょ》と名乗り、ぞんざいな態度で名前と生年月日を書けと言ってメモ用紙をこちらによこした。落ちくぼんだ目と目の間に、筋の通った立派な鼻がそびえ立っている。

裏の白いチラシをカットしたメモ用紙は、肌着姿の男性モデルが透けて見えた。言われるまま、書く。私のフルネームと、生年月日と。

「日高梢《ひだかこずえ》さんね。三十二歳、と」

人魚はぼろぼろの分厚い書物を開き、レポート用紙サイズの紙に漢字をさらさらと書きつけた。反転した友引という文字がうっすら裏写りしていて、どうやらこちらは使い終わったカレンダーだ。

かのえ、と彼女は言った。

「庚」と書いてある文字にボールペンの先をあてている。

「あんたね、持っているものは、鉄」

「鉄？」

「そう、刀みたいに硬い。曖昧が嫌いで頑固。といっても、あんたは攻撃的なタイプではないみたいだね。偏屈なかたくなさで、自分の身を守ろうとする」

聞いてもいないのに悪口ばかり並べたてられたようで、どんよりした気分になる。当たっているだけに、つらい。

自分の性格なんて、自分が一番よくわかっている。私が今日、珍しく占いなんてやってもらいに来たのは、わざわざダメ出しされるためじゃないのだ。

今日は恋人の朔也《さくや》と鶴岡八幡宮で待ち合わせをしている。早めに着きすぎてしまったので近くをふらふらしていたら、風水屋という雑貨屋の入り口で「ただいまのお時間、占いやってます！」という貼り紙を見つけた。

鑑定料千円。ほとんど衝動的に中に入り店員に確認すると、店の奥に通された。布のパーテーションで仕切られたブースで今、人魚と向かい合っている。

「あの。結婚について見ていただきたいんですが……今、するべきかどうか」

ふん、と息を漏らし、人魚は数字を書き込み始めた。

「ああ、あんた、言葉に関する仕事が向いてるよ。あと、紙を扱うことがいいって出てる。何してるひと？」

それを聞いて、ちょっと気持ちが上がった。

「中学校で司書教諭をしています」

「いいね、最高」

人魚は景気よく笑った。けなしてばかりでもないのか。曇っていた心が少し晴れた。

「梢さん、あんたはもっとやわらかくなったほうがいい。土の気を補いなさい」

「補うって、どうやって」

「黄色とかオレンジ色の石を身に着けるといいね。そこにいろいろ売ってるから、あとであんたに合うものを選んであげる」

人魚は片腕を伸ばして布をひらっと持ち上げた。ブレスレットや水晶玉など、パワーストーンのコーナーが見える。

「それで、あの……結婚は」

「ああ、そうだった。結婚はどっちでもいいよ。あんたの場合、してもしなくてもあんまり人生に影響ないから」

私はがっくりと肩を落とした。どっちでもいいって、なんだそれは。

どっちにしようか決めかねてるから占ってもらいたかったのに。

「結婚でも仕事でもなんでも、身近にいる誰かから知恵をもらうといいよ。ちゃんと話を聞いてね。人の意見に耳をかさないっていうのもあんたの欠点」

人魚は数字を書き込んだ紙を私のほうに向けて置き、立ち上がった。さらなるダメ出しをもって、占いはおしまいらしい。これで鑑定料千円が安いのか高いのか、よくわからなかった。紙を折ってバッグにしまい、私も立とうとしたら人魚がふと私を見て言った。

「……あんた、いい耳をしてるね」

「え？」

ショートボブにしている私は、何かアクションを起こす前に、サイドの髪の毛を耳にかける癖がたしかにある。今も、無意識に右耳をあらわにしたらしい。でもあんまり好きじゃないから、基本的には隠している。ぶあつくて丸っこい自分の耳。

「うん、外輪の形がいい。しっかり出しなさい、運が開けてくるから」

「耳を出したぐらいで、運が変わるんですか」

「人相学をバカにしちゃいけないよ。肉体の特徴は、一番わかりやすいお知らせなんだから。富士額とか、鳥居つむじとかね。せっかく大成するお知らせを持って生まれても、日々の行いがパワーを殺してしまうこともある。うまく生かしなさい」

人魚はそう言い、布をまた持ち上げて店の中へするりと出た。私も人魚の後を追う。

壁と台を使ってディスプレイされたパワーストーンには、それぞれ名前と効能が書かれたPOPがついていた。ざっくりと色彩別に分けられている。

黄色やオレンジ色の石が集められたコーナーで人魚はぐるんと首を回した。シトリン、ルチルクオーツ、カーネリアン。サンストーンという半透明のキラキラした石がかわいい。手に取ろうとしたら人魚に阻止された。

「ああ、あんたに合うのはね、これ」

はちみつ色をしたドロップ形のペンダントトップを私に差し出し、彼女は呪文を唱えるように言った。

「琥珀《こはく》」

……琥珀。

正直に言って、萎えた。琥珀に罪はないけど、シブすぎる。だいたい、こんな地味な色。結婚の相談に来たんだから、もっとこう、かわいいピンク色のローズクオーツとか、優しい乳白色のムーンストーンとか、心ときめくものが他にたくさんあるじゃないか。

「これねえ、いいよ。あたしが欲しいくらい。こんなに大粒で厚みがあってさ。中にハエとかアリとか入ってるとべらぼうに高いけど、この値段ならお手頃だろ」

「ハエ……」

「九千三百円だけどまけといてやる。チェーンと鑑定料と合わせて、税込みで一万円ポッキリ」

まだ買うとは言っていないのに、人魚は私の手に琥珀をつかませ、近くにいた店員に「この子、一万円ね」と声をかけた。緑色のエプロンをしめた若い女の子が「ありがとうございます」と拒めないぐらいキラキラした笑顔を見せる。

押し切られて仕方なくレジに向かうと、人魚はブースに戻っていった。次の客が待っているらしい。

一万円という予定外の出費に途方に暮れながら、私は店員が会計するのを見ていた。でももしかしたら、本当にこの琥珀が私を救ってくれるのかもしれない。トレイに置かれたペンダントには、「アンバー」と書かれたタグがついている。

「アンバー？」

「あ、琥珀の別名です」

アンバー。誰かに聞かれたらそう答えよう。間延びした響きではあるけどちょっと謎っぽくて、琥珀よりはそっちのほうがまだいい。

「つけていかれますか？　包みます？」

自分用なんだから、包装紙も手間も申し訳ない。私は「つけていきます」と答え、そのまま首に装着した。


店を出て、鶴岡八幡宮に向かう。腕時計の針は、約束時刻の十分前を指している。

先月、プロポーズされた。

朔也は私より四つ年上で、勤務先の中学校で知り合った。横浜《よこはま》にある公立中学だ。休み時間や放課後によく図書室に来ていた朔也は私になにかしら話しかけてきて、お互いにおすすめの本の話をするようになった。理科を専攻している彼は、図鑑や専門誌の他に小説もよく読んでいた。

二年前、三学期が始まった日の放課後、いつものように図書室に訪れた彼から退職するとカウンター越しに告げられ、ついでみたいに「会えなくなっちゃうのは残念だなあ。僕、日高先生のこと好きなのに」と言われた。

どこまで本気なのかわからないまま、彼の「今夜のごはんは一緒に食べましょう」という誘いを断る理由も見当たらず、そこから時々会うようになって、まあ、そうなった。

横浜市内で実家住まいだった朔也は三月になると鎌倉に引っ越していった。おじいさんの家を譲り受けることにしたのだという。そして彼は中学校教諭を辞め、鎌倉の小さな個人塾で働き始めた。

本当のことを言うと、私にはちょっと理解しづらい状況だった。朔也は生徒に人気があったし、学校での仕事を愚痴ることもほとんどなかった。

鎌倉の家をもらうことになったとき、近くで塾講師の募集をしているのを知り、塾長に会ってみてここだと思ったのだそうだ。それで転職なんて、なんだか安直。せっかく教員免許を取ってキャリア積んできたのに。

私は勤務先の学校から徒歩圏内の小さなワンルームに住んでいる。朔也はひとり暮らしを始めて親の目を気にしないでよくなったせいか、実家にいたときよりもかえって頻繁にうちに来るようになった。

七月に入ってすぐの日曜日、昼下がりのことだ。ゆであがったそうめんを水でしめているとき、私の隣でミョウガを刻んでいた朔也が言った。

「結婚しようよ」

なんの前ぶれもなく唐突で、流れるような言い方だった。蛇口から出てくる水道水みたいに、するすると。

それで私は、こう答えてしまったのだ。

「なんで？」

自分でもあんまりな返事だとは思う。でも単純な疑問だったのだ。なんで結婚するんだろう。

でも朔也は嫌な顔はせず、笑みを浮かべながら首をかしげた。

「なんでかなあ。梢と結婚したいなと思ったから。それだけ」

たれ目がますますたれて、「いいひと顔」になる。それを見ていたら、自然に似たようなテンションで答えていた。

「まあ、いいけど、別に」

「やった」

……こんなもんだろうか。

もちろん、嬉しくないと言ったら嘘《うそ》になる。イヤだったら「いいけど」なんて答えない。でも、プロポーズってもっと「非日常」の中で綿密に準備されて行われるものじゃないんだろうか。たとえば誕生日とかクリスマスとか、場所だって夜景の見えるレストランでとか。婚約指輪とまでは言わないけど、もうちょっとインパクトのあるセリフはもらえないものなんだろうか。コンビニに行こうよ、ぐらいの軽さで求婚され、それをまた同様の軽さで受理してしまった気がする。

双方の両親への挨拶もあっさりと済み、そして今日、鶴岡八幡宮には、神前結婚式の下見に行くことになっていた。今朝になって急に塾の生徒からの進路相談が入ったので、直接待ち合わせることにしたのだ。

神前結婚式を提案したのは朔也だ。これから鎌倉で一緒に生活することになるし、派手なパーティーするよりも厳《おごそ》かでいいねと彼は言った。でもそれは表向きの理由で、挙式費用が安く済むことも大きかった。普通に結婚式や披露宴を挙げるとなるとびっくりするくらい高額だし、招待客のリストにもしがらみがまとわりつく。これなら身内だけ呼んで、あとはレストランで会食すればじゅうぶんだ。

朔也は生徒を受け持っているし私も学校勤めなので、お互いに区切りのつく年度末がいいだろう。朔也が問い合わせたところによると、三月の枠はまだ比較的空いているらしい。実際の場所を下見してみて良ければ申し込みを決めるつもりだった。

だけど、ここまできてどこかで納得していないことにも気づいていた。魔がさしたように占いなんて行ってしまい、自分からは絶対に選ばなかったはずのバカ高い琥珀のペンダントを買ってしまったのは、私に迷いがある証拠だ。

うーん、と思わずうなり声が出てしまいあわてて口を押さえる。はたと顔を上げ、曲がるべき角を通り過ぎてしまったことに気づいた。考えごとをしながら歩いていたので、道を間違えてしまったみたいだ。

とりあえず来た道を戻ろうとして、ざわりとした違和感を覚える。

シャッターの下りた和菓子屋、浴衣を着た頭のないマネキンだけが表に出ている呉服店。こんなところ、通ってきただろうか。ぼうぼうに生えた道端の草。その脇に転がる、メローイエローと書かれた黄色い空き缶。アスファルトからゆらゆらと陽炎《かげろう》が立ちのぼっていた。

つつっと、首筋に汗の玉が流れる。喉がからからだった。どうして通行人ひとりいないのだろう。

とりあえず小町通りか若宮大路に出られればなんとでもなるはずだ。ハンカチで首回りと額の汗をぬぐい、私は自動販売機を目で探しながらカンに頼って足を向けた。

戸建ての民家が続く。でも庭に出ている人はいない。白い洋館の塀を回ったところに、レトロな雑貨屋らしき店があった。店員に訊ねようと思ったけど定休日らしく、ドアに「ＣＬＯＳＥ」のプレートがかかっている。

ドアはガラス張りになっていて、中が見えた。壁にも棚にも、所狭しと時計があふれている。ちゃんと動いているらしい針はみんな、めちゃくちゃな時刻を指していた。

困ったな、とため息をついたところで、店の端に立て看板があることに気がついた。古めかしい一枚板に「鎌倉うずまき案内所」とある。達筆なその文字の下には、赤い矢印が下に向かって添えられていた。

わかりにくいけど、建物の脇に外階段がついているのだ。どうやら地下に案内所があるらしい。

コンクリートの階段に足をかけ、そこで躊躇《ちゅうちょ》する。案内所を謳《うた》っているけど、実は新興宗教とか、怪しいセミナーかなんかやってるのかもしれない。入ったら最後、出られなくなるかもしれない。

足を戻して引き返そうとしたら、突然、頬にぽつんと冷たいものがあたった。

ぽつ、ぽつぽつ、ば、ばばばばーーーーっ！

いきなり強い雨が降ってきて、私は身をすくめた。急いで階段をかけ降りる。なんで？ さっきまであんなに晴れていたのに。

階段を降りると赤茶けた鉄の扉につきあたった。開けるだけ開けてみるかと、私は丸いノブに手をかけた。こわい人が出てきたらすぐ逃げられるように、なるべく音を立てずに開く。扉の向こうは、さらに地下が続いていた。黒い壁、細い螺旋階段。ひんやりとして、気持ちいい。恐怖心を超えて体が涼を求め、私はくるりと渦を巻く階段をゆっくり降りた。

黒かった壁と階段が、少しずつブルーのグラデーションになっていく。手すりにはオレンジがかった豆電球が灯っていて、優しい色味に不安がやわらいでいった。怪しさは抜け、幻想的にさえ思えてくる。

一番下までたどりつくと、教室半分ぐらいの小さなスペースに、おじいさんがふたりいた。壁際の丸テーブルに向かい合って、オセロをしている。彼らのすぐ上には巻貝の壁掛けがあり、ここに来る前に見た壁時計を思わせた。

でもそれ以外には何もない。まったく、何もない。本当にここは案内所なんだろうか。

おじいさんたちが、同じタイミングでこちらに顔を向ける。スタンプで押したみたいに同じ顔で、私は思わず二度見した。

「はぐれましたか？」

おじいさんのひとりが言った。

気品のある穏やかな表情に安堵《あんど》しながらも、私は少し戸惑った。

ひとりで来て道がわからなくなっただけだから、その表現は少し違うだろう。でも、おじいさんの言葉は、今の私にぴったりだった。はぐれている。そう、私は、朔也から、結婚から、はぐれている。

「……ええ、まあ」

うつむいて答えると、もうひとりのおじいさんが「それはそれは」とうなずいた。

ふたりはさっと立ち上がる。あうんの呼吸だった。高級そうなグレーのスーツに身を包んだ彼らは、私に向かっててていねいに一礼をした。

「ワタクシが外巻で」

「ワタクシが内巻でございます」

そとまき、うちまき。なるほど、と膝を打ちたくなった。おそらく双子であろうおじいさんたちは、前髪ともみあげが名前に即して外に内にと巻かれていた。なんてユニークなんだろう。

「日高梢といいます」

警戒心が解け、そう言いながら軽くお辞儀をすると、胸元でペンダントが揺れた。

「ほう、これは素晴らしい。粒の良いアンバーですな」

外巻さんが少し身を乗り出す。琥珀ではなくアンバーと言われたことに、私は驚いた。

「ええ、さっき買ったんですけど」

というか、買わされたんですけど。私はそっと琥珀をさわる。お世辞だとしても、ほめられて悪い気はしない。

「梢さんにとってもよくお似合いだ。大きさも色合いも、いいアンバーいいで」

にやにやしている外巻さんと、顔をしかめた内巻さんの間に、三秒ほどの変な間ができた。外巻さんはもう一度言う。

「いいアンバイで」

……いい塩梅。ダジャレだったのか。わからなかった。

内巻さんはそれについてはノーコメントのまま、ゆっくりと私に向き直った。

「アンバーは天然樹脂の化石ですが、アンバール、海を漂うという意味のアラビア語が語源です。嵐のあとに、海から打ち上げられることからきているのでしょう。それから……」

どこか遠いところを見ながら、内巻さんは告白のように言う。

「人魚の涙とも言われております」

人魚の涙？

私はあの毒舌な占い師を思い出した。あの人が泣くのは、ちょっと想像ができなかったけど。

「あれは実に悲しい伝説ですなぁ……。人を愛するというのは、理屈ではありませんからな」

外巻さんがせつない表情を浮かべる。

「どんなお話なんですか」

私が訊くと、外巻さんは待ってましたとばかりに「バルト海における伝説、人魚の涙！」と叫んだ。ミュージカル俳優のように両腕を広げ、歌うようなポーズをとる。

「むかしむかし、そのむかし。美しい人魚ユラテの物語でございます。ユラテが恋に堕ちたのは、あろうことか漁師でした。女神である人魚と人間が恋仲になるのはご法度。怒りに狂った神はふたりを引き離そうと雷を落とし、漁師を殺《あや》めてしまったのです。悲しみに暮れたユラテは朝も昼も夜も大粒の涙を流しました。それがアンバー、琥珀でございます。それからというもの、海が荒れるたびに琥珀が海岸に流れ着くと、そういうわけなのでした」

「……なんてひどい話」

「諸説あり、いろいろ混ざっておりますがね」

そんなふうに恋人を失ったら、もう新しい恋なんてできないだろう。いつまでもいつまでも泣いて、ユラテは漁師をずっと好きでいるだろう。

私がしんみりしていると、内巻さんが言った。

「それはさておき、梢さんのお話をおうかがいしましょう」

さておき、私の話。ファンタジックな人魚の伝説ではなくて、現実の、私の話。そうだ、私はこの案内所に道を訊ねに来たんだ。

「ええと、鶴岡八幡宮で恋人と待ち合わせしていて……」

それはなぜかというと、結婚式の下見に……そう、結婚するんだ、私。

暑さはすっかり引いたはずなのに、急に頭がくらっとした。


——朔也がおじいさんから譲り受けたのは、生前相続として彼に与えられた築八十年の古民家だった。それまでおじいさんとおばあさんがふたりで暮らしていたのだが、朔也の伯父さんが鎌倉市内にバリアフリーの二世帯住宅を建て、そこで同居することになったのだ。おじいさんは鎌倉彫の職人で、その界隈では相当有名な人らしい。これからは隠居して余生を楽しむことにしたのだという。

鎌倉の家に私が行くことはあまりなかった。いつも誰かしら、人がいるからだ。朔也の友達だったり、友達の友達だったり、そのまた友達だったり。

一階に三部屋、二階に二部屋。たしかに、ひとりで住むには広すぎる。二階はもともとお弟子さんを住まわせたりもしていたので、下宿屋っぽいつくりになっていた。でもだからって、たまり場にすることもないだろうと思う。風呂場から朔也の友達が裸のまま出てきてぎょっとしたり、誰もいないと思って泊まりに来たら二階から鼾《いびき》が聞こえてきてそのまま踵を返したこともあった。

なのに朔也は鷹揚《おうよう》というか、来るもの拒まずなのだ。いいやつばっかりだよ、などと言って常にウェルカム状態だった。

結婚したらそういうことのないようにしてほしいと、私は願い出た。知らない人がいつのまにかいるような環境で、落ち着いて暮らすことなんかできない。

「もちろんだよ」

と、朔也は言った。

「結婚したらじゃなくて、これからはもう、断ることにする」

朔也のその言葉を信じて、夏休みの間は私もこの家に寝泊まりして必要な修繕箇所をチェックしたり、新しい家具のめぼしをつけることにした。

それで、八月に入ってから衣服や日用品をスーツケースに詰めて鎌倉に来たのだ。

昨日の夕方、合い鍵はまだもらっていなかったので、私はチャイムのボタンを押した。すると中から朔也ではない声がして、ややあってドアが開いた。

「オカエリナサイ」

目を疑った。

外国人の女の子が出てきたのだ。褐色のロングヘア、薄いブラウンの瞳。白い肌にそばかすが広がっている。

家を間違えたのかと思い、体をひねって表札をたしかめる。田町。ここで合っているはずだ。

女の子はこめかみのあたりに人差し指をあて、たどたどしく言った。

「ああ、ちがう。イラッシャイマセ？」

「あの、田町朔也は」

どちらさまですかと訊くべきところを、そう言ってしまった。彼女は「グロサリーに行ってマス」と笑顔で答える。なんだろう、グロサリーって。

そのとき後ろで「早かったね」という朔也の声がして、私は困惑したまま振り返った。朔也は私の曇った顔を気にも留めず背中をそっと押しやり、玄関の中に入れた。

「彼女が梢。僕の婚約者です。フィアンセね」

朔也が一音ずつていねいに発音しながら私を紹介した。女の子はうなずく。

「ワタシの名前は、ジェシカ・ウィルソンです」

名前はどうでもいい。どうしてここにいるのか、そっちを知りたい。

私たちは靴を脱ぎ、居間にあがった。

朔也によると、ジェシカは朔也の友達の友達で、ブリスベン出身のオーストラリア人だった。二十三歳の彼女は、一年前からワーキングホリデーで日本に来ているという。オーストラリアに帰る直前になってお金がぎりぎりになってしまったので、今日から帰国までの三日間、ここに泊まらせてほしいと言われたらしい。

お茶を淹れましょう、と私は朔也を台所まで引っ張っていき、ひそひそ声で言った。

「もうこういうことは断るって、言ってたじゃない」

「え？　だって女の子だよ？　男じゃないからいいかなと思って。それにホテル泊まるお金もなくて困ってたし」

まず、あきれた。次に、私の訴えの意図がちゃんと伝わっていなかったと気がついて愕然とした。

「それならそうと、事前に言ってくれたらよかったじゃない」

「ごめん。今朝になってそう思ったんだけど。どうせ会うんだから、まあいいやーって」

「じゃあ、三日後にまた来るわ」

スーツケースに手をかけ、はたと気づく。それは、朔也が彼女とふたりでこの家で三日間過ごすということだ。それはそれで、どうなんだ？　不穏なさざ波が胸に押し寄せてくる。

麦茶をお盆に載せて居間に戻ると、ジェシカはテレビの前に立ったままバラエティ番組を見ていた。突然、腕を振り動かし、足をドンドンと床に打ちつける。

「そんなのカンケイねえ！　そんなのカンケイねえ！」

小島《こじま》よしおだ。最近ブレイクしたパンツ一丁の芸人。もう、どこに行ってもこれ。学校でもそうわめく生徒たちがいて授業を妨害するので、「小島よしお禁止令」が出たぐらいだ。

「ハイっ、おっぱっぴー」

小島よしおに合わせながら、ジェシカは嬉しそうに両腕を広げた。そして、麦茶のグラスをテーブルに置く私に話しかけてくる。

「おっぱっぴーは、どういう意味？」

「意味はないんじゃない。ノリでしょ」

「ノリ？　ノリは、どういう意味？」

英語でどう説明すればいいんだろう。私が困っていると、朔也が言った。彼は英検一級を持っている。

「ただ楽しいからやってるってこと。ジャスト・フォー・ファン」

「オー」

ジェシカは納得してうなずいた。

そして突然、迫るように顔を近づけてきて、じいっと私を見た。

「コズエは、いい皮ねえ」

「かわ？」

「スキンは、皮でしょ」

ジェシカは手を伸ばし、私の頬をぺちぺちとたたく。あまりにも無遠慮な行為に体をよじらせて逃げると、朔也が笑い出した。

「それを言うなら、きれいな肌」

「オー。どう違う？　ムズカシイ」

ジェシカは鼻にくしゃりとしわを作り、人差し指でぷつぷつと自分の顔をさしている。そばかすを気にしているのかもしれない。

一応ほめられたんだろうけど、ざわざわした気持ちだけがこみあげていた。初対面で顔をさわってくるって、彼女特有のパーソナリティなのか、オーストラリア人はみんなそうなのか。朔也も朔也だ。目の前で恋人がたたかれているのに笑うなんて。それどころか、私が嫌がってることにさえ気づかない彼に、私はまた新たな不安を募らせた。

ジェシカのことだけじゃなかった。

私の憂鬱の決定打は、そのあと朔也と青果店に行ったときのことだ。

「あら、田町先生」と声をかけられた。朔也が教えている生徒の母親らしい。

「彼女さん？」

好奇心に満ちあふれた視線が私にからみつく。朔也は「結婚するんです」と答えた。

「まあ！　田町先生もいよいよゴールインなの」

「ええ」

朔也はとても感じよくほほえんだ。お母さんはパンと手を合わせる。

「それはおめでとうございます。でもね、ゴールでもあるけど、ここからスタートでもあるのよ、結婚って」

言い古されたメッセージ。先輩として素晴らしい助言をしているという表情だった。

私はひきつり笑いを浮かべながら早く朔也がこの場から離れてくれることを願った。

しかし朔也は「勉強になります」なんて答えている。

するとそのお母さんは大げさなぐらい目を細め、芝居がかった声で言った。

「今が一番いい時ねぇ」

なんとか上げていた口角が思わず下がる。

婚約中の人に放つ常套句《じょうとうく》だろう。わかっている。

でもその言葉は、思いがけない重さで私の中に錨《いかり》をおろした。

今が一番いい時？

だとしたら、今がマックスな幸せで、これ以上はないってこと？　こんなに不安でもやもやしているのに。

これからどんどん、悪くなるってこと？

どうして私は朔也と結婚するんだろう。

好きだから？　じゃあ、好きじゃなくなったら？

経済的な安定？　いや、自分の食い扶持ぐらいはこのままがんばって仕事を続ければなんとかなる。

子ども？　今は、考えられない。職場で思春期の不安定な中学生たちを見ていると、自分が親になる自信はまだない。

一緒に暮らすため？　それは最も理由にならなかった。一緒に生活するだけなら、誰とだってできる。たとえばジェシカみたいに初めて会った外国人とだって、こんなふうに。

「結婚なんて重要なことをこんな簡単に決めてしまってよかったのかなとか、本当に朔也とうまくやっていけるのかとか、考えれば考えるほどわからなくなるんです。一番いい時であるはずの今、あんまり喜べていないことが自分でもつらいし、朔也にもなんだか申し訳なくて……私は、結婚には向いていないのかもしれない」

私がそう言うと、おじいさんふたりは、さっと横に並んだ。そしてそれぞれ両手の親指をぐーっと突き立てる。

「ナイスうずまき！」

「……え？」

親指の腹にくるりと刻まれたうずまき。それを見ていたらなんだか、くらくらした。

そのときだった。

壁の巻貝が、突然ねじまきのようにぐるんと回った。なんだろうと思って見ていると、貝の弁がぱかんと開き、中から足がにょろにょろと飛び出してくる。

「……ひっ！」

まさか生き物だったなんて。恐怖のあまり声も出せず、内巻さんの後ろに身を隠すと彼は静かにこう言った。

「大丈夫です、怖いものではありません。うちの所長です」

「所長？　所長って……」

ちゃんと直視してみると、その姿に見覚えがないわけでもなかった。といっても実物ではなく、イラストか何かだ。

「オウムガイ……？」

「いえ、アンモナイトです。時々間違われますが、オウムガイとは遠い親戚のようなものです」

外巻さんが言う。アンモナイトがなんで今の時代に生きてるんだろう。

足の付け根から真っ黒な目が現れ、あたりをきょろきょろと見ている。壮絶な不気味さだけど、攻撃してくるタイプの生物ではないだろう。私は内巻さんの背中に隠れたまま、「所長」と呼ばれるアンモナイトを眺めた。

所長は壁からぱこっと離れた。思わず後ずさりしたけど、こちらには向かってこない。そこにとどまったまますばやく上下に動き出し、しゅごごっと音を立てた。意外に威勢がいい。

ふむふむ、と内巻さんがうなずく。

「結びつきが大事、と申しております」

「結びつき？　所長がそう言ってるんですか」

私は半ばあきれて言った。

つまり、しのごの言わずに結婚しろと。内巻さんの意見なんだろうか。

すると、外巻さんが首を横に振る。

「いやいや、今のは、独り立ちが大事、でしょうが」

今度は外巻さんのアドバイスか。迷うなら独りでがんばっていけと。

内巻さんが眉間にしわを寄せる。

「いえ、所長はたしかに、結びつきとおっしゃった」

「いやいやいや、独り立ちと！」

「結びつきですってば！」

同じ顔が争っている。私は仲裁に入った。

「ちょっと、喧嘩しないでください。どっちでもいいです」

人魚にも言われたっけ。結婚してもしなくても、どっちでもいいよって。

内巻さんが、ふう、と息を吐く。そしてちょいちょいっともみあげのカールをととのえ、片手を遠くへやった。

「それでは、ご案内しましょう」

案内って、どこへ。手のほうを見ると、白っぽいものが見える。

歩き出した内巻さんの頭上で所長がのんびり浮かびながら動き、そのすぐ後ろに外巻さんがついていく。私も後を追った。

小さなスペースだったはずなのに、なぜかけっこう歩いた気がする。内巻さんが導いた室内の隅には、ごく薄いブルーの大きな甕があった。

「きれいですね」

私は素直にそう言った。内巻さんが答える。

「かめのぞきと呼ばれる色です。これまた諸説ありますが、そこに張られた水に映った青空を表しているのでしょう」

なるほど。私は感嘆のため息をついた。

「昔の人って風流ですよね。水色って言えばわかるのに、そんなふうにいろんな名前をつけるんだから。呼び方を変えると本体も変わっていく感じがします」

「ほうほう、さすが司書さんらしい文学的なご感想だ」

外巻さんがこくこくと顔を振り、甕のそばに立った。

「私、司書をしているって言いましたっけ？」

私の問いには答えず、外巻さんは手招きをする。

「では梢さん。こちらに来なされ」

言われたとおり、外巻さんの隣に並んだ。甕には水が八分目ぐらい入っていた。

無色透明の水。「かめのぞき」の色がどこまでも続いていて、底なしに見える。すると、所長がふわりと甕の上に来た。あっと思った瞬間、バシャリと水しぶきが上がる。所長が甕の中に身を落としたのだ。所長はそのまま、くるくると回りながら底に沈んで姿を消した。

突然だったので動揺してふたりのおじいさんを見た。でも彼らは平然としていてまったく驚いていない。私は外巻さんに訊ねた。

「底がないんですか、この甕は」

「悩みというものに、底などありはしません」

外巻さんは低い声でそうつぶやいたあと、からっと明るい口調に切り替わって言った。

「もう一度、のぞいてごらんなさい」

私はそっと甕をのぞいた。水面にはぐるぐるとうずまきが泳いでいる。その輪は外側に黒いラインを作り、中心がカラフルに踊り出す。万華鏡のような映像に目を奪われているうち、それはしだいに回転を止めていった。

これって……。

「何が見えましたか」

内巻さんに訊かれて、私は見たまま答える。

「巻き寿司？」

恵方巻とか、助六弁当に入っている、太巻のあれだ。もっとよく見ようとしたのに、巻き寿司の映像はさっと甕から消えてしまった。

「では、梢さんには巻き寿司とのご案内です」

「え」

外巻さんの言葉にぽかんと口を開けると、今度は内巻さんが言った。

「梢さんを手助けするアイテムになることでしょう」

外巻さんが私に向かって念を押した。

「所長がおっしゃったのは、独り立ちですからねっ」

内巻さんも負けていない。

「結びつきですっ、ワタクシが間違えるはずはありません！」

きりがない。どっちが正解かなんて、決着がつかなそうだった。

「あーっ、もう、どっちもちゃんと覚えておきますから」

私がふたりの間に割って入っていくと、内巻さんはコホンと咳払いをした。

「お帰りはこちらの扉からどうぞ」

内巻さんが掲げている手のほうに、真っ白な扉がある。濃紺の壁に映えてあんなに目立つのに、どうして今まで気がつかなかったんだろう。

扉のほうに向かいながら、私は結局、何を案内してもらったんだっけと思った。結びつきと、独り立ちと、巻き寿司？

「ご自由にどうぞ」

外巻さんに声をかけられてそちらを見ると、扉のそばに小さな台があり、その上に籐の籠が置かれていた。中には透明セロファンに包まれた青いうずまきキャンディがこんもり積んである。

「困ったときのうずまきキャンディ」。添えられたカードにはそう書かれていた。外巻さんが仰々しく言う。

「おひとり様につき、おひとつ限定でございます」

「はあ」

何かに困ったら解決してくれるんだろうか。私はキャンディをひとつ取ると、トートバッグにぽんと入れた。それを見届けたかのように、内巻さんが言う。

「鶴岡八幡宮は、お向かいでございます」

「向かい？　地下なのに？」

「では、お気をつけて」

おじいさんたちは揃って一礼をした。これ以上何か訊いたり問い質《ただ》すのは申し訳ないようなシメかただった。

「……ありがとうございました」

私はとってつけたように言い、扉を開けた。


いきなりライトを浴びたような明るさが襲ってきて思わず目を閉じた。蟬《せみ》の鳴き声がする。むわんと湿度の高い空気に包まれ、どうして地上に出たんだろうとまぶたを開いたら、そこに大きな朱塗りの鳥居があった。鶴岡八幡宮だ。

どういうこと？

あわてて振り返ると、そこに白い扉はない。

若宮大路の参道が、誠実なまっすぐさで一本続いているだけだった。


朔也から、今向かっているとメールが入った。進路相談が思ったよりも長引いたらしい。

約束の時間を十分過ぎているから、私はここで朔也を二十分待っていることになる。

鶴岡八幡宮の前に立ったとき、腕時計を見たらなぜか風水屋を出たときと変わっていなかったのだ。

暑くてぼうっとする。でもそのせいだけじゃなく、思考回路がほとんど停止していた。なんだったんだろう、あの案内所は。頭がどうかしちゃったんだろうか。双子のおじいさんはともかく、アンモナイトとかって、ありえない。

鳥居の前に棒立ちしていたら朔也が走ってきて、ごめんごめん、という謝罪のあとに私のペンダントに目をやった。

「あっ、それ、琥珀？」

小さく叫んだその声に、人心地を取り戻す。

「うん」

「見せて見せて」

朔也はペンダントヘッドをくいっと持ち上げ、顔を近づけた。普段、私が身に着けるアクセサリーにはまったく興味を示さないのに、生物学オタクの血が騒いだらしい。目をこらして琥珀を見たあと、ちょっとだけ残念そうに言った。

「虫は入ってないかぁ」

「入ってないよ、気持ち悪い」

「気持ち悪くないよ、何億年も昔の時間が封じ込められてるんだよ？　とてつもないロマンじゃん」

そうか。

そんなふうに考えてみればロマンだ。でもやっぱり、ハエだのアリだのを胸に飾る趣味は私にはない。

「『ジュラシック・パーク』だってさ、あれ、琥珀の中の蚊が吸った恐竜の血を取り出して……」

朔也は嬉しそうに話し出した。私はあの映画、観ていない。たぶんこれからも、観ない。

ものの値打ちっていうものは、本当に人それぞれだ。

芸能人が離婚会見でよく「価値観の違い」って言ってるけど、あれって相当な決め手なんじゃないだろうか。またちょっと不安になってくる。

鳥居をくぐって参道を歩いていると、両脇に屋台が出ていた。かき氷ののぼり旗にちらりと目をやったら、朔也もそちらを見た。

「うまそ。お参りだけ先に済ませて、下見の前にあれ食おう」

「……うん」

手をつなぎたくなった。

私がかき氷を食べたがってるって、朔也は気づいたのだ。なんだかんだ言ったたって、彼の優しさに甘えている自分も否めない。

「けっこうでかいな。半分こしてふたりでひとつ食べればいいか」

屋台の前を通り過ぎるときに朔也が言った。

ふたりでひとつ。

結婚って、そういうことなのかもしれない。大きなひとつのかき氷を、ふたりでつつきあうようなこと。

でもかき氷って案外、人それぞれのタイミングと食べ方があるのだ。それに、完全に半分なんてことはなくて、どちらかが遠慮して譲ったり、逆に要らないのに無理したりして。

今の私たちは、小さいサイズのかき氷の器をそれぞれ持っている。スプーンにもなっているストローをどう使おうと自由だ。さくさくのうちに食べてしまっても、わざと溶かして飲んでも。めいめいがそれを好きなように食べながら、おいしいねって言い合えるのは恋人だからだ。夫婦になったら、きっとそういうわけにもいかない。

伸ばしかけていた手をひっこめて、私は黙ったまま朔也の隣を歩いた。


挙式の仮予約を済ませ、私たちは家に帰った。

夕方になって、朔也は塾に出かけた。ジェシカと私のふたりきりだ。居間ではジェシカがテレビを見ている。エンタメ系の情報番組だ。

ジェシカは子どもみたいに畳の上に寝そべって、かりんとうを食べていた。お行儀がわるい。私に気づくと、彼女は顔だけこちらに向けた。

「ハニカミって、どういう意味？」

テレビ画面には石川遼《いしかわりょう》くんが映し出されていた。ハニカミ王子か。

「恥ずかしがる、とか」

「ハズカシガルトカ？」

「えっと……英語で言うと、シャイ？」

「オー」

ジェシカは納得して、かりんとうを口に放り込んだ。ぽりぽりと音が響く。

石川遼くんって、まだ十五歳なんだよな。たしか高校一年生だ。うちの生徒たちとほとんど変わらない。史上最年少でツアー優勝した期待の若手ゴルファー。ゴルフの才能だけじゃなくて、彼には人としての品格がある。なんでこんなに落ち着いているんだろう。私が日々向かい合っている中学生はみんな、もっと幼くてあぶらっぽくて、自分でもどうしたらいいのかわからないエネルギーをもてあましている。

「コズエの王子は、サクヤ？」

ジェシカがなにやら嬉しそうに言う。私は唇の端を片方だけ上げ、スルーした。

テーブルの上にはごちゃごちゃとジェシカの私物が置いてあった。飲みかけのペプシのペットボトル、端のほつれたハンドタオル、使い込んで傷だらけのＭＰ３プレイヤー、開け口が破れているバンドエイドの箱。その脇に、場違いなぐらいきれいな新品の単行本が置いてある。真っ白なデザインの表紙を見て私は思わず手に取った。

黒祖ロイドというSF作家の新刊だ。黒祖ロイドは今までもそこそこ売れていたけど、どちらかというとマニアックなファンが多かった。それが先月、誰もが知る大きな文学賞を受賞し、ぐっと知名度を上げた。時の人と言ってもいいだろう。

『瓶の中』というタイトルのハードカバー。私はまだ読んでいない。何気なくぱらっと表紙を開き、私は声を上げた。

「どうしたの、これ」

見返しに黒祖ロイドのサインがある。「ジェシカ様」と宛名書きもされていた。

ジェシカが半身を起こした。

「今日ワタシは、散歩しました。本屋行きました。サイン会？していました」

「本屋って、どこの」

「郵便局のあとの、オモチャついてるレストランの前の……電話箱の隣」

「電話箱？」

「うん？　テレフォンボックス。テレフォンは電話で、ボックスは箱でしょ」

「それは電話ボックスでいいのよ」

「どうして？」

「……どうしてだろう」

ともかく、それなら浜書房のことだろう。「オモチャついてるレストラン」でわかった。たぶん看板に風車《かざぐるま》がついた潮風亭《しおかぜてい》という定食屋だ。どちらも、朔也に連れられて一度だけ行ったことがある。浜書房は昔からある小さな古本屋で、たしかにイベントだの個展だのがたまに行われていると聞いた。

知らなかった。人前に出ることを好まないのか、黒祖ロイドはサイン会なんてめったにしないのだ。授賞式でさえメディアでの顔出しはNGだったし、テレビにも雑誌にも出ないから、私は黒祖ロイドの顔を見たことがない。そんな貴重なサイン会をしてるってわかっていたら絶対行ったのに、せっかく鎌倉にいたのに。

「ロイド先生に会ったんだ……いいなぁ」

ファンだからというわけではなく、単なる珍しさと興味だ。黒祖ロイドの本を私はほとんど読んでいない。

「センセイ? センセイはサクヤでしょ」

「日本では作家のことも先生って呼ぶの」

ああ、もう、本当にめんどうくさい。いちいち会話が滞る。

「ジェシカも黒祖ロイドを知っていたの?」

「ううん。初めて知った。本で日本語勉強します」

知りもしなかったのに、散歩してて偶然サイン会に遭遇するなんて。全国の黒祖ロイドファンがどれだけ歯ぎしりするだろう。運のいいやつめと、私は本を閉じた。

翌日は日曜日で、朔也は朝から庭の雑草取りをしていた。

結婚してここに住んだら、私もああいう作業をすることになるのだろう。手伝おうかと声をかけようとしたら、ジェシカが裸足のまま庭に出ていく。けたけたと笑いながら朔也と一緒に雑草取りを始めたので、私はキッチンで洗い物をすることにした。

お湯の温度がちょっと不安定だった。そういえば、風呂場のシャワーもぬるい。夏はまだいい。でも寒くなる前にきちんと湯沸かし器を修理しないといけないだろう。

朔也は気にならないみたいだけど、私は気になる。

洗い終わった順に、食器をプラスティックの籠に伏せていく。

こんなふうに少しずつ少しずつ、結婚が現実に近づいていく。まだちゃんと腑に落ちていないのに。今ならまだ引き返せるという想いが、頭をかすめる。

朔也が縁側から上がってきて、私の隣に立った。

「明日、ジェシカが帰国するだろ」

「うん」

「今日は日本最後の夜だから、晩ごはんに好きなものをごちそうしてあげようと思うんだけど。ジェシカ、巻き寿司が食べたいんだって」

………巻き寿司。

甕の中に浮かび上がった巻き寿司のビジュアルを思い出す。私の手助けをしてくれるアイテム。

「作ったことある?」

朔也に訊かれて私は消極的に首を横に振る。

「じゃあ、一緒に作ろうよ」

有無を言わせぬ朔也の笑顔。朔也はものすごく料理が得意なのだ。出来合いのものを買ってくればいいじゃないという言葉を、私は飲み込んだ。

午後に朔也とふたりで駅前の東急ストアに出かけ、巻き寿司の材料と巻き簾《す》を準備した。

カニカマ、アボカド、キュウリ。魚屋で鮪《まぐろ》の切身も一冊《さく》買っておいた。あとは卵を焼こうと朔也は言った。

四時過ぎ、米を硬めにセットしてスイッチを押したところで、朔也が叫ぶ。

「あーっ、海苔を買ってくるの忘れた!」

私も思わず口に手をやる。本当だ、中身の具材ばかりに気を取られていた。

「ちょっと行ってくるよ」

朔也が財布を手にしたので、私は言った。

「いいよ、私が行く。その間に、卵焼き作っておいて」

うん、と朔也がうなずく。

「東急ストアまで行かなくても、海苔だけなら近くにちっちゃいコンビニみたいなのがあるから。そこで買ってきてくれる?」

朔也は手短かに道順を教えてくれた。

「桐谷商店《きりやしょうてん》っていう店だよ」

そう言いながら朔也は財布を私に渡そうとする。私はちょっとびっくりして片手を振った。財布ごとぽんと預けられるなんて、気が重い。

「いいよ、これくらい」

私は居間の隅に置いていたトートバッグを持って家を出た。いつも使っているものなので、中に自分の財布が入っている。

結婚したらこんなふうになんでも共有していくのか。お金も、家も、名前も。

名前。

田町になるんだよね。田町梢。日高にそんなにこだわりがあったわけじゃないけど、自分が田町である違和感にはいつ慣れるんだろう。電話も「田町です」って出るのか。印鑑も、免許証も保険証も、みんな田町に変わる。それは私が朔也に属するということ?

たどりついた桐谷商店は、小さな食料雑貨店だった。

店先に多種多様のカップラーメンとウーロン茶のペットボトルが積まれている。こんな真夏の直射日光にあたって大丈夫なんだろうか。

中に入り、かつお節やふりかけの棚に海苔を見つけた。すしはね焼きのり、全型十枚入り。これでいいか。店内のクーラーは効きすぎるほどで寒い。

海苔をレジに持っていくと、週刊誌を読んでいたおばあさんがひょいと顔を上げた。しかめつらの真ん中に、魔女みたいに高い鼻。既視感にぎょっとなる。

人魚だった。

呆然としながら海苔をレジカウンターに置くと、人魚は「三百九十六円ね」と言った。その声。間違いない、やっぱりあの占い師だ。

私がびっくりして突っ立っていると、人魚はいぶかしげに私を見上げた。

「三百九十六円だよ。財布忘れた？」

「あ、いえ」

私はあわてて財布を取り出す。人魚がふと、私の胸元に目を留めた。あれからずっと、あの琥珀のペンダントをつけている。

「……ああ。あんた、風水屋に来てた」

「このお店の人だったんですか」

「まあね。桐谷商店の店主、たまに占い師」

人魚は海苔のバーコードを打つ。ピッという音のあとに彼女は言った。

「あんた、この辺に住んでるの？」

「近くに越してくるかもしれません。……結婚すれば」

「迷ってるんだね。相手の男のこと、嫌いなのかい」

「そうじゃないけど」

私がうつむくと、人魚は唇をぐにゃりと曲げていやな笑い方をした。

「惚れた男と結婚するっていうのに、贅沢な話だね。占いに来る女客の半分は結婚したいのにできませんって相談なのにさ」

そんなふうに思われてしまうのはわかってる。わかってるから、誰にも言えないのだ。

私が出した千円札をレジにしまい、人魚は小銭を取り出した。

「まあでもたしかに、最近はあんたみたいのも増えてるよ。ほんのひと昔前まで女は二十五を過ぎると売れ残りのクリスマスケーキなんて言われてね、二十代半ばが近づくとあせってる子が多かったけど」

「失礼な話ですね」

そんなこと言ったら、三十二歳の私なんてもう大晦日を過ぎている。

人魚はお釣りの小銭を私によこし、海苔をビニール袋に入れながら言った。

「これは女としての長年のカンみたいなものだけど、あたしから見れば、あんたのそれは甘ちゃんの幸せボケだね。障害がないからだろ。誰かがふたりを引き裂こうとしたら、あんたきっと、必死になって恋人と結婚したがるよ」

障害。ユラテの伝説を思い出し、私は訊いた。

「人魚さんは、そういう想いをしたことはあるんですか。愛しているのに、結ばれなかった人が」

人魚はビニール袋をこちらに向けようとしていた手を止めた。

「……そうだね。あたしだって、かつて愛した想い出の男ぐらいいるさ」

ふと優しげな表情になって、人魚は言った。

「でも今は幸せな人生だと思ってるよ。亭主はまっとうでなかなかいい男だし、かわいい孫もいるしね。もう十一歳になる。隣で笑ってくれる相手を大事にしなよ、馬には乗ってみよっていうだろ」

なんだか不思議な感覚だった。彼女も結婚して子どもを産んだのだ。比喩とわかったうえで私は言った。

「馬とか苦手だし。私には無理かも」

人魚は、ハッと息をついた。

「まったく後ろ向きな子だねぇ。もっと柔軟に考えてみたらどうなの。言っただろ、聞く耳を持てって」

吐き捨てるような言い方。よく知りもしない人からなんでこんなふうに責められなくちゃいけないんだろう。悲しくなって私は声を強める。

「私が持っていない『聞く耳』って、どこにあるんですか。この店にも売ってますか？」

人魚は海苔の入ったビニール袋を私に差し出しながら、にやりと笑った。

「あんたの耳の奥の、うずまきが知ってるよ」


うずまき、と言われて私は、案内所のことを思い出した。

夢だったのかなとぼんやり思いながら、帰り道でバッグの中を探るとキャンディがあった。やっぱり現実だったんだ。私はとぐろを巻く青いうずまきをしげしげと見て、バッグに戻した。

家に着き、キッチンに入っていくと朔也とジェシカが楽しそうに並んで話していた。ジェシカは手に本を持っていて、朔也はまな板の上でアボカドを割っているところだった。出来上がった厚焼き卵は、すでに細長くカットされて皿に盛られている。

ジェシカが振り返った。

「あっ、コズエ、グロサリー行ってた？」

「グロサリー？　桐谷商店だよ」

私が海苔をビニール袋から取り出すと、朔也が教えてくれた。

「ああいう店のこと、英語でグロサリーっていうんだって」

オシャレなネーミングだ。まるで違う店に思える。最初にジェシカがグロサリーって言ってたのは、桐谷商店のことだったのか。

朔也は包丁を持ったまま言った。

「ジェシカも太巻作りたいんだって」

「ガンバリマス」

ジェシカは片手をグーにして、本を食器棚の上に置いた。黒祖ロイドのサイン本だ。無邪気なジェシカ。彼女に対していい印象はなかったはずなのに、それを見ていたらかわいいな、なんて思ってしまった。いいなあ、こんなふうに誰に対してもフランクで。

そうだ、私はジェシカがうらやましいのだ。その気持ちがますます自分を小さくする。私にはできない。会ってすぐの人に心をオープンにして、ためらいなく輪の中に入っていくなんて。

炊きあがったごはんを飯台《はんだい》にあけると、朔也が寿司酢を回した。私がそれをしゃもじでかきまぜる。湯気に包まれながら、つやつや光る米の粒。あまずっぱい酢の香りが立ちのぼってきて食欲をそそった。朔也の指示に従い、飯台に向かってうちわをぱたぱたと扇いでいたジェシカが盆踊りみたいなダンスを始め、三人で笑った。

「よし、巻くぞ!」

朔也が巻き簾を広げる。そこに海苔を載せ、酢飯を均等に敷いた。布団の上に子どもを寝かせるように具を並べ、器用にくるっと簾《すだれ》を巻いて、ぎゅっ、ぎゅっと形を整えながら仕上げていく。

簾を開くと、見事な太巻が現れた。まるで、プレゼントのラッピングをほどいたときみたいな感動だった。思わずジェシカとふたりで「おおーっ」と歓声を上げる。

でも自分でやってみると想像以上に至難の業だった。巻いているうちに具が飛び出てきたり、ごはんがはみだしたりした。ジェシカにいたっては、説明してもまず海苔の表裏の区別がつかず、さらに酢飯を均等に敷くということができなかったようで、土手みたいにこんもり盛ったごはんの上に野放図に具を散らばせていく。巻くのはあきらめてちらし寿司風にするのかと思いきや、躊躇なく簾ごとぐいぐい巻き込んで大惨事になっている。

「梢のは、ごはんが多いんだと思う。あと、おっかなびっくりやってるからだよ。勢いがかんじんなんだ、巻き寿司は。迷わずえいっと行かないと」

朔也のレクチャーに、私は一作目を皿に引き上げて簾の上に新しい海苔を載せた。最初からやり直しだ。

勢いがかんじん、か。迷わずえいっと行った先のジェシカのありさまを横目で見る。

「ジェシカのは自由すぎて失敗」

朔也が笑う。ジェシカもげらげら笑いながら言った。

「シッパイは、どういう意味？」

「んーと、失敗は、エラー」

それを聞いて、ジェシカは首をかしげる。

「エラー？ ノー。エラーじゃない。サクヤのと違う。That's all」

ザッツ・オール。ただそれだけ。朔也の作った太巻と違うだけ。失敗じゃない。

朔也はふとまじめな表情になり、そのあと大きくうなずいた。

「そうだね。ごめん」

私は胸を打たれて二枚目の海苔に目を落とす。ザッツ・オール。その通りかもしれない。


三人で作った太巻をカットして大皿に盛り、夕食となった。朔也が手早く作ってくれた三つ葉と手鞠麩のお吸い物もある。

三作をそれぞれが好きなように小皿に取り分けて食べることにした。私の作った太巻は、整えるときの力が甘かったらしく、包丁を当てると途中からぼろぼろと崩れた。ジェシカ作はもはや巻き寿司ではなくなっていて、まぜごはんを少しずつ小分けにしたという感じだったけど彼女はじゅうぶんに満足したらしい。

ジェシカは朔也作の太巻をぱくりと食べ、ウゥーンとうなずく。

「オモシロイ！」

私と朔也は顔を見合わせて笑った。朔也が「オイシイ、だね」と訂正すると、ジェシカはわかっているのかわかっていないのか、「そうねー」と笑みをこぼした。

外国人が日本語を覚えるって、日本人が英語を覚えるよりも大変なんだろうな。あやふやな日本語だけど、一年でここまでコミュニケーションが取れているのはすごいことなんだろうと思う。

日本語と英語を交えながら、私たちは三人でいろいろな話をした。

お兄さんが日本に留学したことがあって、自分も行ってみたいと思っていたこと、帰国したらカウンセラーの資格を取りたいこと、お母さんはイタリア人だということ。

ジェシカがトイレに立つ。私は朔也に言った。

「ジェシカってハーフなんだね。ご両親、国際結婚だったんだ」

朔也はお吸い物を飲みながら答える。

「うん、でもあんまり特別な感覚はないんじゃない？　オーストラリアってそういう人が多いみたいだよ。多民族国家だからね。メルティング・ポットっていうんだって」

「メルティング・ポット？」

「人種のるつぼ。いろんな人種や文化が混ざってるんだ」

お椀をテーブルに置き、朔也はちょっと宙を見た。

「人種が違っても家族になれるって、考えたら結婚ってすごいよな」

家族。

私はその言葉に少し緊張した。朔也は続ける。

「でも、なんで国によってこんなに違うんだろうね。一夫多妻制のところもあるし、フランスでは結婚しないままずっと一緒にいることも多いし。日本だけとったって、時代によってぜんぜん常識が違ったりさ。たった百年の間だけでも相当な変化があって、人間って不思議な生き物だよな」

その不可思議な結婚を、私たちはしようとしているのだ。家族になるなんてたいそうなことを。

ジェシカが戻ってきた。入れ替わるように、朔也が「スイカ切ろうか」と言ってキッチンに向かう。

ジェシカが私の向かいに座り、私作の太巻を指でつまんだ。

「サクヤ言ってた。結婚式、神社でする？」

「うん、たぶん」

キャンセルすることにならなければ。

「ステキ。ねえ」

私はイエスともノーとも言わず、頰を引っ張るようにして笑みを浮かべた。

すると突然、ジェシカが眉をひそめる。

「コズエ、わらってない」

「え？」

「ほんとうは、わらってない。みんなわかる」

真向かいでそんなふうに言われて、血液が逆流するみたいな思いがした。指先がさあっと冷えていく。

私は大きく息を吸った。呼吸をするのを忘れそうだったからだ。

「スイカに塩、いる？」

キッチンから朔也ののんびりした声が飛んでくる。


食事を終え、後片付けが済むとジェシカは二階に上がっていった。明日の荷造りがあるからだ。

私がお風呂から出て居間に行くと、朔也がテーブルで参考書を開いていた。塾の準備らしい。

髪の毛をタオルで拭きながら、なにげなく朔也の手元を見て息をのんだ。

耳の中の構造を描いた図。そこに小さなうずまきがあった。

――あんたの耳の奥の、うずまきが知ってるよ。

人魚の言葉が思い出される。

そういえばこういう体の仕組みって中学生のころに習った。なんていうんだっけ、これ。このうずまきが何を知ってるっていうんだろう。

参考書をのぞき込んでいると、朔也が顔を上げた。

「どうしたの」

「あ、ううん。なつかしいなと思って。この……かたつむりみたいなの」

「ああ、蝸牛《かぎゅう》のこと。うずまき管だね」

朔也は参考書を私のほうにずいっと寄せ、熱っぽく説明し始めた。

「音っていうのは空気の振動でさ。まずそれを鼓膜が捉えてね、耳小骨《じしょうこつ》がこのうずまき管に音の刺激を伝えるんだ。うずまき管がそれを受け取ると、今度は聴神経が大脳に送って、そこでやっと、ああ、聞こえたって感じるわけ」

うずまき管に届けるために、他の機能が振動を捉える、伝える。うずまき管はそれを、受け取る。

つまり、うずまき管の大きな役目は「受け取る」ってこと。聞く耳を持つって、受け取るってことか。

さっきのジェシカの声がよみがえってくる。

ほんとうは、わらってない。みんなわかる。

そんなこと言われたって、どうすればいいんだろう。私はこんなふうにしかできないのに。これが私なんだから、仕方ないじゃないか。

受け取れない。私はやっぱり、聞く耳なんて持てない。

ごしごしとタオルで髪を拭いていたら、朔也が訊いてきた。

「明日、空港まで見送り行く？　十一時だっけ」

「……うん」

行く義理はない。たった三日、同じ家で過ごしただけの通りすがりみたいな存在だ。でもここで行かないと答えるのはあまりにも性格がねじまがっている気がした。

不意に、朔也は思い出したように笑顔を見せた。

「ジェシカはほんと、いい子だよね。いつもニコニコしてて、おおらかで。卑屈になったり、頭でっかちじゃないところがいいな」

私はうなずけなかった。丸めつぶされた紙みたいに、ぐしゃりと心が縮んだ。

朔也はジェシカをほめているだけなのに、どうして私は自分がけなされているような気持ちになるんだろう。

私はタオルの端をきゅっとつかんで言った。

「朔也はなんで私と結婚しようって思ったの？」

「またそれ？」

朔也は目尻を下げて笑った。

「したいなあって、それじゃダメかな」

「フランスみたいに、籍入れないで一緒にいたっていいじゃない」

「そうは言ってもここは日本だし。台所で梢と並んでたら、ああ、この子と結婚したいなって思ったから」

「ノリってこと？」

「まあ、それに近いものもあるね」

頭の中でカチンと音がした。隠していた鋭い感情があふれ出てくる。

「ノリでいいの？　おっぱっぴーでいいの？」

朔也は吹き出す。私はおおまじめなのに。

「朔也はいつもいきあたりばったりだよね。ノリとか、なんとなくっていうだけで大事なこと決めちゃうの、私にはぜんぜん理解できない」

うん……と、ようやく朔也は困った顔になった。

「ノリって、重要じゃないかな。少なくとも僕は今までそんなふうに生きてきたし」

「……考えさせて。結婚するかどうか」

朔也がぴくりと眉を動かす。

「わかんなくなっちゃったの。これでいいのかって。私は結婚に向いてないんじゃないかって。こんな不安定な今が一番いい時なんて、そんなの嫌なの」

階段を下りてくるトントンという音がする。

私は黙った。

「お風呂、いいデスカー？」

鼻歌まじりのジェシカが風呂場へ向かっていった。

私は鉄。

硬い硬い鉄。

琥珀を身に着けたって、耳を出したって、やわらかくなんかなれない。

ジェシカみたいにおおらかにはなれない。

私が先に布団に入っていると、朔也は隣の布団に身を横たえた。私は背中を向けたまま、眠ったふりをしていた。でもきっと、彼は私が起きていると気づいているだろう。しばらくしてそっと様子をうかがうと、朔也も私に背を向けていた。

目をつぶったけど眠れない。少しして朔也の寝息が聞こえてきて、また腹が立ってくる。私は布団から抜け、キッチンに向かった。

壁時計は十二時をさしていた。

私は冷蔵庫から麦茶のポットを出し、コップに注いで立ったまま飲んだ。食器棚の上に、ジェシカが置きっぱなしにした『瓶の中』がある。

私は手を伸ばしてその本を取った。椅子に座って読み始める。

童話みたいなSF小説だった。異世界の小人種族の話だ。

ガラス瓶の中に閉じ込められた娘。ガラスを通してしか世界を見ることができないまま育ってしまった。道行く小人たちや他の生き物はみんな、瓶の中の娘を奇妙なものを見るような目つきで通り過ぎた。

あるとき、娘はガラス越しに恋をする。姿も気立ても良い小人の青年だった。娘に好意を寄せる青年は、出ておいでと娘に言う。しかし彼女は、蓋も閉じているしガラスがあるから出られないと、瓶の中に閉じこもっている。

でもほんとうは、娘は知っていたのだ。自分には羽があること。瓶の蓋は簡単に開くこと。

瓶の中にいれば安全だった。抱きしめられることはなくても、逆に誰も踏み込んではこなかった。だから彼女はここから出られないと、他者にも自分にも思い込ませてきたのだ。

私はキッチンの椅子で、一気にその小説を読んだ。

その娘は、まるで私だった。

「外の世界に出るのがこわいの。ガラスを通さない生身の私を彼が本当に受け止めてくれるか、心配でたまらないの。だったらこのまま、ここにいたほうがいい」

娘がそう話す言葉に、私はぼろぼろ泣いた。長い間、硬くて冷たい瓶の中で身を潜めてきた娘。ガラスは青年とのふれあいを隔てる壁でもあり、彼女を守る盾でもあったのだ。

そうだ、私はずっとこわかった。自信がなくて、素直に受け止められなかった。朔也が私をそんなに好きなわけないって、そんなのおかしいって。私が選ばれるはずないって。

私は私に許可していなかったのだ。生涯を共にしたいと願うほど誰かに愛されることを。だけどその小説は教えてくれた。羽を誇らしげに広げて瓶から飛び出すラストシーン。

本当の幸せは、人から選ばれることじゃなく、私が私を愛することの中にあるのだと。

私のことなんて知らないはずのロイド先生が書いた、その小説に私は救われた。笑われてもいい。私は本気で、これは私に向けて書かれた本だと思ったのだ。

ゆっくりと本を閉じて、壁時計に目をやる。もう六時近かった。外はすっかり明るくなっている。

久しぶりに徹夜をしてしまった。でも目は冴えていて、布団に戻っても眠れそうにない。麦茶をもう一杯飲もうと思い、私は冷蔵庫からポットを取り出してテーブルに置いた。

とたんに手元が狂う。ポットが倒れ、麦茶がこぼれた。あわてて本をどけたけどもう遅い。本の表紙に、茶色いシミができた。

冷や汗が出てきた。ティッシュでそっとぬぐってみたが、紙がよれて茶色いシミを作っている。サインに影響はなかったけど、こんな貴重な本を汚してしまったなんて。せっかく日本の思い出のひとつになったのに。困った、どうしよう。

そこで思い出した。ああ、困ったときのうずまきキャンディ。私は飛び跳ねるようにして居間へ行き、トートバッグに手をつっこんだ。中をかきまわしてキャンディをつまみ上げる。これをなめればいいの？　そうしたら、本が元通りになる？

セロファンをはがし、キャンディを口に放り込む。固いはずのキャンディは、なぜか口の中でしゅわっと溶けて、ピリッとスパイシーな味がした。

本を見ていたけど、何の変化もない。すると階段を下りる音がして、ジェシカがやってきた。寝起きのとろんとした顔で「オハヨウゴザイマス」と言う。

もうだめだ、観念するしかない。

「ジェシカ、ごめん！　ジェシカの大事な本なのに、汚してしまって」

ジェシカが目を丸くしている。私は止まらなくなって話し続けた。

「この小説、今読めてよかった。私の悩みを誰よりもわかってくれるみたいな、そっと背中を押してくれるような小説。私にそっくりな主人公が出てくるの。ジェシカのおかげで、こんないい本に出会えたのに。新しいのを買ってすむ話じゃないよね、世界にひとつしかないジェシカ宛てのサイン本なのに、本当にごめんなさい」

しまった、こんなに早口で思うまましゃべったって、ジェシカに通じない。ここはまず、アイム・ソーリーと言わなくては。でもその次は、なんて？

おろおろしている私をよそに、本を手に取ってシミを確認していたジェシカは歯を見せて笑った。

「いいわよ、これくらい。汚れたうちに入らない。コズエはいろいろ気にしすぎ」

「……え？」

今度は私が目を丸くする番だった。流暢《りゅうちょう》な日本語。一晩寝たら急にしゃべれるようになったんだろうか？　私の言ったことも、どうやらちゃんと通じている。

そうか、これがキャンディの効果なのかもしれない。本を元に戻すんじゃなくて、彼女とこんなふうに話せるように力が働いたんだ。ジェシカが椅子に座る。私も腰かけた。

「コズエの悩みって、サクヤとの結婚のこと？」

「……不安だったの。朔也が私でなくちゃいけない理由がわからなくて、自信がなかったの」

「ばかねぇ。サクヤはあんなにコズエのこと大好きなのに。そんなこと、見てればわかるじゃない」

「だって、朔也はひとりでも不自由なさそうだし、私よりずっと料理もうまいし、べつに私と結婚しなくてもいいんじゃないかなって」

ジェシカが首をひねった。

「どういう意味？」

いつもの「どういう意味？」とはニュアンスが違うようだった。

「サクヤが料理上手だと、コズエと結婚する理由がないの？」

ああ、そうだ。

女がクリスマスケーキなんて言われていた時代を不愉快に思いながら、私もまだ、料理は女がするものだと思い込んでいた。男よりできないことが恥ずかしいって、引け目を感じていた。

「それにしたって、朔也と私は真逆のタイプで、理解しあうのも難しくて」

「理解するのと同じになるのは違うことよ。別々のものを持ち寄るからいいんじゃない」

ジェシカのその言葉は、心地よいメロディのように耳に響いた。私の中のうずまき。あのかたつむりが、その振動をしっかり受け取ったのを感じた。

「……私、こんな大きな変化に対応していけるかしら」

私がひとりごとのように言うと、ジェシカはいたずらっぽく問いかけてきた。

「ちゃんとやれるって、本当はもう知ってるんでしょう？」

その笑顔が、私を揺り動かす。彼女は私以上に私のことをお見通しだった。

私は数秒の思案のあと、大きくうなずいた。

そう、私は知ってる。大丈夫だって。やっていけるって。だからあの小説に感動したのだ。

ジェシカと呼応するように、ほほえみあう。私は今、本当に笑っていた。

「早いね、ふたりとも」

朔也が寝ぐせをつけたままキッチンに現れた。その瞬間、空気の色が変わった。見るものすべての輪郭がはっきりしたような。

ジェシカが朔也に笑いかけ、いつものようにカタコトの日本語で言った。

「コズエ、すごいね。驚きました。英語とてもじょうず、話せる」

「え？　何言ってるの、ジェシカが日本語ペラペラなんじゃない。だって、さっきまで……」

ジェシカがきょとんとしている。

……私たち、何の言葉を話してた？

思い返してみれば、言語ですらなかった気もする。なにかもっと、体の内部で伝えあっていたような。

朔也は私と目を合わせ、昨晩のケンカを思い出したのかちょっと気まずそうな顔をした。

私が「朝ごはんにしましょう」とさっぱり言うと、彼はほっとしたように冷蔵庫を開けた。

「そうだね、昨日の具材が残ってるし」

朔也が具の載った皿をテーブルに置く。ジェシカがラップを外し、カニカマをひとつひょいとつまんだ。

「こら」

朔也がたしなめるのもきかず、ジェシカはカニカマを口に入れた。えへへと笑って、こうつぶやく。

「オイシイ」

あれ。

ちゃんとおいしいって言ってる。昨日は「オモシロイ」って間違えてたのに。

ああ、そうか。

すこんと腑に落ちた。

カニカマだけでも、オモシロイ。

他の具と一緒になったら、オイシイ。別々のものを持ち寄るからいい。

ジェシカは間違えてたわけじゃなかった。意味をわかっていて言ったんだ――。

ジェシカを見送るために、私たちは羽田空港まで向かった。

チェックインを済ませてロビーに座っていると、目の前を通り過ぎた人を見てジェシカが「オウ！」と叫んだ。

「ロイドセンセイ！」

「えっ！」

私は思わず立ち上がる。

ジェシカの声に振り返ったその人は、黒いシャツに細身のジーンズを合わせ、濃いサングラスをかけていた。

この人が……この人が、黒祖ロイド。

「ああ、こんにちは」

ジェシカに向かってほほえむ。サイン会で会ったことを覚えているのだ。

「ワタシ、ブリスベンに帰ります」

「そう、奇遇だね。私もこれから旅行でね」

「ロイドセンセイの本、読みます。日本語勉強します。手紙書きます」

ロイド先生は「待ってるよ」とうなずいた。

スーツケースを引いて去っていこうとするロイド先生に、私はたまらなくなって声を投げた。

「ロイド先生！」

ロイド先生がもう一度振り返る。

「あの……あの、私、『瓶の中』を読みました。すごく救われた気持ちになって、あの本、私に向けて書かれたんじゃないかって、そう思いました」

ロイド先生は少しの沈黙のあと、こう言った。

「そうだよ」

そしてサングラスを外して私をまっすぐに見る。

「あなたに向けて、書いたんです」

涙があふれた。そうだったんだ、ほんとうにそうだったんだ。肯定してもらえたことが嬉しかった。いつくしむようなまなざしを私に向け、ロイド先生が言った。

「読んでくれてありがとう。あなたに、ちゃんと届いてよかった」

私の背で、羽が大きく広がる。

ああ、私はこれからも本の仕事をしていこう。きっと一生、していこう。

ロイド先生はサングラスをかけ直し、軽く会釈をして去っていった。

別れ際、ジェシカとお互いの住所を交換した。こちらは英語表記と日本語表記、両方書いたものを渡す。私の名前の「梢」という漢字を指さして、ジェシカは言った。

「どういう意味？」

中学に入って初めて英和辞書を手にしたとき、調べたことがあった。私は得意げに答える。

「treetop」

オー、とジェシカは目を輝かせ「鳥が来るね」と言いながら両手をぱたぱたと動かした。羽を広げ、飛ぶようなしぐさで。

ジェシカを見送り、電車に乗るために私たちは歩き出した。

「……昨日、ごめんね」

私が謝ると、朔也は「ううん」と首を振る。

「僕も、ごめん。うまく伝えられなくて……」

朔也は声のトーンを上げた。

「ノリっていうのは、ちょっと軽く聞こえちゃったかもしれないけど。潮目というのかな。僕は自分が感じるそういうの、すごく信じてるんだ。流れをつかんで、ここだ！っていうの。僕にとってはぜんぜん、軽い話じゃないんだ」

彼の真剣さが伝わってきて、張っていた気持ちがほぐれる。私は顔を傾けた。

「朔也ってそんなスピリチュアルな人だったっけ」

「いや、サイエンスだよ。自然の理《ことわり》」

朔也は歩を止めた。私も立ち止まる。

「結婚しなくたって幸せになれると思うよ。それがいい悪いっていうんじゃない。ただ僕は、二〇〇七年を生きているこの国で、ばらばらに生まれてきた僕たちが家族になるっていう選択があるのなら、それもオモシロイじゃないかって思うんだ」

不思議だった。

昨日までの私だったら、彼の言うことを薄っぺらく軽く感じてしまっただろう。でも今、私の耳はその言葉をとてつもなく真摯で豊かなものとして捉える。

私はそっと片手を伸ばした。それに気づいた朔也も、片手を私に向ける。手をつないだ。

今私をしっかりとつかんでいるこの手は、私のものじゃない。朔也の手。

私たちは、決してひとつにはならない別々の存在。

だから手をつなぐことができるんだ。


「……手が、さ」

一緒に歩き出した朔也が、赤くなりながら言った。

「ん？」

「手が、いいなって思ったんだ。図書室で梢を見てただけのころ」

そんな話は初めて聞いた。私は朔也を見つめる。

「本をさわるときの手がね。すごく優しくて。本当に本が好きなんだなって思った。梢はあんまりしゃべるほうじゃないけど、生徒に本を渡すときの手がまた、いとおしそうで。伝えたいって気持ちがにじみ出てて。それで好きになったんだ」

――――朔也は。

朔也は、私の羽を見ていてくれたんだ。

十代の子たちに何かを教えたり導いたりすることはできないけど、本のよろこびを伝えることならできるかもしれないと思って、私は司書教諭を目指したのだ。本だけが友達だった少女時代の自分を救いたかったのかもしれない。

朔也は、私が愛する私をちゃんと知っていて、それで好きになってくれた。これ以上私を安心させてくれることなんて、きっと他にない。

「今すぐ、ってわけじゃないんだけど」

朔也が言う。手に少し力がこもる。

「あの家、住むだけだと大きいだろ。じいちゃんが鎌倉彫の職人だったから、作品を運んだり人の出入りがしやすいように玄関も広いつくりにしてあるし、何かやれたらいいなと思ってるんだ」

私も強めに握り返す。

「それなら私、貸本屋をやりたい。大きな本棚を置いてね、そこに来た人が誰でも読めるようにするの。貸すだけじゃなくて、お客さんが読み終わった本を引き取ってもいいし。人と本との、思いがけない出会いの場にしたい」

私の賛成の意を酌み取って、朔也は何度もうなずきながら笑った。

「いいね、うん。いいよ、それ」

「でも、これから自分がどうなるかわからないし、司書の仕事を続けるか、朔也とお店を一緒にやるか、たまに手伝うか、ぜんぜん違うことをするか、そのときそのときで決める」

「うん、もちろん」

わくわくしていた。これからどうなっていくんだろう。

いろんな選択、いろんな可能性。ひとりだからやれること、ふたりだからやれること。

ああ、結婚ってゴールでもスタートでもなかったんだ。私が生涯かけて経験する、さまざまなプロセスのひとつ。

結婚してふたりで過ごす生活が始まっても、それはやっぱり私の人生だ。私の人生に朔也がいる。朔也の人生に私がいるように。属したりも所有したりもしない。

そのためにも、まずはひとりでしっかり立とう。

そんな私なら、朔也とちゃんと手をつないでいける。

結びつきと、独り立ち。私にとって結婚は、そのどちらも両方だった。

だから決めた。

今度は私からプロポーズしよう。

私はサイドの髪の毛を耳にかける。
そして胸元で揺れる琥珀を、お守りのようにぎゅっと握りしめた。

Kamakura Uzumaki Annaijo

# 二〇〇一年 ト音記号の巻

Kamakura Uzumaki Annaijo

バスはゆっくりと車体を傾けてカーブした。

そろそろ鶴岡八幡宮に着くころなのに、乃木くんの話は終わりそうにない。

修学旅行は始まったばかりで、わたしたちは地元静岡《しずおか》から鎌倉に向かっていた。鎌倉にはひいおじいちゃんたちが住んでいるので何度か行ったことがある。同じ中学の同級生とそこに旅行するって、なんだか変な感じだ。

クジでバスの座席が隣になった乃木くんとは今まで挨拶ぐらいしかしたことがなかったし、彼は普段どちらかというと目立たないほうだから、こんなによくしゃべる人だとは思わなかった。

わたしが夏休みに『千と千尋の神隠し』を映画館で二回観たって言ったら、乃木くんは『2001年宇宙の旅』という洋画の話を始めた。あまりの熱弁に暑くなってきたのか、学生服のボタンをふたつ外しながら彼は言った。

「俺、キューブリックって実は未来人だったんじゃないかと思うんだよ」

キューブリックって、映画監督のことらしい。乃木くんは二〇〇一年を舞台にした昔のSF映画をツタヤで借りて、すごいものを観てしまったって興奮しているのだ。

黒目がちな瞳が本気だ。乃木くんはベビードールみたいな顔をしている。横に寝かせるとまぶたが閉じる、ほっぺがふっくりした赤ちゃんのお人形。がんばって「俺」なんて言ってるけど、あんまり似合わない。

「だっておかしいんだよ。この映画の公開、一九六八年なの。アポロ11号が月に行くよりも前に作られてるのに、月面着陸のシーンなんて、実際の映像そのまんまなんだよ」

「未来から来た人ってこと？」

「うん。それか、いったんタイムスリップして未来を見てきて、過去に戻って作ったのかも。でも、キューブリックが見た二〇〇一年に今はまだ追いついてないけどね。ハルっていう人工知能が出てくるんだけどさ、人間が寝っ転がったまま『ハル、ベッドの高さを上げて』とか『モニター画面をもっと寄せて』とか、話しかけて指示すると全部そのとおりやってくれるんだ。ハルってすごくよくしゃべるんだけど、人型ロボットじゃなくてあくまでも声だけのコンピューターってところが子どもっぽくなくてかっこいいの」

「そんな時代がくるのかなあ」

わたしは窓の外に目をやった。そんなことまでコンピューターにやってもらいたくなるほど、人間は自分で動くのがめんどうになっちゃうんだろうか。十月の秋空は晴れ渡っていて、大きなとんびが飛んでいた。

乃木くんはシートにもたれて言った。

「でも、月に旅行に行ける日はそのうちくるんじゃない？　夢があるよね。俺、行ってみたい」

「えー？　月なんて、行ったら夢がなくなっちゃうじゃない」

月も星も、行けないぐらい遠いからあんなに光ってパワーをくれるのだ。

富士山だってそうだ。遠くに見えているときはあんなにきれいで神々しいのに、小学生のころ家族で登ったらすっごく大変だった。ごつごつしてて、足場は悪いし、寒いし、坂はきついし、高山病になりかけるし、本当に死ぬかと思った。生まれたときから静岡県民のわたしにとって、ずっと優しく見守ってくれていたはずの富士山が、あれ以来すっかり意地悪に思えてしまう。

人類は間違っている。もっと進化するべきことがたくさんあるのに。

たとえば、こんなこと。

今朝、夢を見た。

サクちゃんの夢。大好きなサクちゃんの夢。見ようって決めても見られない夢。

夢の中で、サクちゃんはわたしを抱きしめて、「いちか、大好きだよ」って言った。わたしはただひとりの女として愛されて、大切にされて、目が覚めて夢だったんだってわかってからもその満たされた気持ちは変わらなくて、わたしは前よりももっとサクちゃんのことを好きになった。

夢ってすごい。この威力。

現実世界のサクちゃんは何もしていないのに、勝手にこんなに好きにさせられた。わたしはどうやったらサクちゃんの夢に出られるんだろう。月に行くより、人工知能になんでもやってもらうより、そういうことができるようになったらいいのにと思う。

「ねえ、好きな人の夢に出られる方法って、知ってる？」

わたしが言うと乃木くんは大きな目をさらに大きく、まんまるにした。

「知らない。園森《そのもり》さん、知ってるの？」

「わたしも知らない。考えてみて」

修学旅行の班は男女混合で、あらかじめ男子同士、女子同士で三、四人の組になったあと、双方が声をかけあって決めることになっていた。

わたしはいつも一緒に行動している花音《かのん》と瑠美《るみ》と組んだ。そこに、連城《れんじょう》くんが花音を誘って、それをあたりまえみたいにひとつ返事で花音が受けた。

男子のほうは、連城くん、湯川《ゆかわ》くん、乃木くん。

今まであんまり気に留めていなかったけど、乃木くんは不思議な男の子だ。自己主張も、とりたてて注目されるようなこともしない。特定の誰かと常に一緒にいるということもない。だけど逆に誰といても違和感がなくて、なんだかいつも精神状態が安定している感じ。サッカー部でエースだった連城くんと名キーパーだった湯川くん、そこに、文学鑑賞部また の名を帰宅部の乃木くんが組んでいても、誰もおかしいとは思わないのだった。

バスの席が乃木くんと隣になったおかげで、わたしの修学旅行は思いがけず楽しいスタートを切った。

乃木くんが最初に「鎌倉は大昔、海の底だったんだって」って言い出したのをきっかけに、ムー大陸やノストラダムスの大予言の話になった。それでわたしは、前から秘かに興味のあった地球の歴史や、生物の進化や、化石発掘をやってみたいってことまで話せたのだ。「地層って、見てると興奮するよね」とわたしが言って、乃木くんが「するする!」とうなずいてくれたときには、涙が出そうになるくらい嬉しかった。

好きな人の夢に出る方法だって、乃木くんはおおまじめに考えてくれる。

「寝る前にテレビで見た人が夢にも出てくることあるじゃん。だから、その人が布団に入るころを見計らって電話するとかは?」

「そんなんじゃだめ。うまく夢に出られたって、いちかから電話があったからだなって、それで終わっちゃうもん。朝起きたときに、あれっ、なんで僕、いちかの夢見たんだろうって、わたしのこと気になり出して好きになっちゃうっていうんじゃないと、だめ」

「それは難題だな。夢で嫌われるようなことしたら逆効果だしね」

乃木くんは腕組みをした。

わたしはその真剣な横顔を見て感動する。こんな友達は今までいなかった。というよりも、わたしが誰かにこんなふうに話したことなんてなかったかもしれない。

わたしが学校で心を砕いているのは、みんなが見ているテレビ番組の話題についていくこと、クラスメイトの噂《うわさ》話に相槌を打つこと、流行っている言葉づかいをまねること。わたしが本当は何を好きで何を考えているかなんて、言ったら笑われるだけだし、そもそもそんなことを知りたがってる人もいない。

静岡から鎌倉まで、並んで話し込んでいるうちに乃木くんはわたしにとってずいぶん近い人になった。最初はふたりともおっかなびっくり、探るようにして。お互いが安全だってわかってからは、森に入っていくみたいにあちこち発見しながら。

時々、前の席から花音と連城くんの笑い声が聞こえてきた。その前には瑠美と湯川くんが座っている。

クジの神様、ありがとう。花音によって仕組まれたクジだと知っていたけど、それでもなおさら、ありがとう。

鶴岡八幡宮の駐車場に降りると、班ごとの自由行動になった。

昼食を含めて四時間、あらかじめ班で決めた場所へ動く。

「四時にこの駐車場に戻ってきてね。時間厳守でお願いします！」

学年主任の先生が繰り返す叫び声を背に、生徒たちはぞろぞろと駐車場から出ていった。

わたしたちの班は、まず小町通りでお店をのぞきながらお昼ごはんを食べられそうな飲食店を見つけることにした。同じようなことを考える班が多かったみたいで、ただでさえ人の多い小町通りは制服でごったがえしていく。

黒い詰襟学ランの男子、紺色セーラー服の女子。

同じ格好の黒っぽい集団が、道幅いっぱいにあふれていた。

リュックサックだけはめいめいに好きなものを使っているけど、だいたい紺か黒だ。みんなマスコットやバッジをつけていて、わたしのリュックにもポメラニアンのキャラクター人形が揺れている。個性を出そうとしても結局、みんな似たような感じ。

ひと昔前の中学生って、リュックじゃなくて「学生カバン」と呼ばれる黒の革鞄が主流だったらしい。学生時代にそれを使っていたお母さんは「幅が太いとダサいって言われるから、ペタンコにつぶしてた」と言っていたけど、意味がよくわからなかった。太いとダサくて、つぶしてペタンコにするとカッコいいっていう感覚。そういうのって、誰が決めるんだろう。

和洋さまざまなお店がぎっしりと並ぶ中、和菓子屋のところで道が一度切れた。細い横道の奥に目をやると、古いガラス工房の看板が見える。窓に張られた紙の「とんぼ玉づくり体験」という文字を読み取って、わたしは明るくときめいた。

とんぼ玉は、きれいな模様のついたガラスの玉だ。ビーズみたいに穴が開いていて、アクセサリーやかんざしとかに使われている。体験ってことは、あれを自分で作ることができるんだ。

「ねえ、とんぼ玉だって」

半歩前にいた瑠美に声をかける。瑠美は「とんぼ玉？」と気のない返事で振り返ったけど、花音の叫びにすぐ前を向いてしまった。

「見て、かわいーい！」

土産物屋の店先に陶器の置物が並んでいる。ウサギとか、カエルとか。

「ほんとだ」

わたしもそこに並んで同意した。この「ほんとだ」は、わたしの中でかなり使えるアイテムとして多用している。他にも「そうだね」とか「たしかに」とか「言えてる」とか。ロボットみたいって自分で思うけど、人工知能よりはるかに低い語彙力。

「おまえに似てんじゃん」

連城くんがタヌキの置物を指さして花音に言い、花音は「ひどーい」と連城くんを軽くぶった。こういうときは、ただ控えめに笑う。それが無難。

瑠美は置物をひとつひとつ手に取り始めた。花音と一緒に「かわいい」を連発している。店をのぞくと大仏グッズや刀のおもちゃなんかもあって、連城くん率いる男子三人は中に入っていった。花音と瑠美もあとに続く。わたしは立ち止まった。

花音たちはお店の中で楽しそうにはしゃいでいる。

ちょっとだけ。ちょっとだけ、のぞくだけ。とんぼ玉がどんなふうに作られているのか、見てみたい。

わたしは土産物屋から離れ、ひとりで横道に入っていった。

ガラス工房は扉が半分開いていた。入り口の台にとんぼ玉の商品が置いてあって値札もついていたけど、売る気はなさそうで人を寄せつけない感じだった。道ゆく人たちもみんな素通りしていく。

中をそっとうかがうと、隅に女の人がひとり座ってとんぼ玉を作っていた。首にタオルをかけた工房のおじさんが手を添えて指導している。他には人がいなくて、なんだかこっそり魔術を使っている秘密の小屋みたいだった。

おじさんがわたしに気づいた。

「体験、するかい？」

わたしは首を横に振った。

「ちょっとだけ、見学させてください」

「いいよ、こっちおいで」

わたしが近づいていくと、女の人もこちらのほうに顔を向けた。わたしは思わず「あっ！」と小さく叫んでしまった。

知ってる、このひと。口が大きくて富士額が特徴的な、女優の、ええと、名前が出てこないけど、ドラマとか出てる。

驚いて突っ立っているわたしに、その女優さんはにっこり笑ってウィンクをした。みんなに言わないでね、ってことだ。きっとプライベートで、騒がれたくないんだ。わたしは「わかりました、言いません」という意味をこめて、しっかりとうなずいた。

女優さんは青くて細長いガラス棒を火であぶり、水あめみたいに溶けたところを金属のスティックにくるくると巻き取っていった。これがとんぼ玉になるんだ。炎に包まれながら赤くとろけるガラスは、巻かれながら球体に変わっていく。マグマってこんな感じなのかな。

もっと見ていたかったけど、そろそろ引き際だ。もう行かないと、みんながわたしのいないことに気づいてしまう。わたしはふたりにお辞儀をして、戻ることにした。

ところが、横道から出てわたしは目を疑った。そこはにぎやかな小町通り……のはずだったのに、お店ではなく家ばかりが立ち並んでいたのだ。びっくりしてガラス工房に引き返そうとしたら、横道自体がなくなっている。たしかに、さっきそこから来たはずなのに。

わたしはゆっくりとあたりを見渡した。

いろんな形の家。洋風だったり、平屋だったり。手入れされた庭の花壇には、リスのオブジェ。ガレージの隅には、赤い三輪車。二階建てアパートのベランダには、洗濯物が干されている。

何もおかしいところなんかないのに、なんだか現実味がない。すべてがどこかレトロな感じがするからかもしれない。

もしかして、これって、乃木くんの言ってたタイムスリップじゃないだろうか。それか、異次元。地球でもなかったりして。

わたしはキョロキョロしながら歩いた。でも、手がかりがつかめそうなものは見当たらないし、なにしろ誰もいない。こんなにたくさん家があるのに、それもちゃんと住んでいるっぽいのに、人の姿がない。

不思議と、こわくなかった。それどころか、むずむずとした高揚感があった。ああ、ここに乃木くんがいたらいいのに。

高い塀のある家を曲がると、何かのお店があった。

元は白かったのかもしれない壁が、全体的に黒ずんでいる。「CLOSE」のプレートが下がったガラスの扉から中を見ると、壁一面に時計が掛かっていた。

どうやら時計屋らしい。針はそれぞれ違う時間を指していて、今ここが何時なのかわからなかった。班ごとにひとり腕時計係がいるけど、うちの班は湯川くんだから、わたしは時計を持っていないのが悔やまれる。決めるときに立候補すればよかった。

ふと、店の端に立て看板があるのに気づく。ぼっくりした板に「鎌倉うずまき案内所」と筆書きされていた。日本語。とりあえずここは、地球で日本なんだ。

うずまき、だって。その奇妙にわくわくするネーミングに、わたしは歩を進めた。

立て看板には赤い矢印が下向きについていて、そちらに目をやると細い外階段が地下に続いていた。

わたしは逸《はや》る胸を抑えながら階段を降りた。つきあたりに茶色っぽい鉄扉がある。ここがまた、異世界につながっているのかも。丸いノブに手をかけると、ひとつだけ深呼吸して、勢いよく開いた。

………暗闇。

ほんの一秒だけ、緊張感が走った。ブラックホール？

でもほのかな灯りがすぐ目に入って、宇宙空間じゃないとわかった。足元から下に伸びた螺旋階段に、ちっちゃな電球がいくつも連なっている。星座をかたどっているようなその光をたどり、わたしは螺旋階段をひとつずつ踏んでいった。

真っ黒だった壁が少しずつ青くなっていく。まるで夜が明けていくみたいに。

最後の段に足を置いたら、そこにはおじいさんがふたり、いた。

小さな空間だった。六畳のわたしの部屋と同じぐらい。おじいさんは壁際の丸い木のテーブルに向かい合わせに座り、オセロゲームをしている。ふたりの間に、アンモナイトのレプリカがさっき見た壁時計みたいに掛かっていた。螺旋状のぐるぐるした殻。すてき、いい趣味だ。でもその他には、びっくりするくらい何もない案内所。

このひとたち、人間？

言葉、通じるかな。でも看板は日本語だったし。

どうしたものかと立っていると、おじいさんたちは同時にぱっと顔を上げた。

……そっくり。

目も鼻も口も、ぴたりと同じ。なのに、雰囲気が違うのはなぜだろう。

髪形かな。前髪の毛先。ひとりは跳ねるように外側に向かっていて、もうひとりはくるんと内側に丸まっている。よく見ると、もみあげもそうだ。

内側のおじいさんが言った。持っているオセロの石は、白。


「はぐれましたか?」


よかった、優しい声。

おじいさんたちとちゃんと話せることにほっとしながら、「はぐれた」という言葉の意味を考える。

はぐれてるってことなのかな。気がついたら、不思議なところに迷い込んじゃったという感じ。

ううん、もしかしたら、おじいさんは道のことを言ってるんじゃないのかもしれない。

そうか。わたしは、はぐれてるのかもしれない。

友達から、学校から、自分から。

わたしは、こくんとうなずいた。

外側のおじいさんが「それはそれは」と朗らかに言った。オセロの石は、黒。

おじいさんたちは息を合わせて立ち上がり、わたしに向かって頭を下げた。

「ワタクシが外巻で」

「ワタクシが内巻でございます」

なんてわかりやすい。そして、なんて覚えやすい。

なんだか嬉しくなって、さっきの悲しい気持ちが少し薄れた。

「園森いちかです」

わたしが自己紹介すると、内巻さんがにこやかに言った。

「では、いちかさんのお話をおうかがいしましょう」

お話。わたしのお話って、何を？

おじいさんたちに訊きたいことならたくさんあるけど……。

「わたしの話なんて、つまらないです」

うつむいてそうつぶやくと、内巻さんが諭すように言った。

「ワタクシたちを楽しませようなどと考えなくて良いのです」

わたしは顔を上げる。内巻さんの白い前髪が、ピアノ線みたいにつややかに光っていた。

「さよう、ワタクシたちはいちかさんをご案内するためにいるのですからな」

外巻さんも笑いかけてくる。

ふたりとも、グレーのスーツを着て、深海みたいに濃いブルーのネクタイをしていた。同じ服。それをぼんやり見ていたら、言葉がこぼれてきた。

「おそろいの……」

——おそろいの呪縛。今わたしを一番苦しめているのはそれかもしれない。

二年生のとき、わたしは花音と瑠美と、そこにもうひとり由奈《ゆな》とで四人の仲良しグループだった。オシャレでアクティブな花音と瑠美は、教室でも目を引いた。彼女たちがどうして地味なわたしにかまってくれるのか、最初は戸惑いながらも嬉しかった。

由奈はムードメーカー的な存在で、特に深い話はしなかったけど、彼女がそこにいてくれるだけでわたしはとても楽な気持ちになれた。暗黙の了解で「花音&瑠美」と「由奈&いちか」のコンビがふたつくっついて四人が構成されているようなところがあったからだ。

四人で過ごすのは楽しかった。編み込みのやりかたを教えてもらったり、漫画を貸し合ったり、週末にマクドナルドでだべったり。

でも、気づいていた。ほんとは楽しかったんじゃない。わたしはただ、安心したかっただけだ。自分が学校からあぶれていなくて、普通の中学生として人並みの生活を送れていることに。彼女たちにわたしを「仲良しグループの一員」として認可してもらうことに必死だった。だから花音がわたしに宿題を写させてと何度言ってきても断らなかったし、瑠美に貸した漫画が一冊も返ってこなくても何も言わなかった。

去年からずっと感じていた。

わたしは、花音と瑠美とは「種族」みたいなものが違うのだ。

たとえば、女子に人気のある連城くんからポニーテールのしっぽを後ろからつかまれて「やめてよ」って言いながらちょっといい感じに笑えること。休み時間に手鏡で自分の顔をチェックしていても自然にさまになること。

わたしは男子から突然さわられるなんてことは皆無だし、もし髪の毛をひっぱられるならそれはいじめでしかなく、悲鳴を上げてがたがた震えるしかない。教室で自分の顔を見る発想も、そして手鏡の入ったポーチも学校には持ってきていない。

一度だけ、由奈とふたりになったときに言われたことがある。

「あの子たちと私たちはさあ、姫と侍女なんだよ」

自虐的ではあったけど、それを嫌がっているふうではなく受容していた。割り切って侍女に徹すれば楽なのだ。わたしはある種の達観を由奈に見て、ちょっと感心した。

二年生が終わってからの春休み、四人で駅前のショッピングモールに遊びに行ったときのことだ。大きなスーパーという感じで、この田舎町で商業施設といったらここぐらいしかない。ちょっと遊ぶとなるとバスで駅まで出て、ここでたむろするのが定番だった。

三年生になっても四人一緒のクラスだといいねと話しながら、花音が「おそろいのマスコットをリュックにつけようよ」と言った。それは提案ではなく指令に近かった。ファンシーショップで花音が選んだのは、ポメッピというポメラニアンのキャラクターだ。花音のお気に入りで、ペンケースやハンカチにもポメッピがいる。

瑠美が「チョーかわいい」と絶叫し、由奈は「花音って趣味いいよね」と言い、わたしも「ほんとー」と声を重ねた。

花音たちとレジに並び、わたしは四人グループの会員証を買った。自分がこれをかわいいと思うかどうかなんて、関係なかった。

三年生に上がってクラスのメンバーが変われば、新しい交友関係を作れるかもしれないという期待があった。でも、クラス替えの神様はわたしに侍女役の任務をまた与えたらしい。それに、クラスを見回しても新規参加でわたしとグループになってくれそうな子は他にいなかった。

それでわたしはこの仲良しグループの密なつきあいを続行することにした。とりあえず卒業まで自分の居場所は確保できたのだから、むしろありがたいと思わなくちゃいけない。

ひとりだけ隣のクラスになった由奈は、廊下ですれ違ったとき「私だけ外れちゃったぁ」と眉を下げて悲しそうな顔をした。

わたしは由奈がちょっとうらやましかった。そして由奈も、心の中ではラッキーと喜んでいるような気もした。

ゴールデンウィークが明けたころ、登校途中の由奈のリュックからポメッピが外れているのを見て、わたしは声をかけられなかった。花音と瑠美は由奈のことを話題にも出さなくなったし、放課後三人で一緒に帰ることはあっても、週末はふたりで遊んでいるらしかった。九月にオープンしたディズニーシーに行く計画をわたし抜きで立てているみたいだけど、それはそれでいい。誘われてもきっと息苦しいだけだ。でも三人でいるときに彼女たちがわたしにはわからない話をすると、疎外感と閉塞感でぎゅっと体がこわばる。中学を卒業するまでのことだと、わたしはこぶしを握って自分に言い聞かせる。

「わたしも由奈みたいに、ポメッピを外して解放されたい気持ちもあるんです。でも、クラスからはみだしてひとりになるのはこわいって、そっちの恐怖心や不安のほうが強くて。……本当はひとりになることそのものじゃなくて、他のみんなからあの子ひとりなんだね、嫌われてるんだねって思われることがこわいのかもしれない」

わたしはリュックについているポメッピをなでた。この子が悪いわけじゃない。だけど。

すると、おじいさんたちがいきなり横並びになってわたしの前に立った。面食らっているわたしに、ふたりして両方の親指をぐーっと突き立ててくる。

「ナイスうずまき！」

ぽかんとしていると、親指四つの腹にあるうずまきがぐるぐるっと動いて見えた。わたしの目もぐるぐるしそうだ。

すると突然、壁のアンモナイトがくるんと一回転した。

「えっ！ 生きてるの？」

びっくりしているわたしに、外巻さんが楽しそうに言った。

「ごらんのとおり、生きております。この案内所の所長です」

「所長さん！」

レプリカじゃなくて本物だったんだ。わたしが興奮していると、アンモナイト……所長さんは閉じていた蓋をぱこんと開いた。知ってる、あの蓋、頭巾《ずきん》っていうんだ。中から半透明の足がいくつもにょろにょろ出てきて、付け根にまんまるい瞳が現れる。ああ、本当に生きているんだ！ やっぱりわたしは、タイムスリップしているのかもしれない。

「ここの世界は今、いつなんですか？ ジュラ紀ぐらい昔？」

わたしが訊ねると、外巻さんが言った。

「そういった概念はここにはありません。想いは自在に時空を超えるのです」

そのとき、所長さんが壁からすこんと離れて、ゆらりと宙に浮かんだ。わたしは息をのむ。所長さんは、しゅごごっとお風呂の栓を抜いたときみたいな音をさせてテーブルの上を回り、カクンと体を斜めに倒した。そうそう、アンモナイトってこんなふうに、海の中を飛ぶようにして泳いでたんだよね。そのくっきりした鮮やかなうずまき模様に、わたしは見惚れた。

内巻さんが「ふむふむ」と自分の顎をさわる。

「しっかり足を着けてね、と申しております」

「わたしに？　わたしにそう言ってくれてるんですか」

「ええ」

わたしは内巻さんに尊敬のまなざしを向けた。アンモナイトと意思の疎通ができるんだ。すごいな、うらやましい。

「それでは、ご案内しましょう」

内巻さんが片手を上げてわたしを導く。

手の先を見ると、案内所の隅っこに大きな甕があった。なんだか、急に部屋が広くなった気がする。わたしは外巻さんと並んで内巻さんの後について歩き、頭の上で悠々と空中を泳ぐアンモナイト所長を感動のうちに眺めた。すごい、今わたしたち、同じ時空で生きてる。

たどりついたところにあった甕は、大きな太鼓ぐらいの大きさだった。

「きれいな水色……」

甕の美しさといったら、ため息が出そうなほどだった。淡くてはかない、でもふわりと優しいアクアブルー。

内巻さんが教えてくれた。

「この色は、かめのぞきと呼ばれています。別名、のぞきいろとも言いましてね。水面に映った空をちょいとのぞくみたいなことでしょう。諸説ありますが」

「その名前をつけた人が見たときは、晴れていたんですね」

「どうでしょうな。晴れたらいいなと願った心がこの色を見せたのかもしれない」

わたしは何かを思い出した気がして、内巻さんを見た。

「イメージ、ですか」

内巻さんはうなずく。わたしは息をついてひとりごちた。

「サクちゃんがよく言ってる……」

イメージするって、とっても大切なことなんだよって。

サクちゃんは、横浜の中学校で理科の先生をしている。わたしとは十五歳も離れた三十歳で、さらにこれが一番のネックなんだけど、お母さんの弟、つまりわたしの叔父さんだ。決して人には言えない恋を、わたしは抱くようにして隠し持っている。

「サクちゃん」

外巻さんがオウム返しした。

「わたしの叔父で理科の先生なんです……誰にも秘密にしてるけど、好きなんです」

わたしが告げると、外巻さんはポンと自分のおでこをたたいた。

「それはセンセーショナルな！」

「やっぱり、言えないですよね」

「センセーショナルですからね」

外巻さんがニヤニヤしながら「センセー」のほうを強めに発音するので、わたしはやっと外巻さんのダジャレに気がついた。「先生」と「センセーショナル」。ふざけてる。あまりにもばかばかしくて、ぷっと笑ってしまった。

「おおーっ、ウケたウケた」

外巻さんが内巻さんに得意げな顔を突き出した。内巻さんはまったく聞く素振りがない。外巻さんがわたしを甕の前に促した。

「では、いちかさん。こちらに来なされ」

甕には水がたっぷり入っていて、清く澄んでいた。

所長さんがくるっと向きを変えてわたしの顔の前に来る。こんなに近くで本物のアンモナイトを見られるなんて。

乃木くんにも見せてあげたい。そう思った瞬間、所長さんは勢いよく甕の中に飛び込んだ。

ぱしゃんと水が跳ねる。わたしはあわてて身をかがめたけど、所長さんは息つく間もなく水底に落ちて見えなくなった。

「……消えちゃった！」

「心配無用。消えたのではなく、移動しただけです」

外巻さんが言う。

「どこに移動したの？」

「まあまあ。もう一度、のぞいてごらんなさい」

外巻さんは甕に手を向けた。わたしはそっとのぞく。

所長さんが作った波紋が、いくつも輪になっていた。見ていたらそれがだんだん、ぐにゃりと何かの形をつくり、黒い線を描くようにしてひとつのマークにおさまった。

「何が見えましたか」

内巻さんの穏やかな問いかけに、わたしは答えた。

「……ト音記号？」

次の瞬間、水面のト音記号はさっと色をなくし、溶けるようにあとかたもなくなってしまった。外巻さんが発表するように声を上げる。

「では、いちかさんには、ト音記号とのご案内です」

「え？　どういうこと？」

内巻さんがわたしの声にかぶせるように言った。

「いちかさんを手助けするアイテムになることでしょう。お帰りはこちらの扉からどうぞ」

内巻さんが腕を伸ばした先に、白い扉がある。

濃紺の壁に浮かび上がるその四角は、きっと現実世界への出口だ。扉の前に立つと、わたしは絞り出すように言った。

「……わたし、もっとここにいたいです」

内巻さんが優しくほほえんだ。

「ここはね、ずっといるためではなくて、いちかさんの住む世界をより豊かに生きるための場所です」

やっぱりだめか。しょんぼり視線を落としたら、扉の脇に置かれた小さな台に気づいた。籐の籠が載っていて、キャンディがうず高く積まれている。透明セロファンに包まれた、青いうずまき模様。

「困ったときのうずまきキャンディ」と書かれたカードを見て思わず手を伸ばすと、外巻さんが言った。

「ご自由にどうぞ。おひとり様につき、おひとつ限定でございます」

ひとりひとつ。

乃木くんにも、持っていってあげたい。わたしはキャンディをひとつスカートのポケットに入れたあと、おずおずと訊ねた。

「あの、友達のぶんもいいですか？」

外巻さんは首をコキッとならしながら頭を傾けた。

「申し訳ありませんが、それはお受けできかねます。ここにいらした方へのサービスですからな。規則は規則ですので」

「……そうですか」

仕方ない。こんな世界にも規則があるのか。どこまでいっても、自由なところなんてないんだ。

「外巻さんと内巻さんが同じ服を着ているのも、規則なんですか？　それとも、仲がいいからそろえたの？」

わたしの質問に、ふたりは顔を見合わせた。ややあって、内巻さんが答える。

「そろえたというよりは、自分に似合うものを着てみたら勝手にそろったのです」

似合うもの。

たしかに、上品なグレーのスーツも渋いブルーのネクタイも、ふたりにとってもよく似合っている。

内巻さんが言った。

「ガラス工房は、お向かいでございます」

「えっ？」

わたしは内巻さんを見た。そうか、わたしが何も話さなくても全部お見通しなんだ。

「では、お気をつけて」

おじいさんたちはぴたりと声を合わせ、わたしに礼をする。わたしは意を決して、ドアを開いた。

まぶしい。

痛いくらいの明るさにわたしはぎゅっと目をつぶり、そしてひとつ深呼吸してそっとまぶたを開いた。

目の前にあったのは、さっき行ったガラス工房だった。

……戻ってきたんだ。こっちの世界に。

わたしは振り返る。思ったとおり、そこに案内所はない。ここは小町通りに続く横道。わたしがあそこに迷い込む前の、もとの場所。

工房の中をのぞくと、女優さんがスティックの先のとんぼ玉を火にかざしていた。時間もあのときから過ぎていないらしい。

わたしは土産物屋に向かった。もしかしてもう一度……なんて淡い期待はあっさりはずれて、何も起こらずに店に着いた。

花音が猫のぬいぐるみを手に取っている。わたしが入っていくとちょっとだけ顔をこちらに向けたけど、待っていたとか探していたふうでもなく瑠美とはしゃぎ続けた。

わたしはぼんやりしながら、鎌倉の地図がプリントされた手ぬぐいを眺めていた。コミカルなイラストがついている。大仏、江ノ電、大イチョウ、鳩。

しばらくして連城くんが「行こうぜ」と言い、花音と瑠美は何も買わずに店を出た。

男子たちはお店のロゴが入ったビニール袋を提げている。わたしはみんなにくっついていって、三軒先のお蕎麦屋さんで黙ってお昼ごはんを食べた。

なんだか、脳みそがふにゃふにゃしてるような感覚だ。わたしは、あんな素敵なところに行って、そして帰ってきたんだ。

ものすごい体験をした。わたしは、あんな素敵なところに行って、そして帰ってきたんだ。

だんだん、嬉しくなってきた。みんなには言いたくないけど、乃木くんとだけは分かち合えるような気がする。ふたりになれたら、こっそり打ち明けよう。

お蕎麦屋さんを出たあと、小町通りをいったん抜けて若宮大路に進む。鶴岡八幡宮の方向に戻りながら、荏柄天神社でお参りするスケジュールになっていた。

荏柄天神社って、学問の神様で有名なんだって連城くんが言っていた。成績がトップクラスの彼は、静岡で屈指の名門校を受験するのだ。

「政治家になるんだもんな」

歩きながら湯川くんが言った。連城くんのお父さんが市議会議員だってことは、みんな知ってる。まだわかんないよ、と苦笑いする連城くんに花音が言った。

「小泉《こいずみ》総理みたいになったら、カッコいいじゃん」

わたしは政治のことはよくわからない。でも、四月に小泉純一郎《じゅんいちろう》って人が総理大臣になって、なんだか今までと世間の反応が違うなあって、漠然と感じていた。日本をいい国にするために改革しようって、そんなたいそうな志を背負っていく人って、どんなタフな神経をしているんだろう。連城くんもそうなろうとしてるのかな。

目についた店をのぞきながら、わたしたちは歩道を歩く。いつのまにかバスの座席と同じように、連城くんと花音、湯川くんと瑠美がペアになってかたまり、わたしと乃木くんが並ぶ格好になった。

乃木くんが言う。

「園森さんはどこの高校を受けるの？」

「波高《なみ》かな」

「あ、俺も」

乃木くんが笑った。そうなんだ、ちょっと嬉しい。

昔から、うちの中学では半分ぐらいが波高に進学する。可もなく不可もなくという成績の子たちはみんな、歩いて行けるくらいに近いこの公立高校に行くのだ。

わたしは歩く速度をゆるめ、前の四人から少し距離を取った。

「あのね、誰にも言わないでね」

声をひそめて乃木くんに顔を近づけると、彼はぱっと顔を赤くしてうなずいた。

「わたし、さっきタイムスリップしたの」

「…………マジで！」

乃木くんの丸い目が大きく見開かれる。ぽろんと転げ落ちそうなくらいだ。

「タイムスリップとは違うかもだけど。単に未来とか過去っていうんじゃなくてね、異次元に行ったみたい。鎌倉うずまき案内所っていうところ。古い時計屋さんの隣に外階段がついててね。そこを降りたらさらに鉄扉があって、開けると今度は螺旋階段なの。降りきったらそこには双子のおじいさんがいて、生きてるアンモナイトが宙を飛んでて……」

そこまで言って、わたしは急に不安になった。

なんだかこれって、寝てるときに見た夢を、起きてから人に話しているみたいだ。脈絡なくて意味不明で、しゃべってるほうはすごく面白いつもりなのに聞いてるほうはまったくつまんないっていう、あの感じ。

乃木くんはこわいくらいの真顔でわたしをじいっと見つめている。さすがにあきれたかなと、わたしはちょっと口をつぐんだ。

「そ、それ、どこで？」

今度は乃木くんがわたしに顔を近づけてくる。あきれているわけじゃないとわかって、わたしは話を続けた。

「さっき行ったお土産物屋さんの脇の横道に、ガラス工房があってね。そこを見学して戻ろうとしたら、突然迷い込んだの」

「よく帰ってこられたね」

「うん。わたしはもっといたいって言ったんだけど、強制的に帰らされた。こっちの世界では時間もたってなかった」

乃木くんは大きく息を吸い込み、ふーっと吐いた。

「すごい。すごいよ、園森さん」

彼は一塵《いちじん》の疑いも持っていない。どう考えたって頭がおかしいような話なのに、わたしのことを百パーセント信じてくれた。わたしの話というよりも、彼はまず、そういう世界の存在を信じているのだ。

「……行ってみようよ」

乃木くんが前を向いたまま言った。わたしはごくりと唾をのむ。同じことを考えていたから。

「土産物屋の横道だったら、このまま行けばたぶんもう少し先にあたるよね。園森さんが強制的に帰らされたってことは、その世界は人間を閉じ込めて何かしようっていうんじゃないと思うんだ。だからまたちゃんと帰ってこられる。行く前と同じ時間に戻れるなら、みんなに心配かけることもないし」

わたしはうなずいた。もう一度、あのおじいさんたちやアンモナイトに会いたい。それを乃木くんと共有したい。

横道を気にしながら歩く。乃木くんはガラス工房を認めると、わたしに目配せをした。

「まずガラス工房に行って、そこから小町通りに出てみよう」

決行だ。

若宮大路からそれて横道に入り、ガラス工房に向かった。前の四人は気づく様子もない。

「あ、そういえば、工房に女優さんがいた」

「えっ、誰？」

「名前忘れちゃって……乃木くん、見たらわかるかも。仕事じゃなくてプライベートな感じだった」

乃木くんは「やっぱり都会は違うよなぁ」とつぶやく。

ふたりでガラス工房の入り口から中をうかがうと、女優さんはもういなかった。おじさんが店の隅っこでパイプ椅子に座って居眠りをしているだけだ。

「ここから、小町通りに出たんだよね？」

「うん」

わたしたちは土産物屋に足を運んだ。さっきは、ここで突然、景色が変わったんだ。でも事態は何も変わらなかった。同級生と何人かすれちがい、乃木くんが声をかけられると異次元ムードは薄れて現実感がくっきり強くなった。

「やり直してみよう。順路を忠実にたどるんだ」

まず、土産物屋にちょっと入る。そのあとガラス工房に行く。そしてまた戻る。だめだった。何度やっても、わたしたちは同じ場所をただ行ったり来たりしているだけだ。

乃木くんは、うーんと空を仰ぎ路肩にしゃがみ込んだ。

「きっとこういうことだ、園森さん」

わたしも乃木くんの隣にしゃがむ。彼は冷静な口調で言った。

「行こうとすると、行けないんだ。あれこれ計算しちゃだめなんだよ。自然の摂理の中でいろんな要素が複雑に組み合わさって、ぽんとそういう隙間に入り込まされちゃうんだ。人間が自分の都合でどうこうしようと狙っても、きっとうまくいかない」

「じゃあ、もう行けないのかな……乃木くんにも見せたかった」

乃木くんはそれを聞いて、ふにゃっと口元をゆるませた。

「ありがと。園森さんは今、案内所に行く必然性があったんだよ。俺もその必要ができたときに、きっと行けると思う。だから今日のところは、俺はいいや。園森さんの話を聞けただけで満足」

みんなから離れてもう十分ぐらいたっているはずだ。わたしたちは若宮大路に戻って、班のメンバーを探した。

「あっ、いたいた」

わたしたちを見つけたのは湯川くんだ。石鹼屋《せっけん》の前で、大きく手を上げてくれた。

わたしたちが小走りに駆け寄ると、連城くんが言った。

「どこ行ってたんだよ、心配したぞ」

乃木くんが両手を合わせる。

「ごめん、ごめん。クレープのにおいにつられてつい脇道入ったら、みんなのこと見失っちゃって」

「ふたりで怪しいなあ」

湯川くんがヒューと口笛を吹いた。

わたしは体をこわばらせた。いくら乃木くんだって、嫌がるに決まってる。わたしなんかとひやかされて。

ところが、乃木くんはへろっと笑ってこう言った。

「うらやましがるなよぉ。園森さんに悪いだろ」

びっくりした。

乃木くんは、わたしを女の子として尊重してくれた。そしてもっとびっくりすることに、連城くんも湯川くんも、そんな乃木くんの対応をごく自然に笑って受けてくれた。

花音と瑠美はノーコメントのまま、しらっとした顔でわたしを一瞥《いちべつ》しただけだ。

「じゃ、行くぞ」

連城くんの号令で、わたしたちは六人かたまって歩き出した。

修学旅行から帰ったあと、乃木くんと時々話すようになった。

月水木曜日の早朝には教室とは別棟の理科室で希望者参加の補習がある。乃木くんは、火曜日と金曜日にも朝早くに登校して誰もいない理科室で過ごしていると言った。

「理科室から山が見えるじゃん。補習のときに三回ぐらい、山の上でＵＦＯを見たんだ。補習中は先生によそ見するなって怒られちゃうから、火曜金曜はひとりで授業が始まるまで思う存分空を見てる」

よかったら園森さんもおいでよ、と誘ってくれたので、わたしも時間を合わせて理科室に行き始めた。今まで苦手だった早起きも、なんだか楽しくなった。

あの案内所でのことを、わたしたちは時々話す。乃木くんはアンモナイトについて図書館で調べたって言った。

「アンモナイトの殻って、最初は細長い円錐状の棒だったらしいよ。それがうんと長い時間をかけて、あのうずまきになったんだ」

「長い時間って、どれくらい？」

「三億年ぐらい」

「……気が遠くなるね。そういうのって、学者さんはどうやって調べたんだろう」

わたしはため息をつく。

乃木くんは窓の外を見ながら言った。

「たぶん、化石でわかることってたくさんあるんだろうな。水族館に行くとたまに、ホルマリン漬けがあるじゃん。俺、あれすっごくぞっとするの。情緒がないっていうか。無理やりそのまんまの形を維持しようとあがいたって、結局損なわれちゃうだけなんだよ。化石のほうがうんと好き。途方もない時間が自然に残してくれたもののほうが、たくさんのことを教えてくれるし、想像力をかきたてられる」

ほんとうに、そうだ。彼はいつも、わたしがうまく言葉にできないことをちゃんと的確に表現してくれる。乃木くんと話していると、自分の奥のほうがどんどん広がっていくような、土が耕されていくような、やわらかくてふっくらした気持ちになった。乃木くんはわたしにとって、救世主みたいな存在だった。花音と瑠美のことでしんどい想いをしても、わたしってだめだなと自信をなくすようなことがあっても、乃木くんと過ごす早朝のひとときが、わたしの心を落ち着かせてくれた。

あ、そうだ、と乃木くんは言って、リュックから雑誌を取り出した。『DAP』という情報誌だ。

「キューブリックって、チャップリンの影響を受けてるんだって」

今年は二〇〇一年ということもあって、『2001年宇宙の旅』やキューブリックについて雑誌でよく特集を組まれるのだと乃木くんは言った。

チャップリンのことは、わたしはよく知らないけど、そこに載っているモノクロの顔写真は見たことがある。

「コメディアンだっけ？」

「うん。喜劇俳優として出演もしてるけど、自分で脚本を書いたり監督したりして、映画をたくさん作ったんだよ」

乃木くんはチャップリンの作った映画のタイトルをいくつか口にして、その中でも『街の灯』が好きだなあ、と言った。

「このちょびヒゲ、いいよね。俺も大人になったらやろうかな。ちょっとは童顔もごまかせるかも」

「えー？　見てみたい、乃木くんのちょびヒゲ」

童顔を気にしてるんだ、乃木くん。それがまたいいのに。

UFOは今日も現れない。乃木くんはDAPをぱらぱらめくった。

「ああ、いいなあ。雑誌作る仕事って。編集者とかライターとかって、どうやったらなれるんだろう」

映画情報のページを見ながら、彼はうっとりと言う。

「やっぱり都会がいいよなあ。芸能人にばったり会ったり、面白いイベントやってたり、大きな本屋とか、テーマパークとかさ。このへんだと、映画館に行くのだってバスと電車ふたつ乗り継がないといけないじゃん。おんなじ三年間の高校時代でも、こんな田舎で暮らすのと都会で過ごすのって、将来がぜんぜん違ってくると思わない？ああ、俺、東京に住みたい」

「言うとホントになるよ」

これもサクちゃんの持論だ。良くも悪くも、言うとホントになるって。乃木くんは雑誌から目を離してわたしを見た。

わたしは、さも自分が思いついたことかのように話す。

「オオカミ少年って民話があるでしょ」

「オオカミが来るぞって何度もウソついて、ホントにオオカミが来たときに信じてもらえなかったってやつ？」

「うん。あの話の教訓って、ウソばっかりついてるとみんなに信用されなくなるっていうのもあるけど、もうひとつは、言うとホントになるってことだと……思うんだよね」

乃木くんは感心したように大きくうなずき、決意表明みたいにきっぱりと言った。

「じゃ、俺、そのうち東京に住む。そんで将来は、雑誌作ったり、記事を書く仕事する！」

「ホントになるよ、きっと」

「ちょびヒゲも生やす！」

「それは別に大きな声で言わなくても、好きなようにやればいいじゃない」

そっか、と乃木くんは笑った。

十一月も下旬にさしかかると、早朝はさすがに寒い。教室には暖房が入っているけど理科室は切れている。火曜日の今日、乃木くんはズボンのポケットに手をつっこみながら黒祖ロイドという小説家の話をしてくれた。

デビューして二年ぐらいのSF作家だという。わたしがよく読む本っていったら海外の児童文学か学園ものの少女小説で、そっちの分野はよく知らない。

「三年前にね、『海原《うなばら》』っていう文芸誌でショートショートの公募があったんだ。大賞は賞金五十万円！」

「乃木くん、応募したの？」

「しようとした。俺、国語得意だし読書感想文で入選したこともあるし、短いのなら書けるかなって思ったんだけどさ。最後までうまく書ききるのが難しくて、だめだったよ。文章を書く脳みそって、いろんなコースがあるんだと知った」

「脳みそのコース？」

「そう、俺の脳みそは、物語を生み出すほうじゃなくて、すでに出来上がっているものについて感じることを書くコースで張り切るタイプみたいだ」

乃木くんは自分分析が得意だ。

何が好きで、何が得意で、何が難しくて。

「それで応募は断念したんだけどさ。そのとき、最終選考に残った作品が十作掲載されて、選考委員の作家や編集者の他に、読者が選んで投票するって企画だったわけ。そこに載ってた黒祖ロイドの作品を読んでね、俺、絶対この人の小説が一番面白いと思って、清き一票を入れた」

「それで黒祖ロイドが大賞獲ったの？」

「ううん、大賞は別の人。黒祖ロイドは読者賞だった。でもそれがきっかけで編集者と縁ができて、次の年に単行本デビューしたんだよ」

まるで自分がデビューしたみたいに誇らしげに、乃木くんは顎をしゃくった。

「じゃあ、乃木くんが黒祖ロイドを作家デビューさせたってことじゃない！」

「いや、俺ひとりってわけじゃないけど。でも正直、ちょっとだけ手伝えたのかなって気持ちはあるね。だからすっごく応援してる。俺の目に狂いはなかったって自信になったし、これからも活躍してもらってそう思い続けたい」

乃木くんの目、キラキラしてる。好きなものについて語るとき、人はこんなに輝くんだって、わたしは彼から教わった。

「今度、本貸すよ、読んでみて」

「うん、ありがとう」

壁時計に目をやり、乃木くんが立ち上がる。そろそろホームルームの始まる時間だ。

「あー、今日もUFO、見えなかったなあ！」と言いながら、乃木くんは理科室のドアを開けた。そこに花音が通りかかって、ぎょっとしたようにわたしたちを見た。

最近、花音の機嫌が悪いのは、あの噂のせいだ。

連城くんに彼女がいるって。他の学校の子で、連城くんと同じ塾に通っているらしい。

だからわたしは、いつもに増して花音を刺激しないようにしていた。理科室のことも最初から言っていなかったし、乃木くんはたぶん気づいていないと思うけど、教室に入るときはちょっと時差を作るようにしていた。

今朝、理科室の前で会ってしまったとき、花音はわたしたちを見たあと何も言わずにふいっと顔をそらし、教室とは違う方向に歩いていった。日直なので職員室にプリントを取りに行ったらしい。

一限目の休み時間、花音が英語のノートを持ってわたしの前に座った。前の席の子は、後ろのほうにかたまって瑠美にMDを渡している。好きな曲を編集して交換するのが流行っているのだ。

「宿題、写させて」

「あ、うん」

わたしは緊張しながらノートを広げた。花音は自分のノートにわたしの書いた英文を写し取っていく。

「朝、どうしたの。大丈夫だった？」

きた。

シャープペンシルを動かしながら威圧してくる花音に、わたしはなるべく平静を装って訊き返す。

「大丈夫って？」

「乃木くんに呼び出されて、なんか言われたのかなと思って」

「ううん、たまたま理科室の前を通ったら乃木くんがいたから、おはようって言っただけ」

「ふうん」

花音のシャープペンシルの頭についたポメッピがわたしを見ている。苦しい言い逃れをしていると、自分でもわかっていた。

こばかにしたような笑い声をかぶせながら、花音が言った。

「あいつ、ヤバイよね。UFO見えなかったとか言ってたじゃん」

「うん？　あ、そう言ってたかも」

「なんか、危険なヤツ。電波系なんだね、乃木って」

「たしかに」

わたしは笑った。

たしかに。

悪口に、同意してしまった。

泣きたくなった。

乃木くんはわたしの救世主だったのに、裏切るようなことを言ってしまった。

心の奥でやわらかく耕されたはずの土壌が、かちかちに固まっていく。

「でもなんか、修学旅行のときからいちかも乃木に色目つかってたからさ。おとなしい顔してやるなぁって思っちゃった」

硬くなった心に、金づちの打撃が響く。宿題を写し終えた花音が、ノートを閉じた。そのノートの表紙を見て、わたしは思わず息を止めた。

「KANON」とペン書きされたアルファベットの隣に、ト音記号があったのだ。そうだ、花音はよく、自分の名前を書くときにこんなふうにト音記号をくっつける。お母さんが吹奏楽をやっていて、音楽を好きになるようにつけた名前だって、ずっと前に言っていた。

わたしを助けるアイテム。どういう意味なんだろう。花音はもうわたしには用はないようで、席を立つと瑠美たちに混ざっていった。

翌日は水曜日で、理科室では数学の早朝補習があった。

先生の話はまったく頭に入ってこなくて、テキストを開いたまま窓の外を見る。山の上にさっと黒いものが動いたので目をこらしたけど、鳥だった。

昨日、花音はあれからわたしを避けていた。それに、放課後、教室の隅で花音と話していた瑠美がちらっとわたしを見たのも気のせいじゃないと思う。

このまま、ふたりから無視されるようになったら。

残りの中学生活は地獄の締めくくりになってしまう。二月には卒業遠足がある。また好きな子同士で組んで、班をつくるのだ。卒業式が終わったあとも、みんなで写真を撮ったりサイン帳をまわしたりするのだ。

そういうときにあぶれてしまう嫌われ者になりたくない。せっかくここまで、やっとの思いで仲良しグループにしがみついてきたのに、はみだしてひとりになるのはこわい。

それに、あのふたりがどこを受験するのか知らない。また同じ学校になって、わたしのことをまだ知らない人たちに悪口を広められたらどうしよう。

乃木くんが女の子だったらよかったのに。そうしたら、こそこそ理科室で会うだけじゃなくて、一日中堂々と一緒にいられたのに。

わたしは弱い。弱くてずるくて、汚い。

湯川くんにひやかされたとき、乃木くんはわたしを守ってくれた。明るく「うらやましがるなよぉ」って。でもわたしは、花音たちにあんなふうにはできない。

花音や瑠美にどう思われたって、乃木くんとの関係を大事にすればいいじゃないか。あんな友達、もしかしたら一生できないかもしれない。そんなふうに思えるくらいに、乃木くんはわたしにとって特別な人なんじゃないか。頭ではわかっているのに、体が動かなかった。

どうしよう。どうしたらいいんだろう。

先生が黒板に数式を書いている。

わたしが本当に知りたいことは、学校の授業ではぜんぜん教えてもらえない。

補習が終わって教室に戻り、テキストを机の中にしまっていると、乃木くんがわたしの席にやってきた。

「これ、昨日言ってた黒祖ロイドの本」

乃木くんは単行本を一冊、わたしに差し出す。

わたしは瞬時に、花音を目で探した。花音は瑠美と一緒に、窓際に立ってわたしのほうを見ている。

「……あ、ありがとう」

「すっげえ面白いから。返すの、いつでもいいよ」

乃木くんは明るくそう言って、自分の席に戻っていった。

わたしは急いで教室の後ろに備え付けられているロッカーに行き、本をリュックにしまった。席に戻ろうと振り返ったら、花音と瑠美がわたしの前に仁王立ちしている。

わたしは石像みたいに固まった。

瑠美が半笑いで言った。

「乃木とつきあってんの？」

「……違うけど」

「だよね。びっくりした。いちか、そういう趣味なのかと思った」

花音は何も言わない。ただ黙って、わたしの反応をじっと見ている。

わたしはせいいっぱい笑って、大げさなくらいぶんぶんと首を横に振った。

「まさか。だってわたし、好きな人いるし」

えー、誰、誰？　花音と瑠美は、わたしを囲むようにしてせまってくる。

「この学校じゃなくて……ちょっと年上の人、近所の。大人っぽい人が好きなの。乃木くんみたいな童顔、ぜんぜんタイプじゃない」

へえ、と言った瑠美が少し横に目をやった。

そちらを見ると、乃木くんがロッカーから辞書を取り出している。ハッとしたけど、フォローなんかできるはずもない。彼は辞書を片手に無表情で去っていった。

……………聞こえてたよね。今の。

石像のわたしに亀裂が入って、頭からガラガラと砕けていくような気がした。

担任の泉《いずみ》先生が教室に入ってきた。ホームルームで、一限目の社会の先生がお休みなので自習ですと告げられる。

先生が教室を出ていくと、花音は気が済んだのか「いちか、たまごっち持ってきたぁ？」と言ってきた。わたしは跳ねるようにしてリュックに手を入れる。

――これでいいんだ。もうわかった。

乃木くんと話せなくなったとしても、修学旅行に行く前の生活に戻るだけだ。でも、花音たちとの仲良しグループから外れてしまったら困ることばっかりになる。たとえにせものの友情でも。

だから、花音や瑠美を怒らせるようなことをしてはいけない。ハブられないように、気に入られるようにしていれば安泰なんだから。

ト音記号は「花音にしっかり足を着けよ」というアドバイス。そういう助言だったんだ。

次の日、わたしは借りていた本を紙袋に入れ、補習が始まるぎりぎりの誰も教室にいない時間を見計らって乃木くんの机の中に返却した。表紙に「ありがとうございました」と書いたポストイットだけつけてある。

わたしはもう、乃木くんの友達でいる資格もない。そう思った。救世主だったイエス・キリストの踏み絵を踏みまくった信者の気分だった。

本は読まなかった。そんな気分にはなれなかったし、乃木くんとつながるものを持っていてはいけない気がした。

それからわたしは、火曜日と金曜日の理科室には行かなくなった。もともと、約束していたわけじゃないのだ。

そうしてわたしは、なるべく乃木くんと目を合わせないようにして過ごした。

十二月に入ってすぐの放課後、教室を出ようとしたら乃木くんがわたしを呼び止めた。

「あのさ、ちょっといいかな」

ドア口で花音と瑠美がわたしを見ている。このあと三人で商店街のパン屋へ行く約束をしていた。パンをひとつ買うとクーポン券がついてきて、十枚集めればポメッピのお皿がもらえるらしい。花音はそれが欲しいと言って、わたしも誘ってきたのだ。

「俺、園森さんに話があって」

「……急いでるから」

乃木くんは三秒ぐらい沈黙したあと、「じゃ、いつならいい？」と弱々しく言った。その声がなんだか泣きそうで、わたしのほうこそもっともっと泣きそうで、今すぐふたりで理科室に行きたかった。

「いちかに告るんじゃん？」

瑠美が花音に言う。わざとわたしたちに聞こえるように。

わたしは乃木くんから目をそらしながら叫んだ。

「もう、話しかけてこないで！」

怒った口調になったのは、乃木くんにじゃなくて自分自身に腹が立ったからだ。

乃木くんの顔を見ることができなかった。本当にこれで終わっちゃったと思った。

花音と瑠美にくっついて、わたしは商店街で食べたくもないパンを三個も買った。

レジでもらったクーポン券を花音に渡す。それは、わたしがこの仲良しグループにいるための引換券だった。

それから三週間して、ホームルームで泉先生が言った。

「突然な話ですが、乃木くんが二学期いっぱいで転校します」

わたしはハッと顔を上げた。教室がざわつく。

今日は金曜日で、月曜日が祝日の振替休日だから週末を入れて三連休になる。冬休みは水曜日からだ。二学期いっぱいって、実質、今日を含めて二日しかない。

乃木くんはクラス全員から注目を浴びて、きまり悪そうにうつむいていた。先生がてきぱきと説明する。

「お父さんが急に転勤になって、東京に引っ越すことになりました。三年生のこんな時期だけど、逆に今なら東京の高校を受験することも支障なくできるからね。乃木くんの希望で、ぎりぎりまでみんなには言わないってことで今日発表となりました。はい、乃木くん、みんなにひとこと！」

乃木くんは恥ずかしそうに立ち上がり「残り二日、よろしくお願いします」とだけ言って座った。

そんだけかよー、と湯川くんが言ってみんなが笑う。

そうだった。乃木くんって、みんなの前でペラペラしゃべる人じゃなかった。わたしに見せてくれたイキイキとした表情や、饒舌《じょうぜつ》な語り口は、彼が心を大きく開いてくれていた何よりの証だった。

乃木くんがわたしに話があるって、このことだったんだ……。

わたしはぎゅっと奥歯をかみしめて涙をこらえた。ここで泣いたりしたら、花音たちに何を言われるかわからない。なんとも思わないふりをして、髪の毛の先をいじったり爪を見たりして、わたしは時間が過ぎるのを待った。


その週末、土曜日に親戚の結婚式があって、わたしはお父さんとお母さんと三人で横浜に行った。

お母さんやサクちゃんの従弟である俊介《しゅんすけ》さんが今回の主役で、わたしにとっては「いとこおじ」になるらしい。

わたしは乃木くんのことで落ち込んでいたけど、サクちゃんに会えるのはやっぱり嬉しかった。シャーベットグリーンのワンピースを着ているわたしに、サクちゃんは「お姫様みたいだな」と言ってくれた。

式は教会で行われた。俊介さんのタキシード姿はかっこよかったし、花嫁さんもかわいらしくて、見ているだけで幸せな気持ちになった。牧師さんに導かれて新郎新婦は神様に愛を誓い、参列者のわたしたちは讃美歌を歌った。

ひととおりの儀式を終えたあとは、コテージみたいな会場に場所を移した。一応、室内にテーブル席があったけど、テラスの窓が全部開け放たれて庭に出られるようになっている。移動自由なガーデンパーティー形式の、素敵な披露宴だった。

わたしはサクちゃんとふたり、テラス席に座ってケーキを食べていた。「なついている姪《めい》っ子《こ》」のポジションを存分に活かし、彼を独り占めすることに成功したのだ。こんな知能犯のわたしもいる。「おとなしい顔してやるなぁ」って花音の言うことも、あながち間違いじゃないかもしれない。

「サクちゃんも、結婚したいって思う？」

そう訊いたら、サクちゃんはウーンとうなった。

「ただ結婚したいかって言われたら、わかんないな。いつか好きな人ができて、その人と結婚したいなと思ったらするよ、きっと」

素晴らしい回答。今、サクちゃんに好きな人はいないってことだ。わたしは姪っ子の顔で言う。

「そのときは、わたしまた讃美歌を歌うのかな」

わたしはポシェットから紙を出した。さっき教会で配られた楽譜のコピー。讃美歌312番『いつくしみ深き』。

初めて歌った曲だ。オルガン伴奏に合わせて、聖歌隊が歌うのをまねるようにしてなんとか口ずさんだ。

楽譜をもらったとき、疑問に思った。「友なるイエス」っていう歌詞があったからだ。

「サクちゃん、この『友なるイエス』ってどういうこと？　イエス様のことを友達なんて」

サクちゃんはなんでも答えてくれる。知っていることはていねいに教えてくれるし、知らないことは一緒に考えてくれる。サクちゃんの学校の生徒たち、いいなあって本気で思う。

「だって、イエスは人間だから」

「えっ、そうなの？」

驚いているわたしに、サクちゃんは優しいたれ目を向ける。

「うん、イエスを神様だと思ってる人もいるけど、彼は神の使いであって、人間なんだ。ヨハネの章だったかな、イエスがみんなに言ったんだよ。あなたたちは、私のしもべではなく友だって」

そうなんだ。救世主は、友達だったんだ……。

「じゃあ、隠れキリシタンは友達を踏んだのね」

なんだかそれって、神様を踏むよりもつらいことのような気がした。

しゅんとしていると、サクちゃんはわたしの頭にぽんぽんと手をのせた。

「どうした、いちか姫は何かお悩みか？」

「……姫じゃないの。わたし、侍女なの」

サクちゃんは頭から手をおろし、そっと肩に触れてくれた。こらえきれなくなって、わたしは涙声になる。

「みんなから外れないようにって必死で合わせてるうち、やっとわかり合えたはずのたったひとりの友達に、ひどいことしちゃった……」

わたしはぼろぼろと泣いた。サクちゃんは、そうかそうか、と優しく肩を抱いてくれた。テラス席の端っこはちょっとした死角になっていて、庭にいるみんなは俊介さんのお友達が弾くバイオリンの音に聴き入っている。

「そういうの、わかるよ。中学や高校のうちは、どうしてもみんなが同じほうを向いていないと先に進まないような空気ができちゃうんだ。この五線譜みたいにね、ぴっちり決められた枠の中にいなきゃいけなくて、自分がどこにいればいいのか見失ったりする。教師やってる僕から見ててもしんどいときあるよ。学校っていう大きな集団じゃなくて、もっと小さなところでひとりひとりと向き合えたらいいのになって思うこともある」

ちょっと意外だった。サクちゃんは楽しく中学校の先生をやっていると思っていた。いつか転職なんて、そんなこともあるんだろうか。

「人と違っているのは劣っているってことじゃないんだ。それぞれがそれぞれでいいって、もっと多様性が認められる社会にしていかなきゃいけないって思うし、時間をかけて少しずつそういう時代になるって僕は信じてるよ」

サクちゃんは楽譜を見ながら言った。そしてト音記号を指さす。

「ね、ト音記号の意味、知ってる?」

「えっ……」

サクちゃんの口からト音記号という言葉が出てきて、わたしの胸は高鳴った。なんだか、新しい素敵なヒントを運んできてくれるような予感がしたのだ。

ここのさぁ……と言いかけて、サクちゃんは空のトレイを持って横切ったウェイトレスさんに「すみません、ボールペンありますか」と声をかけた。ウェイトレスさんはエプロンのポケットからペンを取り出し、サクちゃんに渡して庭に出ていく。

サクちゃんは楽譜のコピーをテーブルに置き、ト音記号にペンを入れた。

「このうずまきの中心のとこ。十字架みたいにクロスしてるだろ。ここが、ソですよってことなの」

「そうなの⁉」

わたしが声を上げると、サクちゃんは意味ありげに「ソー」と言って笑った。外巻さん並みのダジャレらしい。思わず吹き出すと、サクちゃんはにっこり笑った。

「もともとは、この記号はアルファベットのGだったんだ。それが長い時間をかけて、この形に変わっていった」

「……アンモナイトみたい」

わたしはつぶやいた。長い時間をかけて、うずまきになっていくなんて。

アンモナイト？　とサクちゃんは目をぱちくりさせたけど、特に気には留めずに先を続けた。

「今はドレミファソラシドだけど、うんと昔はラで始まってたんだな。ラシドレミファソがABCDEFGに当てられて、日本の音符の読み方では、いろはにほへと。ということで、ソはG、日本語では、と、にあたる。だからト音記号のトって、ソのことなんだよ」

サクちゃんは余白にアルファベットとカタカナ、ひらがなを並べて表にしながら言った。

「すべてのことは変わりゆくんだ。無常っていうこと。このト音記号だって、千年後にはこの形じゃないかもしれない。始まりはドじゃないかもしれないし、線だって五本じゃなくなるかもしれない。でも時がたつにつれ状況がどんどん変わっても、ソの位置がここだって、軸がはっきりしていれば狂わないだろ。名曲はずっと美しく奏でられる」

そう言いながら、サクちゃんは『いつくしみ深き』のタイトルを指でなぞった。

「五線譜からはみだすのが怖い気持ちはすごくわかるよ。学校と家が全世界の学生のうちは、仕方ないことだと思う。でもね、ばかにされないように笑われないようにって、そっちを軸にして動くと、仲間外れにはならないとしてもホントの仲間は見つけにくいかもしれない。だから、誰に笑われたってへっちゃらって思えるような、いちかオリジナルの『ソ』の軸を持つといい。そしたらこれから先、どんなに状況が変わっても自分を見失ったりしないし、本当に大切な仲間を得られるよ」

サクちゃんはボールペンをテーブルに置く。

うずまきの中心の、わたしのソ。

わたしはサクちゃんの書き込みが入ったト音記号をじっと見た。

空いたグラスをトレイに載せて、ウェイトレスさんが戻ってくる。サクちゃんはわざわざ立ち上がって、ウェイトレスさんにお礼を言いながらボールペンを返した。

横浜のおばあちゃんの家で一泊したあと、日曜日の夕方、静岡に戻った。

振替休日の月曜日、わたしはショッピングモールに出かけた。

明日は乃木くんと会える最後の日だ。ちゃんと謝って、ありがとうも言って、何かプレゼントを渡したい。

男の子にプレゼントなんてしたことないから、何を選べばいいのかわからなかった。お金もそんなに、持ってないし。

本にしようと思いついて、わたしはモールの中の書店に向かった。黒祖ロイドの本は全部持ってるだろうから、図鑑とか、写真集とか。

店に着くと、文房具コーナーの隣に「化石フェア」というポスターがあって、わたしは目を見開いた。この書店では時々、こんなふうに本や文房具じゃないものを一時的に置いているのだ。わたしはドキドキしながら台の上に置かれた化石を見た。化石って、いったいいくらで買えるんだろう。

マッチ箱ぐらいの小さなプラスチックケースに入って、それらは行儀よく並んでいる。恐竜の歯、三葉虫、マンモスの骨。

そして、あった。アンモナイト。

薄茶色いのや、グレーがかったのや、白っぽいのや。どれも五百円玉ぐらいのサイズだけど、ひとつとして同じものはなかった。

わたしはよーく吟味して、殻の模様が一番ぎゅっとつまっていて大理石みたいな色合いのアンモナイトを選んだ。

箱の隅に「白亜紀」と書かれた小さなシールがついている。一億四千万年前のそのアンモナイトは、わたしのお小遣いでもなんとかなる値段だった。千百円。消費税五パーセントを合わせて、千百五十五円。

それに手を伸ばそうとしたら、後ろから「いちか?」と声をかけられた。花音と瑠美だった。

ふたりは化石フェアの台とわたしを交互に見て、なにやら嬉しそうに笑った。

「えっ、マジで? 化石?」

「うわ、信じられない」

一瞬、足がすくむ。

でも、おとといサクちゃんが書いてくれたト音記号の書き込みを思い出したら、体がふっと楽になった。

わたしは黙って、乃木くんに選んだ美しいアンモナイトの箱を手に取った。

花音たちに背中を向け、レジに向かう。彼女たちがどんな顔をしているのか、何を言ってるのか、べつにわからなくていいって初めて思った。

レジで店員さんに「プレゼントなんですけど、包装してもらえますか?」と訊いた。店員さんはにこっと笑って「承知しました」と言ってくれた。

書店の名前が入った包装紙でラッピングされた小箱を受け取るところまで、花音たちは見ていたらしい。わたしが店を出るとふたりで待ち構えていて「まさか乃木にプレゼントするんじゃない?」と花音が言った。瑠美に話しかけてるってスタイルで、その実、わたしに聞こえるように言っているのがわかる。

「男子に化石あげるとか、笑うわー」

瑠美がわざとらしくおなかを抱えた。

わたしは「また明日ねぇ」と笑顔でかわしてエスカレーターに向かった。

おびえながらウソをつく必要も、何が悪いんだとムキになる必要もない。

わたしは化石が好きで、乃木くんも同じで、そんな話で盛り上がったふたりの楽しい時間を覚えていてほしいから、彼にプレゼントしたい。誰に笑われてもばかにされても、へっちゃらな軸。わたしの「ソ」は、ここ。しっかり足を着ける。

エスカレーターが下っていく。視界の隅で、花音と瑠美がきょとんと立ち尽くしているのが見える。わたしはちょっと笑って、「うらやましがるなよぉ」という言葉を口の中でころがした。


次の日、わたしは朝早く理科室に行った。

本当は、前日の夜に乃木くんに電話したかった。でも今年からうちの学校は連絡網が廃止になって、電話番号がわからなかったのだ。

乃木くんが来るって保証はない。でも、待ちたかった。

窓側の席に座って、山の上を見る。

乃木くん。

乃木くん、乃木くん。

ごめんね。ごめんなさい。

乃木くんと仲良くなれて、すっごく嬉しかったのに、わたしは弱虫で、乃木くんを遠ざけてしまった。

このまま何も伝えられないなんて、そんなの困る。

ひとりでじっと待っているせいで、寒さがしみた。わたしはかじかんだ手をスカートのポケットに入れた。かしゃりと何かが手にあたる。

……そうだ！　すっかり忘れていた。「困ったときのうずまきキャンディ」。

こんないいものを、どうして今まで思い出さなかったんだろう。

わたしはセロファンをはがしてキャンディを口に入れた。思いがけないスピードで、しゅわっとキャンディは溶けた。青いからソーダ味かなと思っていたのに、レモンみたいな甘ずっぱい味がした。

わたしはもう一度、願いを込めて両手をすりあわせる。

乃木くん。来て。来てください。

そのとき、山の上でぴかっと何かが光った。

「あっ……！」

わたしは窓に走り寄る。

銀色の丸い宇宙船。ジグザグに動いたあと、すっと消えた。

……ＵＦＯ。

すごい、見ちゃった。ホントにいた。


ホームルームが始まる時間になっても、乃木くんは来なかった。

乃木くんが風邪をひいてお休みです、と先生が言ったとき、わたしは全身脱力してしまった。

「今日で最後だったから乃木くんも残念がってたみたいだけど、けっこう熱が高いらしくて」

困ったときのうずまきキャンディは、まったく効き目がなかった。それとも誤作動したのかもしれない。わたしが来てほしかったのはＵＦＯじゃなくて乃木くんだったのに。

……このまま、もう会えないのかな。

先生に乃木くんの家を教えてもらって帰りに行こうか。でも、高熱で寝てるんだったら悪いし。

花音と瑠美は、昨日のことについて何も言ってこなかった。わたしが普通に「おはよう」って言ったら、あっちも「おはよう」って答えた。それだけ。わたしがおどおどしなくなったら、いじるのもつまんなくなったのかもしれない。

今日は午前中で終わりだ。

掃除を済ませ、通知表をもらっているときに、なんと乃木くんが教室に来た。

「熱は大丈夫なの、乃木くん」

先生が驚いて言った。

「なんか、すっきり治っちゃったんで」

乃木くんが頭を掻く。

ああ、でもよかった。

なんとか、このあと声をかけて話がしたい。そう考えると急にドキドキしてきた。

ふと、乃木くんと目が合う。

乃木くんは、なぜだかほっとしたような笑みを浮かべた。わたしもつられて笑う。

そして自然にわかった。このあと、理科室に集合だ。


放課後、わたしが理科室で待っていると、乃木くんは大荷物でやってきた。持って帰るものが多いのだ。

どさりと紙袋を床に置き、乃木くんはふうっと息をついてわたしの前に立つ。

わたしは思い切り頭を下げた。

「ごめんなさい！」

第一声、わたしが謝ると、乃木くんは「いや、あの」と戸惑った声を出した。

「わたし、乃木くんと仲良くなれて嬉しかったの。すごく救われた気持ちになったの。なのに、花音たちの目を気にしてあんなひどいこと言って避けたりして、本当に本当にごめんなさい」

「もういいって、いっぱい聞いたから」

「……え？」

顔を上げると、乃木くんは優しい目でわたしを見ていた。

「俺、園森さんの夢、見たよ」

わたしの、夢？

「今朝ひどい熱があって、残念だなあって思いながら学校休むって母さんに言って、もう一度布団に入ってさ。それで寝てたら、園森さんがここで待ってる夢見たの。園森さん、俺にめちゃくちゃ謝ってて、両手を合わせて泣きそうな顔してて」

そこまで言うと、乃木くんは片方の手を学ランのポケットに入れた。

「それで、園森さんがなぜかこれ持ってるの。俺が週末に用意してたやつ」

乃木くんがポケットから出した手には、書店の包装紙でラッピングされた小箱が載っていた。

……これ！　まさか。

「これね、モールの書店で見つけたんだけど。園森さんにプレゼント」

乃木くんはほっぺたを真っ赤にしながら、わたしに小箱を差し出した。わたしはふるえる手で受け取る。呆然としながら「ありがとう」と言うと、乃木くんは急に早口になった。

「そのあと、すっごいことが起きたんだ。目が覚めて、園森さんの夢見たなあってぼんやり思いながら布団の中にいたらさ、カーテン越しに何か外が光った気がしてね。なんだろうと思ってカーテンを開けたら……」

「UFO！」

「そう！」

乃木くんは人差し指を突き立てる。

「ほんの一瞬だけど、俺んちの前を横切ったの。車ぐらいの大きさだった。銀色で丸くて、真ん中にぐるってうずまきがあったよ。うわーって叫んでるうち、暗号みたいにピカピカ光ってすぐ消えちゃった。そしたら体が軽くなってきて、すっかり熱が下がったの。UFOに風邪治してもらった！」

ぴょこぴょこと飛び跳ねながら、乃木くんは窓の外を見た。

そうか。あのキャンディ、ものすごい効き目があったんだ。わたしを乃木くんの夢に登場させて、UFOまで送り込んで。おかげで、乃木くんとここで会って話せた。でも。

でもこっちは、キャンディのミラクルじゃない。わたしはリュックから小箱を取り、乃木くんに差し出した。

彼はそれを見て仰天する。

「えっ、えええ？　開けていい？」

わたしたちは窓際に並んで、一緒にラッピングを開けた。互いの手の中に現れる、小さなアンモナイトの化石。

「……………すっげえ……」

乃木くんがわたしに選んでくれたそれは、オフホワイトにところどころ紅がさしてあるようなかわいらしい色味だった。乃木くんは鼻をずずっとすする。

「ごめん、泣けてきた。嬉しいよ、ありがとう」

隣でわたしも胸がいっぱいになる。勝手にそろってしまった、わたしたちに似合うもの。

鼻をこすりながら、乃木くんは言った。

「心って、顔の真ん中にあるのかなあ。嬉しかったり感動したりすると、鼻がきゅーんって痛くなるじゃん」

「でも、悲しいときって、胸が痛かったり重くなったりするよね。わたし、感動の涙と悲しみの涙って、製造の場所が違うんだなっていつも思ってた」

「あ、それおもしろい。もしくは、心って風船みたいなものなのかも。体の中を動くの。嬉しいと上に浮かんでいって、悲しいとしぼんで下がっていくの」

こんな話を、乃木くんといつまでもずっとしていたい。

男とか女とかじゃなくて、距離も関係なくて、好きなときに好きなように、ずっとずっと話せてたらいいのに。肉体って、なんて重くてじゃまでめんどうくさいんだろう。

「園森さんは正しかった。言うとホントになっちゃうんだね」

乃木くんがぽつんと言った。

「だけど言い方を間違えちゃったなあ、俺。東京に住みたいって、それはもっともっと、大人になってからでよかったんだ。今はまだ……映画館もないこの田舎町で、園森さんと一緒に高校生になりたかったよ」

わたしも同じだった。乃木くんと波高校に行って、もっといろんなことを語り合って、一緒に未来を見たかった。気持ちを言葉にする代わりに、わたしはアンモナイトを両手で包み込む。

わたしたちは、親の都合ですべてが一転してしまうほどにまだ子どもで、この別れを食い止めることなんてできないだろう。

でも知ってる。これで完結じゃない。どこまでいっても、最終形はない。

中学生を脱いで、高校生を越して、その先、止まることなく変わり続けるわたしたち。棒だった殻がうずまきになったアンモナイトみたいに、わたしたちは時代に身をゆだねて進化していくんだ。

「ありがとう、乃木くん。わたし、これから何度でも乃木くんと話した時間を思い出す。そうしたらいつでも楽しい気持ちになれるし、つらいことがあってもきっと強くいられるって思うから。わたしのほんとうの場所はここだって、はっきり確認できると思うから」

キューブリックやチャップリンの映画も、黒祖ロイドの小説も、ふれるたびわたしに乃木くんを与えるに違いない。お互いの新しい生活の中でうねりながら、わたしたちはきっとまた交われる。

俺だって、と、わたしの友なる乃木くんが言った。

「俺だって、忘れないよ。ちょびヒゲを生やした大人になっても、園森さんと過ごした時間のこと、絶対に忘れない」

くるりとうずを巻くアンモナイト。わたしたちは今、一億四千万年の時間を手に持っている。

想いは時空を超えていく。わたしたちは互いを思い出すことで、いつでもどこでも、また会うことができるだろう。

乃木くんが、はっと窓の外に目を向けた。わたしも「あ！」と声を上げる。
山の頂の向こうで銀の光がぴかりと走り、ぐるぐると旋回しながら消えていった。
笑顔で「またね」って、大きく手を振る友達みたいに。

# 一九九五年
# 花丸の巻

Kamakura Uzumaki Annaijo

Kamakura Uzumaki Annaijo

期待は悲しい傲慢。

ワープロにそう打ち込み、すぐ消した。昨晩のことだ。

指先から勝手に流れ出てきた文章だったが、セリフにしたところで伝わりづらい気がした。わかる人にだけわかればいいっていう脚本は名を成してからだと、舞台演出家の巨匠、阿久津芳郎《あくつよしろう》が雑誌インタビューで言っていたのを思い出す。

劇作家として鮎川茂吉の名を成すためには、もっと心を突くようなセリフを用意しなければならない。いつまでたってもアマチュアの域を脱せない弱小劇団を抱えたまま、おととい四十歳になってしまった。もういいかげん結果を出さないと、茨城《いばらき》の実家にいる親が「モノにならないなら帰ってきなさい」とせっついてくる。ふたことめには「W大まで出してやったのに」だ。

憂鬱な気分になりながら、俺は海を眺めた。

九月の由比ケ浜は海風が少し強い。来る途中コンビニで買ってきたナイススティックの袋を開ける。細長いロールパンに独特なクリームが挟まれた、消費税三パーセント込みで九十円の俺の昼めしだ。それを袋から四分の一ほど出し、砂浜にあぐらをかいてかじりつく。とんびが空をぐるりと飛んでいるのが見えた。

「……でかいハコでやりてぇなあ……」

俺がつぶやくと、広中が苦笑した。

「もきさん、去年あたりからそればっかりだよ」

ハコって劇場のことだ。俺たちが普段やってる客席数が百人台の小劇場じゃなくて、八百人ぐらい動員できるような、たとえばサンシャイン劇場とか。自分たちで運営費を苦心してかき集めたりビラを配ったりしなくても、スポンサーがついてがっつり宣伝してくれる舞台を、俺は一刻も早く打てるようになりたい。

さっきから広中は、何か探すようにして腰をかがめている。

「なにやってんの、広中」

「……うん、ちょっと」

俺はパンを持ったまま立ち上がり、広中のそばに歩いていった。

広中は俺が主宰している劇団「海鷗座」の俳優で、かれこれ十二年のつきあいになる。

俺は持ちえなかった優しげで育ちの良さそうな甘いマスク。なかなかのいい男だ。俳優の三田村邦彦に似ている。潤んだ瞳とか、横顔のちょっと坊ちゃんくさい感じとか。ただし実際の広中は金持ちのボンボンではなく、地方公務員の息子で本人はほぼ無職だ。何もしなくても勝手に貢がれたり世話されたりするせいで野心や執着心というものが芽生えず、苦労のない雰囲気が醸し出されているだけなのだった。

俺と同じ年だから、知り合ったころは二十八歳だった広中も四十歳になる。こいつも単発のアルバイトをしながらの俳優業だが、一緒に年を取りながら芝居を続けるのもいいもんだと、俺は思う。

今日は、大学時代の後輩に頼まれてドラマの撮影の手伝いで鎌倉に来ていた。ロケは予定より早く午前中のうちに終わり、俺たちはそのあたりをぶらつくことにした。俺も広中も中野に住んでいて、鎌倉を訪れたのは初めてだった。鶴岡八幡宮を背にして若宮大路をひたすらまっすぐ進むと海に着くと聞き、俺たちは十五分ほど歩いて砂浜に出た。

広中がしゃがみ込み、砂の上から何かをつまんだ。

「なんかあった？　百円？」

俺がそう言ったとたん、手に持っていたパンがすっと消えた。

な、なんだ？　手品か？

ナイススティックが入っていた袋がひらひらと空から落ちてきて、俺はあっけにとられた。とんびがパンをさらっていったのだ。器用に本体だけくわえて。

「………俺のパン…とんびが……」

「え、取られたの？　とんびに？　すごいね、一瞬なんだ」

空と俺を交互に見ながら広中が笑った。

ちくしょう、俺の昼めし。

「俺のおにぎり、やろうか」

「いらん」

広中のその握り飯は、コンビニのじゃなくて、恋人の綾子ちゃんが作ったやつだ。

愛情のおこぼれを喜んでがっつけるほど、俺は落ちぶれちゃいない。

「何を拾ったんだ？」

俺が訊ねると広中はほんの少し黙ってうつむき、ためらいがちに手のひらを広げた。

桜貝。

「……もきさん」

「あ？」

「俺、芝居辞めようと思う」

「へ？」

とんびにパンをさらわれたのと同じような、突然のぽかんとした喪失感があった。

俺はあわてて広中の腕をつかんだ。

「な、なんだよ、急にどうしたんだよ」

「急にじゃないよ。ずっと考えてた。十二月の公演で、最後にしたい」

十二月の公演は、演劇祭にエントリーしている。あらかた脚本が仕上がったので、そろそろ読み合わせに入るころだ。

俺はこれに賭けていた。この演劇祭は地域興しのイベントにとどまらず、テレビ局が協賛している大きなやつで、ここで認められたらひと花咲かせられるチャンスがある。なんといっても、阿久津芳郎が審査委員長だ。大賞が獲れれば、彼がバックについて大劇場での再演も約束されていた。

「そんな……そんなこと言うなよ。演劇祭の次の脚本《ホン》だって、もう構想は考えてあるんだ。中年の男女の純愛。女には家庭があるんだけど、夫がいない間に写真家と数日だけの恋に堕ちるんだ。いいだろ、めちゃくちゃ美人の女優見つけてくるからさあ」

「それ、『マディソン郡の橋』のパクリじゃん」

う、と俺は広中から手を放して胸を押さえる。

流行りの小説をパクったつもりはなかった。でも似てしまったらしい、本当だ。

「あ、じゃあさ、こういうのは？　貧しい暮らしの中で、親や周囲に迫害されながらもけなげに立ち向かっていく少女の話でさ……」

「同情するなら金をくれって？」

広中は苦笑いする。今度は高視聴率ドラマ『家なき子』のパクリだと言いたいんだろう。「同情するなら金をくれ」は、ドラマの中の決め台詞だ。

「これはパクリじゃない、オマージュだ」

いきがって言う俺を、広中が憐れむような目で見た。俺は急いで取り繕う。

「ま、まあ、ちょっとネタ切れになってるのかもしれないけど、そんなのは一時的なことだ。スランプなんて、誰だってあるだろ。次はすごい名作書くからまあ見てろって。今はさ、こうやって時々、テレビドラマの仕事とかやりながら……」

「一般人にも募集してるエキストラじゃん。顔も映ってないよ」

確かにそうだ。後輩の塚地《つかじ》からたまに頼まれるエキストラのバイトは、顔どころか後ろ姿がちらっとでも映り込めばラッキーというぐらいで、ドラマ放映を見たらどこにもいないということはよくある。でもこれだって、れっきとした芝居の仕事だ。少なくとも俺はそう自負している。

さっき、広中と一緒に鶴岡八幡宮の参拝客の「役」を演じた。

本殿に向かう階段を何度も昇り降りして、脇に植えられているイチョウの大木と何度もすれ違った。樹齢千年。長生きだけど大木としては中堅どころなのか、バリバリの現役感がある。ちょっとやそっとのことじゃビクともしない堂々たる姿。俺だってがんばらなきゃって思ったばかりだ。俺は広中に訴える。

「だけど、広中のファンだっていっぱいいるんだから、みんな悲しむよ、客が来なくなっちゃったらどうすんだよ」

「最近じゃもう、アンケートに俺の名前書かれることもないだろ」

「そんなことないって。なあ、考え直してくれよ。おまえと一緒にやりたいんだよ。俺たち、ずっと一緒に夢追ってきたじゃないか」

「追ってないじゃん！」

かぶせるように広中が叫ぶ。俺がたじろぐと、広中は俺から目をそらし、砂の上にこぼすみたいにさらりと言った。

「……追ってないじゃん。今はただ、夢に追われてるじゃん」

俺は黙る。手のひらの桜貝をじっと見ながら、広中はこう告げた。

「俺、結婚するよ」

「……結婚」

「子どもができたんだ。今、妊娠三ヵ月だって」

広中が綾子ちゃんと同棲しているのは知っていた。綾子ちゃんは歯医者だかなんだかで、広中はほとんどヒモみたいな生活だった。

「もきさんには申し訳ないけど……俺はちゃんと就職して、綾子と子どもを守る」

もう決意は固いらしい。いつもへらへらしてるのに、広中のやつ、キリッとしたい顔してやがる。

ジーンズのポケットに両手をつっこみ、俺は広中に背を向けた。

「昼めし買ってくる」

「うん。ここで待ってるよ」

俺はコンビニに向かって歩き出した。ふと立ち止まり、振り返る。

「広中ぁ……」

「ん」

「同情するなら客をくれ」

広中は眉をひそめたあと、「してないよ、同情なんて」と弱く笑った。


何がむかつくかって、「もきさんには申し訳ないけど」ってなんだか上から目線なとこだよ。なんだよ、申し訳ないって。幸せになっちゃってごめんねってことか。もきさんは芝居で食えないままの独り身で気の毒にねってか。同情だろ、それ。あいつ、変わっちまったよ。少なくとも、俺が脚本のこと話してる途中で遮るようなやつじゃなかった。

くそぅ、涙が出てきた。四十のおっさんが相棒に見限られて泣くなんて、コントかよ。手の甲でごしごしと目をこすり、はた、とあたりを見回した。

……どこだ、ここ。

海岸から最寄りのコンビニは、五分もかからない場所にある。砂浜には道路に上がるための階段があって、登りきったらすぐに店が見えたはずだ。来る途中に寄ってきたそのコンビニに向かって歩いたつもりだったが、悲しみに打ちひしがれながら考え込んでいたせいで変なところに入ってしまったらしい。

右にも左にもでっかい一軒家が立ち並び、こじゃれた門扉や広い庭がついている。洋館みたいな白い家のガレージには、緑色のアメ車が停まっていた。

金持ちばっかりだな。年収いくら稼いでるんだろう。おまえら、ナイススティック一本が昼めしの男がいるって、想像できるか。

でも、なにかおかしい。住宅街なのに人っ子ひとりいないのだ。それに、こんなに海に近いところに家が並んでいるもんだろうか。

視界の隅で何かが動いて目をやると、巨大なアゲハ蝶がひらひらと飛んでいた。俺の手をいっぱい広げたぐらいある。ここまで大きいと不気味だなと思いながら眺めているうち、そいつは俺の顔間近まで寄ってきた。うわー、来るな。鱗粉《りんぷん》まき散らすのやめろ。

アゲハ蝶から逃げて塀を曲がると、骨董屋みたいな店につきあたった。ガラス張りになっているドアから、古ぼけた時計がたくさん見える。

「ＣＬＯＳＥ」という板がかけられているところを見ると、今日は休業日らしい。ほんとに誰もいない。どうなってるんだ、ここは。このエリア一帯が全員そろって世界から休んでいるみたいだ。

よく見ると、店の脇に看板がある。「鎌倉うずまき案内所」。太い筆書きの木板には、下向きの矢印が描かれていた。建物には外階段が備わっていて、地下に通じているようだ。

案内所っていうからには、道ぐらい教えてくれるだろう。人がいればの話だが。俺は階段を降りた。

すると、鉄製のドアがある。なんか仰々しいな。案内所って、もっとウェルカムな感じで開けてるもんじゃないのか。丸いノブを回して引くと、中は真っ暗だ。ここも休みなのかと思ったが、ぽつぽつと小さな灯りがともっている。目が慣れてきてよく見ると、螺旋階段がさらに下へと続いていて、手すりに豆電球が飾りつけてあった。

俺はうなる。

この暗さ。狭さ。うさんくささ。俺にとって、なじみ深い空気感。

……これは……。

芝居小屋だ。鎌倉の海辺にも、こんな小屋があるんだな。鎌倉で一本打つっていうのも悪くない。借り賃は高そうだが、下見もかねてのぞいてみるか。

螺旋階段を降りていくと、黒かった壁の色が少しずつ紺になっていく。いい演出だ。舞台が始まる前の高揚感を盛り上げてくれる。

一番下までたどりつき、足をつくとそこは唖然《あぜん》とするほど狭いスペースだった。役者が四人並んだだけでも窮屈《きゅうくつ》だろう。照明設備も客席もなく、壁際の小さな丸テーブルにスーツ姿のじいさんがふたり座ってオセロをしていた。壁には土鍋ぐらいの大きさの巻貝が取り付けられている。時計かと思ったが、数字も針もなかった。

あの、と声をかけると、じいさんたちがそろって俺を見た。同じ……顔。

「はぐれましたか？」

片方のじいさんが言った。

体のまんなかを、ぎゅっとつかまれた気がした。はぐれましたか？

道に迷ったかって訊かれてるだけなんだろうが、やけに重みのある言葉だ。じいさんが言うと別の深い意味を持って聞こえる。

そうだな。俺ははぐれてるんだな、広中からも芝居からも、世間からも。

ぼんやりとそう思いながら、「そんなところです」と答えていた。

もう片方のじいさんが「それはそれは」とうなずく。ふたりは同時に立ち上がり、礼をした。

「ワタクシが外巻で」

「ワタクシが内巻でございます」

それを聞いて、俺はすぐに理解した。このふたりは双子の漫才コンビなんだ。よく見れば、前髪ともみあげがそれぞれの名にふさわしく外巻と内巻になっている。

「鎌倉うずまき案内所」って、コンビ名だろうか。その名前も顔も俺は知らない。いや、見たところ七十歳は超えていそうだし、この落ち着き、俺が無知なだけで大御所クラスかもしれない。失礼があってはいけない。

「鮎川茂吉といいます」

俺も頭を下げた。

外巻さんがハッ！とのけぞる。

「鮎川茂吉！」

な、なんだ？　まさか、俺のこと知ってるのか！

そうか、俺もまんざら捨てたもんじゃないな。今まで長年がんばってきたのも無駄じゃなかった。ここでいいコネができれば……。

「いい名前ですな」

もみあげを指で外側にしごきながら、外巻さんが笑った。

なんだ、それだけか。俺のことを知ってるってわけじゃなかった。気を取り直して息をつく。

「えっと……ここ、稽古場ですか」

「稽古場と言いますと？」

内巻さんが穏やかに顔を傾ける。

「その……芝居小屋かなと思って入ってきたんですけど、客席がないし」

「人生とはすべて、芝居のようなものです」

外巻さんが目を閉じたままこくこくと首を縦に振る。それをつなぐようにして、内巻さんが言った。

「それでは、茂吉さん。お話をおうかがいたしましょう」

「話？　いや、俺はただ、コンビニに行こうとして迷って……」

脳の奥が軽くしびれている。浮かびゆく言葉を、俺はどういうわけかこれから口にしようとしている。

「ほうほう」

脚本ならこう書くところだ。

暗転。

――俺が海鷗座を立ち上げたのは十八年前、大学を出てすぐのことだ。

在籍していたW大学にはいくつもの演劇集団があって、俺はそこで「エンペラー」という芝居サークルに入っていた。

今これを言ってもむなしいだけだが、学生時代の俺はエンペラーを率いるカリスマと呼ばれていた。俺が脚本を書くようになってからのエンペラーは動員数が圧倒的に膨《ふく》れ上がり、整理券を取るために客が三時間前から並ぶこともざらだった。注目の劇団として雑誌や新聞に取り上げられ、俺は団長として脚本担当として、各種のインタビューを受けながら称賛を浴びた。

俺は四年生になっても就職活動をしなかった。このまま芝居を続けること以外は思いつきもしなかったからだ。

それで、卒業すると同時に自分の劇団を作った。同学年で三人、立ち上げに参加してくれた。俺が特に何もしなくても、話をききつけて海鷗座に入りたいと志願してくる連中も数人いた。あのころはみんな、壮大な若さと勘違いにあふれていた。すぐにプロの劇団として大成できると思っていたのだ。

大学演劇とはわけが違うと気づくまでに五年もかかった。まず客層が違う。大学の講堂での公演に集まってくれていた学生たちがそのままスライドしてくれるわけではなかったし、何より俺たち自身、大学生という身分も仕送りもない状態で芝居に全力を傾けることは難しかった。収益が思うように出ないことには、まず生活が成り立たない。団員の意識や価値観も同じではなくなっていった。正団員が入れ替わりながら減っていき、公演ごとに客演の役者をあちこちから引っ張ってきてなんとか回した。つぎはぎだらけの劇団は、それでも俺にとっては子どもみたいに愛しい存在だった。

結成六年が過ぎたころ、脚本を書くために通い詰めたジャズ喫茶で、俺と同じようにコーヒー一杯で半日ねばって中古の文庫本を読みふけっている広中に声をかけたのは、いつ見てもヒマそうだったからだ。俺が「うちで芝居やらないか」と誘ったら、何の躊躇もなく「やりたいなあ」とのんびりした返事がかえってきた。

広中は定職につかないプー太郎で、それまで演劇経験があったわけではないが本や映画をたくさん見ていたし、役者としてのカンみたいなものがものすごく冴えていた。そして、すれていないところが何より良かった。

広中が舞台に立つようになってすぐ客席から黄色い声が上がるようになった。公演が終わってから受け取る花の数が一番多かったのも広中だ。俺は広中がいてくれればいくらでもホンが書ける気がしたし、広中だって「もきさんと芝居やるの楽しいよ」と言ってくれた。

それから十二年だ。今では、正団員は広中しかいない。

半年前、広中は『笑っていいとも！』のそっくりさんコーナーに出た。「必殺な仕事はしない三田村邦彦」というフリップを持って俺も出た。そっくりかどうか、出演者たちの判定がついて賞金が出ることになっていたけど、俺たちの本当の狙いはそこじゃなかった。

フリップの端に、宣伝文句を書いた。

「劇団海鷗座」。その下に、一週間後に控えている公演日程と劇場名を載せた。

全国区だぜ、笑っていいともだぜ、タモリだぜ？　海鷗座の名はこれで日本中に知れ渡ると思った。タモリが「劇団やってるの」って取り上げてくれるに違いない。タモリじゃなくても、関根勤《せきねつとむ》あたりが気を利かせてくれるかもしれない。そしたら、半分売れ残っているチケットは瞬時にさばけるだろう。どっかの映画監督が見ていて広中をキャストに抜擢してくれたら、海鷗座は一躍有名になる。

でも、その期待はもろくも崩れた。

俺の抱えたフリップが映ったのはほんの二秒、広中の顔が三秒、三田村邦彦にそっくりかの判定は○×半々。終了。観客の薄い笑い声が漂っただけで、タモリも関根勤もノーコメントのまま、俺たちはADに追い払われるように退散させられた。

スタジオアルタを後にして、新宿《しんじゅく》の街を歩きながら俺は言った。

「今日のところはこれでいいんだ。いつか俺たち、テレフォンショッキングのコーナーに出るんだからさぁ。そのときになって、今日のVTRがお宝映像で出るんだ」

笑っていいとものメインコーナー、タモリがゲストとふたりでトークするテレフォンショッキングは、芸能人や文化人が「友達」を紹介していくリレー形式になっている。ここに出るためには、自分もその場にふさわしい著名人であることが前提だ。

仕込み仕込み、と俺は笑った。

みじめな思いをするたびに、「仕込み仕込み」とつぶやくのが癖になっていた。将来大物になったとき、こういうトホホ話は美談になる。そのための下ごしらえだ。まずは、こんなメジャーなバラエティ番組に出たってことが大事なんだ。俺たちはフジテレビに爪痕を残したんだぜ。

しかしチケットの売れ行きに動きはなく、映画監督どころかバイト先のスタッフからも「見たよ」のひとこともらえなかった。そろそろシャレにならないほど大量の下ごしらえであふれていることに、俺は見ないふりをしている。

ただ、『笑っていいとも！』に出てまったく何もなかったわけじゃない。唯一、連絡をくれたのが塚地だった。

フリップに書いた公演が終わって少ししてから、夜中に電話がかかってきたのだ。酔っぱらった声で最初は何を言っているのかよくわからず、いたずらだと思って切ろうとしたら「俺ですよ、塚地。エンペラーのぉー！」と言われてとどまった。

塚地はエンペラー時代の後輩だった。どちらかというと裏方寄りだった塚地は、調子のいいヤツという印象しか俺にはない。自ら俺の家来みたいにかいがいしく働き、もみ手で俺をよく持ち上げてくれた。

「いいとも、見ましたよぉ。まさかと思ったらやっぱりもきさんでさあ。この電話番号、変わってるかなと思ったけどまだ同じとこ住んでるんですねえ、中野のボロい木造アパート！」

聞けば、塚地は大学を卒業後、テレビ局に就職したという。今ではドラマを作っていると知って、俺は近いうちに会えないかと申し出た。

いいっすよ、と軽く受けてくれた塚地は、喫茶店や居酒屋ではなく、自分の勤めているテレビ局のラウンジを指定した。これはありがたい、と俺は思った。思い出話で終わってしまうのではなく、そこで何かしらのコネができれば仕事につながるかもしれない。昔のよしみで、業界の有力者を紹介してもらえるかもしれないし。

約束の日、テレビ局の受付で取り次いでもらい、吹き抜けの広いラウンジで待っていると塚地がやってきた。学生時代から比べるとでっぷり太っていて、白いフレームの変な眼鏡をかけている。

「いやいやいや、お久しぶりっすねえ」

俺の前にどさりと腰を下ろす。あたりまえだが年を取っていた。もっとも、俺もだが。

塚地は革のカード入れから名刺を一枚取り出し、俺に差し出した。肩書に「プロデューサー」とあって、俺は目をむく。

「どうですか、劇団のほうは」

マルボロに火をつけながら塚地が言った。

「あ、うん。まあ順調っちゃ順調だし、もうちょっと欲張りたい感じもあるかな。こないだ、いいともに出ただろ。あのときの俳優が人気あってさ……」

俺が話している途中で、顔がテカテカ脂ぎったスーツ姿のおっさんが通りかかった。

「おう、ツカちゃん」

「あー、おはようっす」

塚地がマルボロを指に挟んだまま片手を上げる。もう昼下がりなのにオハヨウだ。ホントにそう言うんだな、業界人って。

「先週の視聴率、良かったらしいじゃん」

「へへ、おかげさまで」

ふたりは少しの間、トレンディドラマの話らしきものをしていた。「ツカちゃん」と呼ばれた塚地は卑猥な冗談を交えながら、十歳は年上であろうそのおっさんと笑い合っていた。

紹介してくれるかなと待っていたが、おっさんは俺に一瞥もくれずに去っていき、塚地は二本目のマルボロに火をつけながら「で、なんでしたっけ」と言った。

仕込み仕込み仕込み。懲りもせず俺は胸の奥でつぶやく。

「海鷗座もそろそろ、舞台だけじゃなくて映像も視野に入れたいなと考えてて」

「あー」

「何か、進出の機会があればと思ってるんだ。ドラマとか映画とか」

「へえ」

フウーッと吐かれた煙が、塚地の顔をくるむ。

「じゃ、時々エキストラが足りないときあるんで、声かけますよ」

「……………うん。たのむ」

エキストラか……。

そうだよな。塚地に何かしてもらえると期待してたなんて、思い上がりだった。

塚地はそのあと、昔の仲間が今どうしてるとか、よく行っていた店がつぶれたとか、そんな話をしながらマルボロをさらに三本吸った。

そして、これ見よがしにロレックスの腕時計をこっちに向けながら「そろそろ時間なんで」と言い、立ち上がり際、俺に笑いかけた。

「もきさん、がんばってますねぇ」

塚地から本当にエキストラのバイトが来たときに、俺は受けるかどうか逡巡《しゅんじゅん》した。自分の権力を振りかざして、俺のことバカにしてるんだろって思った。

でも俺は広中を誘ってその依頼を受けた。塚地の腹のうちがどうであれそういう場に触れるのは貴重な経験だと思ったし、チャンスはどこに転がっているかわからない。実際、今度の演劇祭の情報をくれたのも塚地だ。それに、わずかでもバイト料はありがたかった。

「ここ数年、期待がことごとく裏切られている気がしていたんです。でも最近やっとわかった。裏切られてるわけじゃない、俺が身分不相応な傲慢さで相手の好意をアテにしていただけなんだって。そこにきて、広中の退団を聞かされて……。なのに俺はやっぱり芝居のことばかり考えてるんです。四十歳にまでなって最後の砦《とりで》を失ったのに。でもそれは、ただの意地なのかもしれない。わからないんです。もしかしたら俺は、ここまできて後に引けなくなってるだけなんじゃないかって」

そこまで聞き届けると、外巻内巻コンビは突然俺の前にそろって並んだ。両手の親指をぐーっと突き立て、異口同音で叫ぶ。

「ナイスうずまき!」

「へっ?」

四つの親指に指紋がぐるぐる刻まれている。それを見たら酒に酔ったような変な気分になった。

そのとき壁の巻貝がくるんと回転した。ＬＰレコードみたいだ。

へっ、ともう一度声が出る。どうやって動かしたんだ？　リモコン？

まじまじと見ていたら貝の蓋がぱっと開き、中からうにょうにょと何本もの足が出てきた。おい、まさか生きてんのか。

「な、なんですか、これ」

俺が後ずさると、内巻さんが静かに言った。

「怖がるに及びません。うちの所長です」

「所長って！　こんなアンモナイトみたいなもん」

「みたいなもんではなくアンモナイトです。この案内所の所長です、お言葉にはお気をつけください」

内巻さんが眉間にしわを寄せ、厳しい口調で言う。こういう穏やかな人が怒ると、真剣に怖い。

「すみません」と謝りあらためて所長を見ていたら、足の付け根から大きな目が出てきた。真っ黒い瞳。なんか、見たことあるな、これ。

「……イカみたいだな」

俺がひとりごちると、外巻さんがさっと俺の隣に来た。イカなんて言ってまた叱られると思ったら、外巻さんはこう言った。

「ご名答、アンモナイトは頭足類《とうそく》。貝ではなく、イカやタコの仲間です」

「え、そうなんですか」

「こう見えて、肉食です。小さな甲殻類や微生物を食しております」

「へぇえ」

外巻さんはにやりと笑ってこう言った。

「イカがですかな、立派でしょう」

は？

今のはダジャレか？「いかがですかな」？

外巻さんが挑戦的な目で俺を見ている。わかった、これはテストだな。ボキャブラリーとセンスを、きっと試されている。俺はひとつ深呼吸をした。

「やっぱりイカの仲間だったんですね。そうじゃないイカと思いました」

むう、と外巻さんも息を吸ったのがわかった。

「他に知りたいことがあれば、イカようにもご説明いたしますよ」

「講義料はイカほど？」

「無料です。お話するのが、かイカんなのでね」

「快感とは、イカがわしい」

「何を！　そんなことを言うとイカりますよ」

「こんなことで怒るなんて、小学生イカですよっ」

「そっちこそ、そんなイカつい顔で言わなくてもっ」

止まらない、終わらない。

ぜぇぜぇとふたりで息を切らしていると、内巻さんがぴしゃりと言った。

「いいかげんになさい、おふたりとも」

俺と外巻さんは、顔を見合わせる。外巻さんが顔を突き出した。

「……今のは？」

「は」

「いイカげんになさい、とな」

内巻さんは頰を赤らめ、「いやいや」と首を横に振った。

すると所長がぽこんと壁から外れた。ごぼごぼごぼっとシュノーケリングみたいな音をさせながら、ゆらりと飛んでいく。

「え、飛んでますが……」

「今日の所長は、少々おねむのようですな。のんびりされておる」

「……はあ」

所長は足を二本、フラダンスのようにひろひろと揺らした。内巻さんがそれを見て「ふむふむ」とうなずく。

「そろそろ殻を脱ぎ捨てては、と申しております」

力が抜けた。まさか、アンモナイトが俺に何か言っているとは思わなかった。

「……ええと、所長がそうおっしゃっていると」

殻を脱ぎ捨てる、か。

いつまでも過去の栄光にしがみついてないで、芝居から足を洗えと言われたようで、俺はなんだかがっくりきた。

「それでは、ご案内しましょう」

内巻さんが片手を伸ばす。ご案内って、こんな狭いとこの何を？

そう思ったが、案内所の隅はやけに遠かった。内巻さんの隣に並ぶ外巻さん、その頭の上でマンボウみたいにゆったり漂っている所長さん。彼らの後について、俺もぽくぽくと歩く。

内巻さんに誘導された場所には和太鼓ほどの甕が置いてあった。ほとんど白みたいな薄い水色の甕。

「きれいだな」

思わずつぶやくと、内巻さんが言った。

「かめのぞきと呼ばれる色でございます。一説には、藍染めのとき布をちょっとだけ浸してすぐに引き上げるときの所作を表したものとされています」

「藍染め……」

「かめのぞきは、藍染めの中で最も薄い色です。職人にとって究極の技が強いられます。藍色において限界の薄さですからね」

俺は甕の色に見入った。これまでいったいどれほどの職人が、この限界に挑んで打ち砕かれたのだろうと、そんなことを思った。これ以上薄かったら色が出ないし、濃かったらそれはかめのぞきではないんだろう。そしてうまく完成したとき、この色は職人にどれほどの喜びをもたらしただろう。

「では茂吉さん。こちらに来なされ」

外巻さんが甕の前に手招く。言うとおり外巻さんのそばに行き、甕をのぞいてみた。底が見えない不思議なつくりになっていて、樽《たる》風呂みたいに水が張られていた。

ふわんと宙に体を浮かばせながら、所長が甕の上にやってくる。ずいぶん大昔に絶滅したよなあ、アンモナイトって。なんでここにいるんだ？　なにやらのどかなその光景をぼーっと見ていたら、突然所長が勢いよくぼちゃんと甕に落ちた。

「え、ええ？」

所長はぐるぐる円を描きながら底に沈んで小さくなっていく。動揺しているうち、豆粒みたいになって最後は見えなくなってしまった。俺はあせって訊ねる。

「今のは事故ですか。それとも本人の意思？」

「すべては、なるがままに」

芝居がかった口調で外巻さんが言う。結局どっちなんだ。はぐらかされてモヤモヤする。

「まあ、案ずることはありません。もう一度のぞいてごらんなさい」

俺は甕の中に顔を寄せた。所長がいなくなったあと、水面には波紋がいくつも広がっている。その輪がくるくると動きながら、何かの形を作っていくのがわかった。

赤い太線……うずまきの外側に、レースみたいな縁取り……。

内巻さんが問うてくる。

「何が見えましたか」

「んん？　花丸？」

俺が答えると、花丸は一瞬にして消え去った。なんだ、これ。どうなってるんだ？

「では、茂吉さんには花丸とのご案内です」

外巻さんがご機嫌な調子で言う。どう答えればいいのか考えあぐねていると、今度は内巻さんがほほえみかけてきた。

「茂吉さんを手助けするアイテムになることでしょう。お帰りはこちらの扉からどうぞ」

「え、扉って……」

そんなもんあったか。と思ったら、あった。

不自然なくらいに真っ白な扉だ。すぐ近くにチェストがあり、カゴが置かれている。

扉まで歩いていくと、そこには透明セロファンに包まれた青いキャンディが詰まっていた。「困ったときのうずまきキャンディ」と書かれたカードもついている。確かに、キャンディはぐるぐるとうずまき模様になっていた。

外巻さんが「ご自由にどうぞ。おひとり……」と何か言いかけているうちに、俺はキャンディをごそっと片手いっぱいにつかんだ。困ったときなんて、山ほどある。カゴごと全部持って帰りたいくらいだ。

外巻さんが俺の手をぺちっと叩いた。

「それはイカん。おひとり様につき、おひとつ限定でございます」

それはいかん、って。ダジャレ合戦復活らしい。

俺はキャンディをカゴに戻し、ひとつだけつまんで応戦する。

「ひとりひとつとは、イカんの極み」

どうだ、遺憾の極みだ。外巻さんは眉毛をぴくんと動かした。

「この勝負、もう少し続けなイカ？」

それに対抗しようとしたところで、内巻さんの制止が入った。

「もういいでしょう。そろそろイカないと」

………デキる。もしかしたら、内巻さんのほうがうわてかもしれない。

外巻さんはもっとやりたそうで口をもごもごさせたが、吹っ切ったように笑うとこう言った。

「まあ、いイカ！」

楽しそうな外巻さんの笑顔に、俺も笑い返す。なんだか、体がやわらかくゆるんだ。

久しぶりに気持ちよく笑った気がする。

「コンビニエンスストアは、お向かいでございます」

内巻さんの言葉を合図のように、ふたりはそろって俺に一礼した。

「では、お気をつけて」

向かいがコンビニ？　どういうことだ。ここって地下だよな。

わけがわからないまま、俺はドアノブに手をかけた。


扉を開くと、びゅうっと生暖《なまあたた》かい風が吹いてきた。潮のにおいがする。目の前は本当にコンビニだった。愕然として振り返ると、少し先に、さっき俺がナイススティックと広中をさらわれた由比ケ浜が見えた。


Tシャツとトランクスとジーンズとタオルが、絡み合いながら回っている。乾燥機の窓から見えるそのぐるぐるした光景は、あの案内所を思い出させた。じいさんがふたりいて、アンモナイトが飛んでて、甕の中に花丸。なんだったんだ、あれは。

コインランドリーで洗濯物が乾くまでの間、俺は赤ペンを握って丸付けをしていた。アルバイトはビデオレンタル屋をメインに、内職で通信学習の添削もしている。たいした金額にはならないが、こういうちょっとした空き時間にできるのがいい。ランドリーにはいくつか椅子が用意されていて、机とまではいかないが壁に備え付けられた台があるので、俺はよくここでプリントの採点をしたり脚本の構想を練ったりしている。

くるくるパーマのおばさんが、ごみ袋を持って入ってきた。このランドリーは銭湯に併設されていて、経営者が同じらしい。管理人であるこのおばさんは、銭湯の番台に座っていたりフルーツ牛乳を補充していたり、ランドリーの掃除をしたりしている。おばさんは手際よくゴミ箱の中身を袋に入れた。かさかさという音がする。ゴミ袋といえば黒だったのに、去年、この半透明の袋が都推奨となった。

目が合ったので目礼すると、おばさんは「掃除って、してもしてもキリがないよね！」と顔をしかめた。俺は「そうですねぇ」とあたりさわりのない返事をする。

「誰か、勝手に床掃除してくれるロボットでも発明してくれないかねえ、まったく」

「あはは、そんなのSFの世界ですよ」

「だよねえ」

笑ってむき出しになった歯が一本、金色に光る。おばさんが袋を持って出ていったので、俺はプリントに目を落とした。

中学二年生、国語。須賀《すが》勉くん。勉と書いて、つとむ。

バツ。バツ、バツ、バツ。今回も勉くんはまったく漢字が書けていない。新しい字を生み出す天才。家でやれるんだから調べて書けばいいのにと思うが、それは彼のポリシーが許さないのだろう。実力勝負。空欄にしないところがえらい。

勉くんは国語が苦手だ。社会も理科も英語も苦手だ。数学だけ抜群にできる。通信学習なんて、お互いに顔も見えないし声も聞けないし、会うことは一度もない。採点者が同じとも限らない。でも何度か同じ子にあたって肉筆を交換していると、なんだか奇妙な愛情が芽生えてくる。どんな子なんだろうなと、勝手に想像してかわいくなってくるものだ。

長文読解。次の文章を読んで、傍線部の作者の気持ちを述べよ。

鳥の巣の中をのぞいたら、鳥が丸くなって眠っていたっていう女流作家のエッセイ。「花のようだった」という一文に、傍線が引っ張ってある。作者はこのとき、どう思ったのか。模範解答は「美しいと思った」だ。鳥が花のように美しく見えた、ってこと。

勉くんの解答欄には「花と間違えた」と書かれている。バツ。俺は、添削指導の文章を書き写す。身を丸めた鳥の姿から花を連想して、美しいと思ったのですね。

がーっと音がして、自動ドアが開いた。ぱつぱつのシャツを着た女が入ってくる。チビTとかいうやつだ。へそまでしっかり見えている。気づかれないように横目で腹を盗み見していたら、女がひょいっとこちらを向いた。

あわてて目をそらし、赤ペンを握り直した。女はなぜか動きを止め、じっと俺を見ているようだった。

「んー?」

女がうなり、つかつかと俺のところに来た。俺はビビッて顔を上げる。知らない女が、俺の前で目をひんむいていた。

「鮎川茂吉!」

「………へ?」

どっかに俺の名前が書いてあって、外巻さんみたいに「いい名前」とだけ言ってくるのか。キョロキョロしていると、女はでかい口を開けて笑った。べったりと赤い口紅が塗られている。

「やっぱりそうだ、この貧相な顔。鮎川茂吉だよね、海鷗座の」

「………なんで」

「ファンだったもん、私」

女はそう言いながら、洗濯機のほうに向かっていった。ブティックのロゴがプリントされた紙袋から服を取り出す。

「私、今まで鎌倉の実家にいたんだけど、今月から上京することになって、お姉ちゃんが中野に住んでるから近くに引っ越してきたの。鮎川茂吉もこのへんだったなんて、偶然だね」

ファンって。ファンって、ホントか。エンペラーのころならともかく、今こんなふうに言ってくれる人間はめったにいない。俺は感激のあまり赤ペンを置いて立ち上がった。

でも、待てよ。ファンだった？　過去形か。いや、言葉のアヤかもしれない。

「見てくれたのか。俺の芝居」

「うん、最初は高校のときにね。演劇部の先輩と一緒に。もう九年くらい前かな、下《しも》北沢《きたざわ》の駅前劇場で」

「ど、どうだった」

「ぜんっぜんワケわかんなかった」

「……う」

「そんで、めっちゃくちゃ面白かった。言葉が凍ってて光ってて、つららみたいに私のこと突き刺してくるの。痛くて気持ちいいの。最後はじーんと優しくてね。見終わったあと、何日も思い出してつららが溶けるのをまた楽しむような。そんな舞台だった」

なんという素晴らしい賛辞だ。胸が熱くなった。急に美人に見えてくる。正統派の美形ではないが、個性的な魅力があると言えるだろう。この女が、いや、この女性が言ったことを、録音して何度も聞きたい。せめて書き留めておいて、何度も読み返したい。

俺のファンである花のように美しいその女性は、衣服を洗濯機に入れると洗剤を投入しながら続けた。

「それで、そのあとも何度か行ってたんだけどさ。しばらく自分のことで忙しくて遠のいてて、去年、久しぶりに観たんだよね。そしたらこれがまったく面白くなくて、びっくりした」

女はコインを入れてスイッチを押した。洗濯機が回り出す。

俺もアンモナイト所長みたいに、甕の底に落ちて消えてなくなりたい気分だった。めいっぱいほめられて舞い上がったあとの転落。

「……どういうふうに、面白くなかったんだ」

俺は椅子に座り、背にもたれた。もう女は花には見えなくなっていた。だいたい、さっきは聞こえないふりをしたが「貧相な顔」ってなんだ、失礼な。

「なんかどっかで見たような話だなあって。これなら別に、鮎川茂吉じゃなくたっていいじゃんって思った」

ピーピーピーと、電子音がする。俺の使っていた乾燥機が止まったらしい。

俺はのろのろと乾燥機の扉を開け、洗濯物を取り出した。くたびれたシャツもトランクスも、猫みたいにあたたかいのが慰めだった。

「私、やっとオーディション受かったの」

唐突に、腰に手を当てて女が言う。

「この十年、あらゆるオーディションを受けまくって、このたび満を持して女優デビューするの」

俺は女をじっと見た。

にっかり笑ったでかい口、左右アンバランスな目、特徴的な富士額。女は自分の名と年齢を告げた。

紅珊瑚、二十六歳。新人よ。

そのオーディションというのは来年公開される邦画らしい。主役の座は逃したものの、監督に気に入られて珊瑚は脇役でデビューを勝ち取ったのだ。

どこの劇団にもプロダクションにも所属していなかった彼女は、ようやく事務所入りして掛け持ちマネージャーがついたという。

正式デビュー前の新人とはいえ、立派な芸能人だ。まだそんなに忙しくないだろうから、俺の芝居に出てくれないかと交渉したら、間髪入れず「やだ！」と断られた。

「でも、稽古場には行ってみたいなあ。プロの女優としてアドバイスしてあげる」

えらそうな口の利き方は気に入らなかったが、客観的な意見も必要かもしれない。

十二月の公演に向けて、今回は自分を含めたキャスト五人で舞台を踏むことになっている。いつも公民館の一室を借りて稽古をしているので、三日後の土曜練習に来てもらうことにした。

俺と広中の他には、時々客演しているタミエとありす、初出演の良平《りょうへい》がいる。タミエとありすは三十代で日中は会社員、良平は俺がアルバイトしているビデオレンタル屋で働く大学生だ。

「今日、来年映画デビューする女優が見に来るから」と言ったら、良平が身を乗り出して「マジっすかあ!」と興奮していた。肩までの長髪がボサボサで暑苦しい。木村《きむら》拓哉《たくや》の真似をしているらしいが、ほど遠い。四年前に『東京ラブストーリー』というドラマで江口洋介《えぐちようすけ》がブレイクしたあたりから、ロン毛の男が増える一方だ。

「おまえ、稽古のときはくくっとけよ」

俺が頭を指さすと、良平は「へーい」と言ってゴムで髪を後ろに縛った。

そこに珊瑚がこんにちはあ、と大声で入ってきた。とたんに、場がぱっと華やぐ。

「紅珊瑚です」

相変わらず真っ赤な口紅を塗りたくった唇で笑う珊瑚の隣に、知らない顔がくっついている。年の頃は珊瑚と同じぐらいか。

「ねえ、友達連れてきちゃった。この子、小説家志望なの。ペンネームは黒祖ロイド。よろしくね」

黒祖ロイドはニコリともせず、俺を上目遣いで見て「どうも」と言った。髪の毛を襟足でひとつにくくり、良平と似たような頭をしている。

「小説、書いてるのか」

俺はロイドに訊いたのに、珊瑚がぺらぺらとしゃべり出した。

「そうなの、鎌倉の古本屋さんに同人誌を置いてもらってるんだけどね。面白いのよ、この子の小説」

ロイドはおずおずと「スパイラル」と表紙に書かれた冊子を俺によこした。

コピー用紙でまとめられたその同人誌をパラパラめくると、ワープロ打ちと手書き原稿が混じっている。ところどころイラストが差し込まれていた。

「茂吉さん、一応W大の文学部でしょ。読んで感想きかせてあげて」

そんなことは小説を読むのと関係ないし「一応」は余分だ。でもまあ、突き返すのも大人げない。読むだけならと言って俺は同人誌を鞄に入れた。

円形に座り、ぐるっと自己紹介をし終わると良平が言った。

「珊瑚さんって、本名はなんていうんですかあ？」

「珊瑚は本名よ。苗字は桐谷だけど」

「え、ホントに珊瑚っていうんだ」

「鎌倉の海辺で生まれたからね。親の趣味。ちなみに、姉は乙姫、母親は人魚っていうの」

わあっと歓声のようなどよめきが起こり、輪が少しくだけた。

鎌倉の海か。この間行ったばかりだ。あの奇妙な出来事をふわりと思い出す。

「この前、もきさん、由比ケ浜でとんびにパン取られたんだよね」

広中が茶化すように言った。俺が苦い顔をしていると、珊瑚がケタケタと笑った。

「浜で食べ物なんて出したら危険よぉ。とんびに狙われないようにって、どこかに注意書きがあったでしょ」

「……気がつかなかった」

俺は立ち上がり、手をパンパンと叩いた。

「やるぞ」

珊瑚とロイドは壁際に移動して体育座りをした。俺たちは発声練習から始め、円陣を組み直して台本の読み合わせに入った。

ホンはだいたい出来上がっていたが、実際に役者が動き出してから細かいところを手直ししていくことになる。上演時間は五十分。来月、演劇祭の運営委員会に脚本を提出する規定になっていた。

読み合わせがひととおり済んだところで、輪のそばに珊瑚がやってきて言った。

「ねえ。台本、見せてくれる？」

良平が自分の持っていた台本を渡す。珊瑚は立ったまま無表情でページをめくった。俺たちが緊迫した雰囲気で待っていると、珊瑚は鋭い目でキッと俺を見た。

「これ、茂吉さんが書いたんだよね？　なんでこうなっちゃったの。ほら、このセリフとか」

珊瑚が開いたページに指をさす。

「なんで、って……」

俺は言葉につまる。

「……刺激があったほうが、いいだろ」

俺が言葉を濁しながら答えると珊瑚は納得いかない顔をしたが、良平に台本を返して無言で壁際に戻っていった。ロイドは体育座りしたまま、黙って俺たちを見ている。なんだよ、感じの悪い女だな。アドバイスしてやるとか言ってたくせに、そんな言い方しなくたって。

もう帰ってもらおうかと思ったところで、珊瑚はロイドの手を引き、「また来るね」と自分から去っていった。

誰に言うとでもなく広中が「怒ってる。嬉しいねぇ」と意味不明なことをつぶやく。

「何が嬉しいんだ。いちゃもんつけて帰ってっただけじゃないか」

「珊瑚さん、ほんとに海鷗座のファンなんだよ。また来てくれるかな」

広中は遠い目をして言った。

そういえば、俺と珊瑚はお互いの連絡先を交換していない。ランドリーでここの場所と今日の時間を教えただけだ。もう会えなくても不思議じゃない。

「さあな。大女優さんの気まぐれは、わからんよ」

くすんだ気分のまま、俺は稽古に戻った。

しかし、珊瑚との再会の時はわりと早くに訪れた。

週明けの夕方、コインランドリーで洗濯物が乾くのを待ちながら添削をしていると、また紙袋を提げた珊瑚が入ってきたのだ。

「あ」

「……おう」

なんとなく気まずくて俺は珊瑚と顔を合わせないようにうつむき、赤ペンを動かす。

珊瑚は洗濯機に衣服を放り込んでセットすると、空になった紙袋を腕にひっかけてこちらにやってきた。

「この間もそれやってたけど、何？」

「通信学習。中学生のプリントを採点する内職」

「へえ。なんか、そういうことやってると頭良さそうに見えるね」

「一応、W大出てるからな」

俺はイヤミをこめて言った。珊瑚はバカみたいに底の厚いサンダルを履いている。京都《きょうと》の舞妓さん並みだ。流行っているとはいえ、よく足をくじかないと感心する。

「ビデオレンタル屋もやってるんでしょ」

「うん。もう十年になるよ。こないだ店長が替わったんだけど、八歳も年下だった」

「茂吉さんの今の収入源って、その赤ペン先生とビデオレンタル屋のみ？」

「まあ、だいたい。たまに……」

「ん？」

「いや、なにも」

「なによ、変なの」

たまにドラマの手伝いとかもするけどな、と言いかけてやめた。今日はそういう虚勢を張る気分になれなかった。

そのとき、ピピピと鋭い機械音がした。洗濯機や乾燥機の終了を知らせるアラームとは違うようだった。珊瑚がホットパンツのポケットからマッチ箱みたいな四角いものを取り出す。ポケベルだった。

「はいはい、はいはい」

珊瑚は呼び出し音を止めた。

「事務所に持たされてるの。私、部屋に電話引いてないからさ。NTT回線の加入権って七万円もするんだもん、バカみたい。ちょっと電話かけてくるね」

銭湯の少し先に、電話ボックスがある。

俺は珊瑚が外に出ていったあと、昼間かかってきた塚地からの電話を思い出していた。

ゴーストライターをやらないかという、誘いというか依頼だった。

「タレントの前島弘樹《まえじまひろき》っているでしょ。アレのプロダクションの社長と知り合いなんですけどね、話題作りに小説家デビューさせたいんだって。口が堅くて文章書けそうなんて人探してくれって頼まれたんですよ。だいたいこんなカンジの話っていうのはあるんで、あとはもきさんの腕でてきとうに書いてくれれば。守秘義務さえちゃんとしてくれればギャラは弾むって言ってましたよ」

受話器の向こうで、塚地はケケッと笑った。

今は演劇祭のことで頭がいっぱいなんだと言って、俺は返事を保留にした。そう、保留にしたのだ。断るのに一秒の迷いもいらないはずなのに。それどころか、ちなみにギャラはどれくらいなんだと聞いてみたりもした。

「前島弘樹の名前なら十万部は軽いだろうし、口止め料込みで買い切り二百万円ってとこかな。悪い話じゃないでしょ、原稿用紙百五十枚ぐらいのことですよ。二作目、三作目って続けばまた入ってくるしね」

……二百万円。

ゴーストライターの相場はわからないが、俺がビデオレンタル屋で一ヵ月に稼ぐのは十万円ちょっと、添削の内職でいいところ二万円だ。それ以上バイトを入れてしまうと、脚本を書いたり稽古をする時間が取れなくなってしまうからやむを得ない。百五十枚の原稿用紙を言われたとおりに埋めることで、それだけの金が入るなら……。

でも、金よりももっと俺を揺らがせたのはそのあとの言葉だった。

「それに、ここで社長と繋がっておけば、とりあえず食ってはいけるんじゃないですか」

塚地は変に声を強めた。

「劇団続けるのも、今さらサラリーマンやるのも、どっちにしてもしんどいっしょ。もうそろそろ、今の状態から脱出してそういう方向に抜けてくのもいいんじゃないですか。バブルもはじけちゃったしね。劇団たたんで、ゴーストしながらそのうちシナリオの一本も書かせてもらえるようにコネ作っておけばいいじゃないですか。俺、けっこう善意で言ってるんですけどね」

それを聞いて、鎌倉の案内所で言われたことを思い出した。

そろそろ殻を脱ぎ捨てては。

塚地が言っているのは、そういうことなのかもしれない。

珊瑚が戻ってきた。

「ああ、もう、いやんなっちゃう。電話切るとき、もう若くないんだからお肌のために早く寝てねだって、おばさん扱い」

「二十六で若くないって言われちゃうのか」

「仕方ないのよ、事務所は十代の子ばっかりだしさ」

珊瑚は俺の隣の椅子に腰を下ろした。つるんとした細い脚が投げ出される。俺から見たら、珊瑚はじゅうぶんに若い。

「でも、私もうすぐ、ホントにおばさんになるんだ。お姉ちゃんが妊娠してるの。今、三ヵ月だって。それはすっごく楽しみ」

今三ヵ月って、広中の子と同じぐらいに生まれてくるのか。

「そういえば、ロイドの小説、読んでくれた?」

「ああ、うん」

ウソだった。あの同人誌は、鞄の中に入ったままだ。

「あの子、すごくがんばってるのよ。山崎パンの工場で働きながら新人賞に応募する小説書いててね。黒祖ロイドってペンネームにしてからもう六年かなあ、落選してもしてもめげずに投稿し続けてるの」

俺は白衣を着て工場で働くロイドを思い浮かべた。由比ケ浜でとんびにさらわれたナイススティックだって、もしかしたらロイドが作ったやつかもしれない。家に帰るとロイドはきっと、頭をかきむしりながら必死で小説を書くのだ。いつか入選すると信じて。

そんな血のにじむような努力をして書き続けている作家志望が星の数ほどいるのに、てきとうにヨロシクされた俺の原稿が前島弘樹の名で本になるのか。それが十万部は軽く売れるのか。

夢に追われてるじゃん。

広中はそう言っていたっけ。夢って。夢って、なんだ?

「ビデオレンタル屋、忙しいの?」

脚を組みながら珊瑚が言った。

「CDも置いてるし、週末はまあまあな。でも昭和から平成に変わるときのあの忙しさを知ってる身としては、へでもない。あのときのテレビ、どこのチャンネルでも同じのやってたから」

「覚えてる！　いつもの番組やらないで、天皇の特番がずっと流れてたよね」

「そう、だからビデオというビデオが軒並みレンタルになって、あれはホントに大変だった。普段全然動かなくてホコリかぶってるようなビデオまで借りられてな。棚がごっそり空になって、返却作業もまた大変だった。思い出すだけでぞっとする」

珊瑚は声を上げて笑った。

「茂吉さんのおすすめの映画って、なに？」

俺は迷わず答えた。史上最高に好きな映画だ。

「『バグダッド・カフェ』」

「へえ。ロイドにも教えとこう」

珊瑚はくるんと首を回した。そして、俺の赤ペンを取ると手をつかんできて、腕に数字を書き始めた。

「これ、私のポケベルの番号。今度また稽古の日、教えてね」

四日後、公民館に着くと入り口で珊瑚とロイドがしゃがみ込んでいた。

俺は借りている集会室の鍵をもらうために一番乗りで来るようにしている。こいつらはそれよりずいぶん早かったらしい。俺を認めると、珊瑚が立ち上がった。

「ねえ、このプランター、公民館の人たちが育ててるのかな」

そんなことを気に留めたこともなかったが、入り口の脇が裏庭に続いていて、そこに植物の植えられた鉢がいくつか置いてあった。珊瑚は黄緑色の葉がたよりなく茂った植物を指さす。

「プチトマトだね」

「そうなのか」

俺は植物はさっぱりわからない。

「でもこれ、樹ボケしてる」

「樹ボケ？」

「うん。花や実ができなくて、茎や葉だけがひょろひょろ伸びちゃうの」

「……やなネーミングだな」

それはまさに、俺みたいだ。

花が咲かず、もちろん実もできず、ただへたれながら生きるだけ生きている。

受付で鍵をもらい、部屋を開ける。中に入ってすぐ、珊瑚が「トイレ行ってくる」と言い残して走り去った。

集会室にぽつんと、ロイドとふたりきりになった。

ロイドはむすっとした顔で、ただ俺の隣に立っていた。何を話せばいいのかわからず、俺は言葉を探す。

「小説、読んだよ。面白かった」

間が持てなくて、ついまたウソをついた。

「もう、何年も投稿してるんだってな」

落選しっぱなしなのに、という言葉を俺は胸にしまい込む。ロイドは下を向き、ただうなずいた。

「どうしてそんなに、続けられるんだ？」

単純な疑問を投げかけると、ロイドはうつむいたまま答えた。

「………誰か、が…いるから」

途切れ途切れの声が、シンとした部屋で不気味に響く。俺はちょっとぞくりとしながら、もう一度訊ねた。

「誰かって？」

「自分でもわからない。特定の人じゃなくて、誰かなんだ。誰かに向けて、届くべき人に届けたくて、書かずにいられない衝動で書いてる。その誰かが何人いるのか、いつ届くのかもわからない。ただ、読んだ人がこれは自分に向けて書かれた小説だって思ってくれたら、きっとそのとおりなんだ」

床に視線を落としたままのロイドを、俺は呆然と見た。内臓を引きずり出されるような痛みが走る。ロイドの言っていることが、よくわかった。わかったというより、思い出された。いつのまにか、いろんなものに紛れてしまい込んでいた想い。今の俺に、こんな真っ白な情熱があるだろうか。

何も言えず黙り込んでいると、ロイドがふと、俺のほうに顔を上げた。

「『バグダッド・カフェ』、ビデオで借りて観た。良かった、すごく」

……観たんだ。勧められたらすぐに。

「なあ、年いくつだっけ？」

俺が訊くと、ロイドはぶっきらぼうに「二十五」と答えた。

二十五歳。俺の年になるまで、あと十五年もある。

「……おまえ、きっと小説家になるよ」

激励のつもりだったし、確信でもあった。作品を読んでもいないのにわかった。こいつは、きっとやる。

ロイドはぎろっと俺をにらむようにして言った。

「もう、そのつもりだけど？」

俺は絶句した。そしてすぐに、完敗した気分で笑った。そうだな、すまない。

その日、メンバーが集まったので稽古を始めようとしたら衝撃的なことが起きた。

タミエが今回の舞台を下りると言い出したのだ。

「ほんと、ごめんなさい。会社でやりたかったプロジェクトに入れてもらえたの。残業も休日出勤も増えると思うし、出張もありそうだし、そっちに集中したい」

タミエは小さなデザイン会社に勤めている。ほとんど事務仕事しか任せてもらえないとよく愚痴っていた。三十一歳の彼女は女優志願というわけでもなく、ライフワークとして演劇を続けていただけだ。本業の仕事がうまくいき始めたらそちらを優先したいのは当然のことだろう。海鷗座はプロとして食っていける集団ではないのだから、仕方がない。

タミエがすまなそうに言う。

「今ならまだ、代役立てられるでしょう?」

「それはまあ……」

俺はそう言いながら、珊瑚のほうを見た。広中も良平もありすも、同じように珊瑚に視線を送っている。

珊瑚が気づいて「は?」と目を見開いた。

良平がへらへら笑いながら言った。

「珊瑚さん、お願いできませんかねえ。映画の撮影、まだ先でしょう」

珊瑚はつんと横を向いた。

「イヤ。絶対にイヤ」

今のはダメだ。良平のノリが軽すぎる。俺は真顔で懇願した。

「頼む。珊瑚のセリフ増やして、出番、多くするから」

それを聞いて珊瑚はさらに険しい表情になった。

「事務所、通してくださーい」

「事務所からOKが出たらいいのか」

「イヤ」

広中がぷっと吹き出し、「じゃあ、ダメじゃん」とおかしそうに言った。

笑うところか？　他人事みたいな広中に怒りを覚えながら、俺は珊瑚のそばに歩み寄る。土下座してでもお願いするつもりだった。

俺が近づいていくと、珊瑚は不敵な笑みを浮かべた。

「ちょうどいいじゃない」

「え？」

「脚本、一から書き直せば？」

「…………いや、あれでいく」

「じゃあ、もう一度聞くけど。どうしてあんなに人を殴るシーンがあるの？　どうしてあんなに暴力的なセリフが多いの？」

俺は観念して答えた。理由は、ただひとつだった。

「……阿久津芳郎が審査委員長なんだ」

珊瑚はふっと笑った。

「そういうことね。バイオレンスな舞台を作る阿久津芳郎にウケがいいようにって。

審査委員長に気に入られるために、ああいう似合わないもの書いたんだね」

珊瑚はすくっと立ち上がる。

「もう来ない。お疲れさまでした」

すたすたと部屋を出ていく珊瑚のあとを、ロイドがゆっくりとついていった。

三日がたった。洗濯はしたかったが珊瑚には会いたくなかった。

怒っていたわけじゃない。ただ、珊瑚の言うことはあまりにも的確すぎた。自分の一番弱いところをずばりと指摘されて、直面するのはつらかった。

そうこうしているうち汚れ物がたまりまくって穿くトランクスもなくなってきたので、午前中にランドリーへ向かった。珊瑚と出くわしたのは二回とも夕方だったから、たぶん朝なら大丈夫だ。念のため今日はここで内職はしないで、面倒くさいがいったん家に帰ろう。

しかし、俺が洗濯機に靴下を放り込んだとたん、珊瑚が入ってきた。まさか待ち伏せしてたのかと思ったが、珊瑚は珊瑚で、俺を見てギクリとしている。お互い、同じことを考えて同じことをしてしまったのだろう。

引き返すのもシャクだと思ったのか珊瑚はずんずんと中へ踏み込んできて、洗濯機の扉を開けた。紙袋から出した衣服を乱暴に突っ込んでいく。

「あ、暴力男がいた」

扉をバタンと閉めながら、さも今気がついたかのように珊瑚が俺を見た。腹の立つ一方で、その生意気な悪態にどこかでほっとした自分がいる。

「おまえこそ、珊瑚なんてきれいな植物の名前つけてもらったんだから、ちょっとはおしとやかにしろよ」

「なにそれ、女はおしとやかにって男尊女卑。もうちょっとジェンダー勉強したら？だいたい、珊瑚は植物じゃなくて動物なんだからね、そんなことも知らないの？」

「……そうなのか」

言われてみればそうだ。珊瑚の産卵って、テレビで観たことがある。

「そうよ。イソギンチャクとかクラゲの仲間なんだから」

それを聞いたら、俺も言わずにいられない。

「じゃ、アンモナイトってイカの仲間って知ってたか？」

「え？　イカなの？　貝じゃなくて？」

へー、と珊瑚は素直に感嘆の声を上げた。

「そうそう、イカみたいにぐにゃぐにゃの足がいっぱい生えてて……」

俺はなんだか愉快になってきて、ひとりで笑い出してしまった。あのじいさんたち、何してるだろう。所長は甕の底から戻ってきただろうか。

「何笑ってるの、変な人」

つられたように珊瑚も笑い、ふと視線の先に目を留めた。

「あ、管理人さん、新しいの置いたんだ。前のベンジャミンが元気なかったもんね」

ランドリーの隅に観葉植物がある。丸みを帯びた幹や枝に深緑の葉が茂る、よく見るやつだ。前にどんなのが置かれていたか俺は覚えていないが、確かにこれは新顔だった。珊瑚は鉢まで歩き、葉をそっとさわった。

「ガジュマルだね、これ。おばあちゃんちの庭にもあった」

「観葉植物ってだいたい、いつ見ても葉っぱしかないよな。これも樹ボケなのか」

「こういうのは、樹ボケとは言わないんじゃない。ポトスなんかは、十年に一回ぐらいしか花が咲かないって言うし、それでも見られたら相当ラッキーみたいよ。突然咲くの。神のみぞ知るタイミングで」

珊瑚みたいだな、と俺は思った。

十年たって突然咲いた花。いつ咲くかもわからないまま、女優を目指し続けた珊瑚。

「おまえは、咲いてよかったな。十年、がんばったよな」

イヤミでもひがみでもなく、心からそう思った。

珊瑚はやわらかな笑みを浮かべた。

「私、遅咲きってよく言われるけど。まだ花のつもりないよ。やっと芽が出たとこ」

そう言ったあと、恥ずかしくなったのか首をすくめてガジュマルに話を変える。

「そういえば、小学生のころおばあちゃんちのガジュマルに丸い実がなってたのを見た気がするけど、花の記憶がないなあ。花は咲かないのかも」

「花が咲かないのに実がなるなんてこと、あるわけないだろ」

見たけど忘れたとか、たまたま花の時期に見られなかっただけだろう。

「俺は……」

椅子に尻を沈め、俺は言った。

「俺はもう、一生樹ボケだし、一生花なんか咲かないんだ」

珊瑚は首を振る。

「何言ってるの。まだわからないじゃない」

「わかるよ。今の俺は何も持ってない。若くもない、才能もない、根性もない、金もない。広中だってもういなくなる」

あれから黒祖ロイドのくれた同人誌を読んだ。ロイドの小説は、はっきり言って稚拙で設定も甘かったが、心の奥に訴えてくるような熱くて明るい力があった。ロイドがまだ二十五歳ということに、俺は痛いくらいに羨望した。

ロイドは、自分を信じている。読者を信じている。小説を信じている。俺には、あんなひたむきさはもう持てないだろう。十八年という歳月は、俺をずいぶん疲れさせていた。

こんなはずじゃなかった。

海鷗座を立ち上げたとき、俺が描いていた未来は、こんなしょぼくれてなんかいなかった。

四十歳なんて、とっくに大成して、公演のたびにチケットぴあの申し込みは電話予約開始一分で完売して、芸能人にいっぱい友達がいて、テレフォンショッキングに出て、夜景の見渡せるホテルの最高階でブランデーグラスを揺らしていると思っていた。

「演劇祭で認められなかったら、海鷗座をたたむことにするよ。最後の賭けだ」

「……あの脚本で？」

「うん」

どうやってもこれ以上うまくいかないんだったら、ゴーストの仕事を受けようという気になっていた。隠れながら生きていくのも、俺に似合っているのかもしれないと思い始めていた。

珊瑚が声を荒らげる。

「あんなの、阿久津芳郎に媚びてるだけじゃない。阿久津芳郎が悪いんじゃないわよ、彼の舞台は、ただ乱暴なんじゃなくてその奥にちゃんと秘めたメッセージがあるから、だから彼は巨匠って呼ばれてるんでしょう。表面だけ真似したってバレバレよ、そんなことやめて、もっと茂吉さんのいいところを……」

「俺の書きたいまま書いたって、いつまでたっても無名のままじゃないか」

「有名になるってそんなに大事なの？」

「大事だよ、あたりまえだろ？　いくらいいホン書いたってみんなに知られなければ意味がないし、金にならなければ食っていけない。まずは世に出してもらわなきゃ。有名ってことは信用なんだ。無名のままじゃ、コケにされておしまいなんだよ。おまえだって、だからオーディション受けまくってたんだろ?」

叫ぶような言い合いが一度止まり、珊瑚が静かに言った。

「私は……。私は、有名になるのもお金も賞も、後からついてくると思ってる」

「…………」

「私もさんざん言われたよ。色気がないとか、下品だとか、ブスだとか、若くないとか。でもこれが私なの。この私をいいと思ってもらえなかったら、ぜんぜん意味がないの。審査員の好みに合わせて作り上げたものがたとえまぐれで認められたからって、そのあと続かないよ。そんなの自分じゃないんだもの」

確かに珊瑚は正しかった。でも俺には、すでに欲しいものを持っている者の余裕にしか聞こえない。残酷なこと言うなよ。おまえと違って、俺はもう四十歳だ。

「観客をもっと信じなよ」

珊瑚がぽつんと言う。

「茂吉さんが本当に届けたいことは、届くべき人にちゃんと届いてるよ。茂吉さんには見えてないだけ。アンケート、ちゃんと読んでた? 客の顔、見てた? あなたが見てたのは、動員数って数字だけでしょう」

俺はうつむいたまま訊ねた。

「……脚本、書き直したら出てくれるのか」

「イヤよ」

変わらずきっぱりと拒否したあと、珊瑚は強い口調で続けた。

「自分が出ちゃったら、観られないじゃない。私はファンとしてもう一度客席で観たいのよ、あの大好きだった海鷗座の舞台」

ふたりとも黙った。

それぞれの洗濯機の中で、俺の靴下も珊瑚のTシャツもまだ回り続けている。


今回も勉くんの国語はイマイチだ。

俺は家で添削の内職を仕上げていた。漢字がひとつ合っていただけで、あとは壊滅的に間違っている。バツ。バツ、バツ。採点し終わり、裏返したら何か書いてあった。


「僕は、花を美しいとは思いません。あのおそろしい生命力には、あっとうされる。

花はふてぶてしくて、ブキミで強衣なやつらです。

他の人たちはどうだか知りませんが、僕はそう思ってしまいます」

笑ってしまった。

前回のあの長文読解のことを言っているのだ。「強衣」は「脅威」のことだろう。

個別に聞きたいことやメッセージがあれば専用の用紙があるのに、こんなふうに裏にこっそり書いてくるところが俺には好ましい。

どうしたらいいもんかな、と笑いながらもう一度読み返してみて、なんだか急に、涙が出てきてしまった。

花が美しいなんて、誰が決めたんだ。それが正解なんて。

花の持つ生命力の強さに恐れを抱くその感受性こそ、活かされるべきじゃないのか。

勉くんの率直な疑問と戸惑いが、俺の心を打つ。

学校や受験のテストで点を取るための解答を伝えるのが、採点者の仕事だ。でも俺には、勉くんの花に対する気持ちにバツをつけることなんか絶対にできない。俺は赤ペンを走らせる。

「すばらしい。その自由な心を大切にしてください」

こんなことを書いてしまって、添削会社に叱られるかもしれない。でも俺はかまわず、勉くんの汚い字が並んだそのプリントの裏に、大きくぐるぐるとうずまきを書き、縁を花びらでかがった。

「花丸です」

赤ペンを置いてから、花を美しいと思わない勉くんに花丸ってどうなんだ、とちょっとおかしくなったが、そうだよ、花は強くてふてぶてしい。その生命力をもって、君に贈りたい。勉くんだって、花を嫌いだとは言っていない。

俺はプリントを片付けると机の上にワープロを置き、コンセントを入れて画面を開いた。

そうだ。

俺は、いつからか、マルがもらえる答えだけを探していた。

世間がマルとするものに倣おうとしていた。

これ以上のバツをもらいたくなかったから。でもそれは、自分で自分にバツをつけているってことだったのかもしれない。

何が本当のマルなのか、わからなくなっていた。動員数だけカウントして、足りない、まだ足りないって、足を運んでくれた観客ひとりひとりの想いを知ろうともしていなかった。ロイドの言う「誰か」が、そこにいたかもしれないのに。

俺は、なんで芝居が好きなんだ？

なんで脚本を書き始めたんだ？

間違えてた。芸能人の友達もテレフォンショッキングも高層ホテルも、目的じゃなかった。俺が脚本を書いて、その後から二次的についてくることだ。金がいくら入るようになったって、俺はナイススティックを食い続けるだろう。安いから仕方なくじゃない、俺は、あのうまいパンが好きだから食ってるんだ。

俺はとりつかれたように、ワープロを打った。

シーンが浮かぶ。

セリフが生まれる。

頭の中で、役者が動いている。

体中の細胞がはちきれそうなくらい力をみなぎらせ、俺を疲れ知らずにする。

こんなときにしか現れない、しなやかな生き物が、俺の中にすべり込んでキーを打たせる。

自分であって自分じゃなくなるトリップ感。渦に巻かれるようにして、俺は書く。

書く。書く。書く書く書く書く書く。

俺の言いたかったこと。俺の伝えたかったこと。

広中、良平、ありす。ごめん。今から脚本変えるなんて、ごめん。

でもやらせてくれ。海鷗座の舞台は、こっちだった。

何も持っていないなんて、どうしてあんなこと思っていたんだろう。俺はもう、すべてを持っているじゃないか。丈夫な体、指になじんだワープロ、誰にも干渉されないボロアパートの部屋。そして書きたいものが、今、こんなにあふれ出している。

これまでの俺を、脱ぎ捨てる。

見てろ、待ってろ。四十歳の俺じゃなきゃ書けないこのホンを、ここで産み落としてやる。

二日間、ほとんどぶっとおしで書いた。途切れさせたくなかった。

バイトに休みの連絡を入れ、買い置きしてあったチキンラーメンと、炊飯器に残っていた飯に味噌をつけたものでしのいだ。もっとも、腹はそんなに減らなかった。

夢中で書き上げて外を見るとすっかり暗い。夜の八時だ。

フロッピーに文書がちゃんと保存されているのを確かめ、感熱紙に印刷しながら、これをまずどうするべきかと迷った。

いつもなら広中に真っ先に見せている。

でも、今思い浮かぶのは、あのアンバランスな顔の生意気な女だ。恐れが芽生える。自分を出し切ったこの脚本。これを読んだ珊瑚から、もしまたダメ出しをくらったら、今度こそ本当に立ち直れない。

見せる必要なんてないかもしれない。もう、嫌われたかもしれないし。

ポケベルの番号を書き写したメモを片手に、俺は何度も受話器を取ったり戻したりしていた。ポケベルを鳴らすべきか、鳴らさぬべきか。

困ったな、と思わず口に出て、思い出した。

困ったときのうずまきキャンディ。そんなものがあったじゃないか。

鎌倉に行ったときのジーンズを探す。まだ洗濯していなかったのが幸いだった。ジーンズは基本、二ヵ月穿いてからというマイルールがいい方向に回った。

セロファンをはがし、口に入れたとたんあっというまに溶けた。甘いと思っていたのに、しょっぱくてびっくりした。まさか塩味とは。

すると電話が鳴った。かけようか迷っていたけど、かかってくるとは思わなかったので心臓が跳び上がる。

受話器を上げて「もしもし」と言うと、いぶかしげな声が耳に入ってきた。

「なに?」

その偉そうな口調で珊瑚だとすぐにわかった。胸の高鳴りを抑えながら、俺も負けずに声を張る。

「そっちからかけてきて、なに？とは、なんだ」

ところが珊瑚は怒ったように言った。

「はあ？　茂吉さんが私のポケベル鳴らしたんでしょ」

「え？　いや、鳴らしてな……」

そうか。キャンディのしわざだ。

俺は心を決めた。珊瑚に読んでもらう。一番初めに。

ランドリーに来てくれるように要求すると、珊瑚はあっさりと「仕方ないな。いいよ」と言った。

感熱紙はインクがいらないぶん、雑に扱うとあちこちに傷んだような跡が残る。急いでつかんで袋にも入れずに持ってきたから、端がよれて縮れたような線が入っていた。

「……読んでほしいんだ」

むき出しの、生まれたての脚本を珊瑚に渡す。珊瑚は赤い唇をきゅっと結んで、真剣な顔で受け取った。

珊瑚は一番端の椅子に座ったが、隣に並ぶのも気が引けて俺はランドリーの中をうろうろと歩き回った。脚本のことしか頭になくて、洗濯物を持ってこなかったからやることもない。珊瑚も手ぶらで来ていた。

そこに管理人のおばさんが入ってきた。ガジュマルの鉢に水をやっている。

珊瑚はこわい顔をして感熱紙に顔を近づけたままだ。

俺はなんだかいたたまれなくなって、「電話してくる」とランドリーを出た。

銭湯を過ぎたところに置かれた電話ボックスに向かった。ガラスであつらえた箱は、暗い道端で青白く際立っている。

中に入ると受話器を上げ、テレホンカードを挿入口に入れた。度数の残りは四十五。じゅうぶん話せるだけあるだろう。

塚地の携帯電話の番号をプッシュする。十回ぐらい呼び出し音が続き、あきらめて切ろうとしたところでやっと塚地が出た。

「あー、もしもし？」

声の後ろがすごくさわがしい。飲み屋にいるのかもしれない。

「……鮎川、だけど」

「あ、もきさん。ちょっと待ってくれます？」

塚地は場所を移動しているようで、しばらく待たされた。テレホンカードの度数が減っていく。

「はい、すいません。どうぞ」

さっきよりは聞き取りやすい。俺は緊張気味に伝えた。

「あの、ゴーストの話だけど」

「はいはい。あれね」

「やっぱり俺には、荷が重いというか……できないと思う」

「えぇー？　ウソでしょ。ぺろぺろっと書いて、黙ってりゃガッポリですよ？」

「その、ぺろぺろっと書くのができないんだ」

はー、とあきれたような塚地の息がもれてきた。

「俺は……俺は、もう一度、信じたいんだ」

「信じるって、何をですか？」

何をだろう。

自分を、観客を、演劇を。その全部のような気もするし、もっと違う、何か別のもののようにも思えた。うまく説明できないけど、俺を取り巻く、とてつもなく大きなもの。ごまかしたり悪意を抱いたりしたら、とたんに霧みたいにつかめなくなってしまうもの。勝手に俺を使って物語を書かせる、正体不明の怪物みたいなあの渦。

「なんか、もきさん、アツイっすね」

受話器の遠くから「おーい、ツカちゃんどこいったぁ」というおっさんの声がする。

塚地は「はいー、今行きますー」と応対した。

こいつだって、プロデューサーになるまでに、どれだけの辛酸をなめたんだろうな。不眠不休のAD時代を必死でくぐりぬけて。塚地なりの「善意」は、きっと本当なんだろう。

「ありがとうな、いろいろ」

俺が言うと、塚地は「ほぇっ?」と変な声を出した。

「まあ、がんばってくださいよ」

「うん。がんばる。俺、がんばるよ」

「んじゃ」

電話が切れた。

すっきりした気分で受話器を戻すと、電話ボックスの扉が突然開いた。びっくりして振り返ったのと同時に、珊瑚が入り込んでくる。

「な、なんだ、こんな狭いとこに」

「ねえ、管理人さんに訊いたよ。ガジュマルって、花は咲かないんですかって」

「え?」

「ガジュマルってね、実の中に花が咲くんだって。変なヤツ。照れ屋なのかもね」

実の中に、花?

ほんとに変なヤツだ。堂々と花を見せないと、みんなにわからないじゃないか。

「茂吉さんもきっとそうよ。今、有名かどうかなんて関係ない。劇作家としてもう実はなってるのよ。その中に花がちゃんと咲いてるのよ。だってほら、これ」

珊瑚は感熱紙の束を胸に抱き、俺に体を寄せてきた。

「これいい、すごくいい」

珊瑚はそう言うと、俺の頬に唇をくっつけた。ぷちゅん、とやわらかな感触に吸い付かれ、体の芯が溶けそうになる。

「な、なん……」

「よくできました！」

珊瑚が涙ぐんでいる。

夜の闇が、電話ボックスのガラス扉を鏡にして俺たちを映す。

………ほっぺか。うん、でも。

まあ、いイカ。

ガラスの中の貧相な顔の男が、こらえきれずにやける。
その頬には、真っ赤な花丸がついていた。

# 一九八九年　ソフトクリームの巻

Kamakura Uzumaki Annaijo

Kamakura Uzumaki Annaijo

私は時代の隙間で生まれた。

大正から昭和に変わったのは一九二六年十二月二十五日。母は昭和最初の日に私を産み落とし、昭和元年はそこから三十一日までのたった七日間しかなかった。書物好きの父により「文太《ぶんた》」と命名された私の人生は、気がつけば六十四年になる。

昭和元年というわずかな期間に生を受けたことに、そう特別な意味は感じていない。ただ、あれは食パンで言えば耳の部分、毛糸のマフラーで言えば房飾りのような、端っこの時間だったのだなと思う。そしてそれは私自身にとても似つかわしいと、そんなふうにも思う。決して主役にはならない隅の場所を、私は好んで生まれてきたのかもしれない。

*

一月三日、火曜日。

正月も二日が過ぎ、今日は店を開けることにした。

私は鎌倉で「浜書房」という古書店を営んでいる。名字を取っただけという、何の芸もない店名を私はとても気に入っている。なんといっても覚えやすいし、簡素でどこにでもあるふうがいい。鎌倉駅東口から小町通りに背を向け、郵便局を少し過ぎた裏通りを一本入った一番奥に、その十五坪の小さな店はある。

自宅は西口から十分ほど行ったところだ。妻も子もない独り暮らしの私には、正月休みといっても家にいるのも店にいるのもそう変わりなく、初詣で鎌倉を訪れる人々が少しでも寄ってくれるならそのほうがありがたい。

浜書房の隣はもう何年も空き家になっていて持ち主のこともよく知らないが、そこは別宅で、逗子《ずし》で暮らしている金持ちだと聞いたことがある。向かいは浜書房とほぼ同時期に開店した「潮風亭」という定食屋だ。看板につけた風車が目印のこの店は、観光客より地元人の集まる場となっていた。

潮風亭のおかみさんである千恵子《ちえこ》さんは、今年還暦のはずだがきびきびとよく働く明るい人で、時々私に「夕食に食べな」と総菜を持たせてくれる。

私が浜書房に着くと、店先を掃いていた千恵子さんが顔を上げ、「ブンさんとこも今日から?」と笑いかけた。どうやら、潮風亭も今日が仕事始めらしい。

新年だから「あけましておめでとう」と言いたいところだが、口にするのは憚《はばか》られた。きっと千恵子さんもそうなのだろう。九月ごろから天皇のご容態がおもわしくないという報道が続き、日本国全体が自粛態勢に入っている。お祭りやイベントを見合わせたり、テレビコマーシャルで使われる言葉が変更されたりしていた。この年末年始はことさら重苦しい雰囲気に包まれている。

「今年もよろしく。世話になるよ」

私はそれだけ言い、千恵子さんに軽く頭を下げた。千恵子さんは「こちらこそ」と答えて掃除を続けた。

シャッターを開け、扉を開き、換気をしながら箒《ほうき》で床を掃き、古布で棚を拭き、本のホコリをあらかた羽根ハタキでぬぐい終え……多くの古本屋にとってハタキはパタパタするものではなく、そっとぬぐうものなのである……、扉を閉めてエアコンをつけると、私はレジカウンターの中にある椅子に座った。

最初はパイプ椅子だったのを、座り心地のいい小さな木の椅子に替えて薄い座布団を敷いた。作業もなく客もいない時間、私はそこでひたすら、本を読む。

作業もなく客もいない時間というのは、私がこの店の主となったころから大量にあった。新刊を扱う本屋だったら、こうはいかなかっただろう。私はここで長い長い間、本を通してさまざまな作家と出会い、さまざまな物語の中に入り込み、さまざまな空間へ行き、さまざまな人生に触れた。

作家が存命か、内容が創作であるか実録であるかは、ほとんど意味をなさない。本を読んでいる間、私にとってはすべての作家が生きており、すべての登場人物が実在しているからだ。

「あ、やってるやってる」

十一時を回ったころ、扉が開いて見知った顔が入ってきた。常連客の高校生ふたりだ。私は読みかけの本を閉じた。

「正月からこんなところに来ていいのかい」

「家にいても退屈だから。テレビはずっと天皇のことばっかりやってるし、親と顔突き合わせてるよりブンさんとこにいたほうがいい」

そう笑うのは黒戸六郎《くろとろくろう》という男の子だ。長い前髪がうるさそうで、ハサミで切ってやろうかと善意で言ったらひどく怒られた。彼なりのオシャレらしい。

もうひとり、九十九夢見《つくもゆめみ》という女の子が文芸書の棚に立ち、じっと目をこらしている。ここに来たときの彼女の通例儀式のようなものだ。

彼らは地方紙で募集されていた文芸サークルで知り合った同人誌仲間だそうで、小説を書いているのだ。一年ほど前、同人誌を店に置いてほしいと言って現れたのをきっかけに、この店にちょくちょく顔を見せるようになった。冬休みに入ってからはほとんど毎日だ。ふたりとも高校三年生で、六郎は工場に就職が、夢見は短大に推薦入学が決まっていた。

夢見は儀式を終えて気が済んだのか、こちらに来た。おさげにした髪の先がさらりと揺れる。

「あけましておめでとう、ブンさん」

「……うん」

私は小さくうなずいてほほえみ、立ち上がってレジカウンターを出た。

「君たちの作品に興味を持ってくれる人がだんだん増えてきたみたいだよ。十二月は五冊、はけた」

彼らの文芸サークルは高校生や大学生が主なメンバーで、同人誌『スパイラル』は無料の隔月発行だ。入り口からすぐのところに設置したラックに、古い映画のパンフレットやチラシと一緒に並べている。

「実は俺、『海原』っていう文芸誌の新人賞に初めて応募したんだけどさ、受賞者にはそろそろ連絡が来るはずなんだよなあ。けっこう自信があるんだ、スゴイのができたから」

六郎は鼻をこすった。

同人誌の中でも六郎はずばぬけてうまくて、メンバーによる巻末のランキング投票でもいつも上位だ。感想欄にはよく「天才」と書かれていた。

「でも本当はペンネームで出したかったんだけどな。黒戸六郎をもじっていろいろ考えてみたんだけど、コレだっていう名前が思い浮かばなくて。ブンさん、カッコいいのがあったら教えて」

「どういう話を書いたんだ？」

私が訊ねると、六郎はきらりと目を光らせた。

「パラレルワールドをテーマにした大傑作」

「パラレル……？　聞いたことはあるな。なんだったかな」

六郎は脚立代わりにもしている丸椅子を引き寄せ、脚を広げて座った。

「並行世界なんだ。俺たちが生きてるのって、三次元だろ。でも四次元的に見れば、並行して違う世界が無数に存在してるはずなんだよ」

すべらかな口調で六郎は説明してくれたが、どうもよくわからない。私が「ふうん」と気のこもらない相槌を打つと、彼は身振り手振りで話し出した。

「たとえば俺は今、浜書房にいる。でも、家にいるっていう選択もできたはずなんだ。パラレルワールドでは俺は今、家で昼寝でもしてて、その俺を取り巻く世界ごと、ちゃんとどこかに存在してる。理論上では、物理学的にも可能性は考察されてるんだ」

「つまり、選ばなかった人生がよその世界で存在するってことか」

「うん、まあそんな感じ。現実ではひとつの道しか行けないけど、小説ならどこへでも行き来できる。ＳＦ小説は、すべてが無限に自由」

六郎は丸椅子の縁を両手で持ち、バスケットシューズを履いた足をぱたぱたさせた。蛇足だが、バスケットボールには特に興味はないそうだ。これも流行りらしい。

その隣で、夢見が立ったまま六郎の話をじっと聞いていた。私は夢見に顔を向ける。

「夢見も応募したのかい？」

「うん、こいつはいつもの学園もので」

夢見ではなく六郎が答えて椅子から離れ、自分の家のように店内を動き回ってレジカウンター脇のラジカセの前に立った。年末、六郎が家から持ってきて置いていったものだ。

「音楽かけていい？」

ラジカセの脇にカセットテープのケースがいくつか置かれている。

「こないだの、外国人のやつかい？」

「ううん、ユーロビートはさすがにブンさん、耳塞いでたからさ。今日はＴＭネットワークの曲、自分で集めて作ったテープ持ってきた」

「やっぱり外国人じゃないか」

「違うよ、日本人の三人組」

六郎は笑ったが、私にはさっぱりわからない。カセットテープがラジカセにセットされ、にぎやかな音楽が流れてきた。何を言っているのか私にはやっぱりわからない。

「他にお客さんが来たら止めてな」

「せっかくオートリバースの機能ついてるのに。大丈夫、客なんか来ないよ」

あっけらかんとそう言われて、私は怒るのを通り越して笑ってしまった。オートリバースは、テープが最後まで終わると自動的に逆側の面の最初に戻る機能だ。曲に合わせて口ずさんでいた六郎が、ふと私に顔を向ける。

「ブンさんの若いころって、何して遊んでたの」

虚を衝《つ》かれて、すぐに言葉が出てこなかった。夢見も私を見て、答えを待っている。

「もう、忘れてしまったな」

忘れたいだけかもしれないけど。

胸にざざっと冷たい風が吹き、からっぽな気持ちに襲われた。

前々から起きていたことだがこのところ特に頻繁に感じるようになった。自分が世界から切り離されたような、足元がおぼつかないような。

六郎はそれ以上は訊いてこず、リュックに手を入れた。

「そうだ、写真撮るよ。年末に家族旅行に行ったときの残りがあるから、撮っちゃいたいんだ」

六郎が四角い紙箱を取り出した。「写ルンです」という使い捨てカメラだ。夢見がさっと手を伸ばした。

「私が撮る。六郎、ブンさんと並んでよ」

「やだよ。俺、写真に撮られるの嫌いなんだよね。自分で撮るのは好きだけど」

そう言って六郎は、店の中でカメラを構えた。本棚の前でシャッターを押し、ジコジコと音を立ててフィルムを巻く。そしてくるりと向きを変え、レジカウンターに座っている私をいきなり撮った。こんなおもちゃみたいなカメラなのに、立派なフラッシュがたかれる。たいした発明だ。カメラでさえ使い捨てになる時代に、古本屋なんてはなはだ逆行しているように思えた。

曲が変わる。今度は少し静かめの出だしだった。

「あ、フィルムの残りが最後の一枚だ。外観撮ってくる」

六郎はカメラを持って外に出ていった。開け放した扉から、潮風亭のダシのにおいがふわりと流れ込んでくる。

「こんにちは」

うねうねと波打つ長い髪の女性が入ってきた。前髪の大部分がにわとりのトサカみたいに立っている。簾のように薄く垂らしたわずかな残りの前髪からは、富士額が透けて見えた。

「好きな曲が聞こえてきたから、思わず入っちゃった。『ぼくらの七日間戦争』の主題歌ですよね、これ」

「ほら！　こういう音楽かけたほうがいいよ。お客さん来るじゃん」

後について入ってきた六郎が得意げに言った。そりゃあ若いお客さんが来てくれるようになるのかもしれないが、浜書房は純文学や歴史書ばかりでつまらないだろう。

セブン・デイズ・ウォー。女性客は今かかっている曲のサビを口ずさむと、私ににっこりと笑いかけた。

「潮風亭にはたまに来てたんだけど、ここは今までちょっと入りづらかったの」

彼女は店の中をゆっくりと歩き、寺山修司《てらやましゅうじ》の棚の前で足を止めた。寺山修司の本は安定して売れ行きがいいので、棚を一段ぶん取ってある。

「私も読み終わった本を売りに来ようかな。買い取りもしてるんですよね？」

「もちろん。なんでもというわけではないけど」

　私は控えめに言った。実際、こちらで引き取れないような本をどっさり抱えてやってくる客もわりといるのだ。あまりにもボロボロだったり、文学全集の間が抜けていたり、この店に置くには合わなかったり。

　夢見が言った。

「前から思ってたんだけど、古本の値段ってどうやって決まるの」

「決まるというか、基本的には店主が好きに決めていいんだ。他の店のを調べて参考にしたりもするけど、今となってはまあ、長年のカンというやつかな」

「死んだ作家の本は高いんだよね」

「そうとも限らないよ。死んでから高くなる人もいるし、死んでしまったら忘れられていく人もいる」

　そう言ってから、また胸に風が吹く。

　寺山修司は、きっとこの先の日本で忘れられることはないだろう。夏目漱石《なつめそうせき》も芥川《あくたがわ》龍之介《りゅうのすけ》も太宰治《だざいおさむ》も、未来永劫《えいごう》生き続けるのだ。彼らは偉大な文学を残したのだから。

「時間が価値を決めるのかな」

　ぽつんと夢見がつぶやいた。

　そうかもしれない。本の価値は作家の価値であり、それは作家の人生の価値かもしれなかった。

ラックの前で、六郎がさっきの女性客に『スパイラル』を手渡している。互いの自己紹介を済ませたようだ。ついでに、いつのまにか私と夢見のぶんも。

「ブンさん、また来ますね」

そう言って大きな口を開いて笑った女性は、桐谷珊瑚と名乗った。

＊

一月四日、水曜日。

午前中に横浜で古書組合の集まりがあるので、店を開けるのは午後からにすることにした。

一日休んだところで変わりはないが三が日が明けたばかりだし、年明けの古書目録を作っておこうと思った。

古書組合の仲間は、みんな長いつきあいになる。口下手で偏屈な面々ばかりだが、同じにおいのする似た者たちが集まると安らかな気分になれた。

顔なじみの池畑《いけはた》さんと話していたら、ささやくようにこう言われた。

「来雷堂《らいらいどう》さんね、閉店するんだってさ」

「えっ、そうなのか」

来雷堂は、組合の中で目立って羽振りが良かった。絶版になった漫画や人気の古雑誌でかなり繁盛していたはずだ。

「今、地価がすごい上がってるだろ。あそこは駅前だったからびっくりするような値で売れたらしいよ」

そうか、来雷堂さんが……。

口をつぐんでいると、彼は納得したようにほほえんだ。

「まあ、夫婦ふたりで仲良くやってた店だからね。共に六十五歳になったから年金ももらえるし、ここらで店を売っぱらって一緒にゆっくり旅行するって言ってた」

ああ、まただ。胸がスーッと冷たくなった。

この気持ちをどう表現したらよいのだろう。昔からの仲間が減った寂しさもあるが、それとはまた違う虚無感がひたひたと忍び寄ってくる。


集まりが終わり、鎌倉駅に着いた。

改札を出て、店に向かって歩き出す。

池畑さんの店は、そのうち息子にやると言っていたな。息子さんは中学のころ、非行に走っていろいろ大変だったと聞いたが、その後、大学まで出たのだ。今は書店チェーンに就職し、都内で働きながら池畑さんの後継者として控えている。

不意に、六郎の話を思い出す。

選ばなかった人生がどこかに存在しているという、パラレルワールド。無数の可能性を持ちながら、私たちはいつもたったひとつのことしか選べない。ここではない世界で私は何をしているのだろう。誰といるのだろう。この私よりも幸せだろうか、それとも。

ふと、見覚えのない赤い屋根が視界に入り、私は顔を上げた。

ここは、どこだ?

もう何十年も毎日通っているのに、どうしてだか、鎌倉駅から自分の店に行くまでの道で迷ったらしかった。いくらぼんやり考え事をしていたからって、ここまで耄碌《もうろく》したか。

私はあたりを見回しながら歩いた。

大きな一軒家が並んでいる。

白い洋館、芝生の生えた庭、外国製の車。

玄関先に、小型の青い自転車と虫取り網。

きれいに手入れされた花壇には、リスやウサギのオブジェが置かれている。

安全で豊かな暮らし。

ほんの四十年前、日本人が夢見た平和な生活。

しかし、まったく人の気配がない。

あのころ誰かが思い描いたイメージの中にいるのだろうかと私は立ち止まり、そしてすぐにまた、歩き出した。


少し先を行き高い塀のある家を回り込むと、何かの店らしき建物があった。ガラス扉の内側に「ＣＬＯＳＥ」と書かれた小さな板が下がっている。定休日か、長めの正月休みなのか。中をのぞくと壁にいろいろな時計がかかっていて、どうやら時計屋のようだ。


時計はそれぞれ、違う時刻を指していた。

個々に違う時空を表しているのかもしれないな。過去とか未来とか。そんなふうに思うのはきっと、ＳＦ好きの六郎の影響を受けている。私は少しだけ苦笑した。


店の端に、木製の立て看板が置かれていた。

「鎌倉うずまき案内所」と、勢いのある美しい毛筆で書かれている。

案内所といえば駅前にあるが、やはり私のようにこのあたりで迷子になる人もいるのだろう。看板には赤い矢印が下向きについており、そちらに目をやると地下に続く細い階段が設置されていた。

　私は階段を降りた。つきあたりには頑丈な鉄の扉があり、真鍮《しんちゅう》の丸いノブがついている。手をかけたら氷みたいに冷たかった。ゆっくり回して押すと、ぎいっと重い音がして扉が開いた。

　中は暗かったが、小さな光がぽつぽつと蛍《ほたる》みたいにともっている。よく見ると螺旋階段がさらに下まで伸びていて、手すりに豆電球が装飾されているのだった。

　慎重に足を踏みしめながら、私は螺旋階段を下っていった。静かだ。黒かった壁が、下に向かうにつれ青みがかっていく。一番下までたどりつくとそこは、浜書房の三分の一ほどしかない狭い空間だった。何もない、まったく何もない。老人がふたり、丸テーブルに向かい合って座り、壁に盆のような巻貝が飾られている以外は。

　ふたりはオセロゲームをしているようだった。

　ぱちり、とひとりが黒い石を置く。もうひとりが「ふむふむ」と言いながら白い石を置いた。

　案内所じゃなかったのか。私が立ちすくんでいると、彼らはまったく同時にこちらを見た。揃いの灰色の背広に身を包み、揃いの顔を私に向けている。双子だった。

「はぐれましたか？」

老人のひとりが言った。白い石のほうだ。

はぐれる？

いや、私はひとりで歩いていた。ただ見知らぬ場所に迷い込んだだけだ。

でも言われてみれば、私は誰か大切な人とはぐれている気がした。あるいは、何か大切なものと。うまく思い出せないぐらいに、遠い昔から。

「……おそらく」

私が答えると、黒い石の老人がこくこくとうなずく。

「それはそれは」

次の瞬間、ふたりは申し合わせたように立ち上がり、私に礼をした。

「ワタクシが外巻で」

「ワタクシが内巻でございます」

そこで初めて、彼らのもみあげや前髪の違いに気がついた。それぞれ外に内にと巻かれている。

「ああ、外と内」

思わず笑ってしまい、あわてて真顔に戻す。外見を笑うなんて、礼を欠くことを。

「これは失礼しました。浜文太と申します」

しかし老人たちは気にする様子もなく、顔を見合わせてほほえみあった。

外巻さんが、重大な秘密を打ち明けるように言う。

「この世は大まかにふたつの世界で構成されております」

「ふたつの……？」

「さよう。外と内、陰と陽。上と下、左と右。どちらか片方だけでは、もう片方も存在し得ないのであります」

なるほど、道理にかなっている。互いの存在が互いを存在させるのだ。

「それでは文太さん。お話をおうかがいしましょう」

内巻さんが穏やかに言う。お話？　そうだった、ここは案内所だ。

「どうも、年のせいか頭が鈍くなりましてね。通いなれたはずの駅から自分の店まで、迷ってしまって……」

迷ってしまって……。ああ、どうしたのだろう。靄《もや》がかかったように、目の前がぼんやりしてきた……。


――――浜書房はもともと、教師だった父が退職後に開いた店だ。

父の他界後、店を継いだのは四十五歳の時だった。小さな印刷所で働いていた私はそれまでも時々店を手伝っていたが、特に古本屋をやりたかったわけではない。個人経営の不安定さは父を見ていてよくわかっていたし、自分に商才があるとも思えなかった。

ただ、そこに店があり、父がいなかった。母もとうにいなかった。兄弟姉妹は最初からいない。だから私がやることにした。それだけだ。

それから二十年近い月日が過ぎた。去年あたりからいわゆる地上げ屋と呼ばれる不動産業者が訪ねてくるようになった。山西という、うりざね顔の痩せた若い男だ。何度断っても、気味の悪い笑みを浮かべながら「土地を売ってくれませんか」と現れる。脅しをかけて立ち退きを迫るようなことはないが、ねっとりとしつこくて辟易する。このあたり一帯を狙っているようで、潮風亭でもいくら追い払ってもあきらめないと千恵子さんがこぼしていた。

年末、仕事納めにしようとシャッターを下ろしかけたときにもやってきて、こう言われた。

「新陳代謝ですよ、浜さん」

「新陳代謝？」

「ええ、鎌倉の発展のためにね。もう昭和も終わります。新しい時代が来るんですよ。この好景気、せっかく観光地なんですから街全体でもっとたくさん人を呼べるようにしないと」

説明のできない、言い知れない不快感がこみあげてきて私は黙ったままシャッターを下ろした。

六郎や夢見と話していると、確かに新陳代謝という言葉は否定できない。私があの子たちと同じ年のころ、やっと戦争が終わった。今では、日本は考えられないぐらい豊かな国になった。

友好的に外国とつながって、便利なものがたくさん開発されて、いろんなことが自由にできるようになった。いい時代がきた。誰もが安心して暮らせる社会を作るために、私たちは何もないところから歯を食いしばって立ち上がってきたのだ。本当によかった。

そう思うのに、この浮足立つほど煌々《こうこう》とした世の中から自分だけが置き去りにされているような気持ちも、私はずいぶん前からぬぐえずにいる。

地味で代わり映えのない私の人生の中で、たったひとつ、白く光る時間がある。そしてそれは同時に、黒い後悔の影がつく時間でもあった。

浜書房を継ぐ前、勤めていた横浜の印刷所に社長の娘が時々遊びに来ていた。彼女はマーちゃんと呼ばれていた。自分から「マーちゃんと呼んで」と言ったのだ。マーちゃんはタイピストだった。明るくて活発で、少々変わったところがあって、従業員たちの人気者だった。

そしてどういうわけだか、私に好意を寄せてくれた。私の仕事をほめてくれたり、旅行土産だと言って皆にひとつずつ配る菓子に、私にだけこっそりキーホルダーを付けてくれたりした。

私が三十二歳のときだ。

彼女と他の従業員を合わせた三人で映画に行くことになり、駅前で待ち合わせたらマーちゃんしかいなかった。従業員から風邪をひいたと連絡があったと、マーちゃんは言った。

思いがけないふたりきりのデートに私は緊張した。薄暗い映画館で隣に座ったマーちゃんが身を寄せてささやいてくると、ガチガチに固まってうなずくことしかできなかった。

映画を見終えて喫茶店でお茶を飲んだあと、家まで送っていく道すがらにマーちゃんが言った。

「私、文太さんと一緒になりたい」

私は驚いて立ち止まった。目の前に、マーちゃんのはにかんだ顔がある。

信じられない気持ちと戸惑いが、喜びを凌駕《りょうが》した。私には、マーちゃんがまぶしすぎた。私とは干支が一周するのだ。まだ二十歳で、可愛らしくて、行動的で。マーちゃんはこれからどこへでも行ける、誰とでも会える、なんでもできる。もっともっと楽しいことが、彼女にはたくさん待っているはずだ。私のように年の離れた何の取り柄もない男が、マーちゃんを幸せにできるとはとても思えなかった。

「いや、それは……。マーちゃんはもっと、いい人を見つけないと」

「そんなの、文太さんが決めることじゃないでしょう。私は文太さんが好きなんだから、それでいいの。それとも文太さん、私のこと嫌い？」

そんなわけない。私はマーちゃんが好きだった。大好きだった。見ているだけで幸福な気持ちになれた。彼女がそばにいてくれたら、私の人生はどんなに華やかで満ち足りたものになるだろう。

「ねえ、私のこと嫌い？」

答えを求めるマーちゃんに、私は何も言えなかった。好きだと言ってしまったら、私のせいで彼女の人生が損なわれてしまうような気がした。

「……………嫌いなのね」

マーちゃんは目に涙をいっぱいためて、責めるように私を見た。あのときの顔が忘れられない。三十二年たった今でも。

それからマーちゃんは印刷所に来なくなり、その後のことは知らない。

マーちゃんが好きだよ、きっと君よりも僕のほうがうんと好きだよと伝えていたらどうなっていただろうと、私はたまに考える。

あのとき選ばなかった道。臆病風から逃げず立ち向かっていたら、今が違ったかもしれない。どんな形にせよ、私の隣には一緒に年を重ねたマーちゃんがいたかもしれない。

でも現に私は今、たったひとりだ。

浜書房が閉店になっても、誰も困らないだろう。新しい建物が建てば、道ゆく人は「前はここ、何の店だったっけ」と思い出せないぐらいだろう。

景色はどんどん変わっていく。人々はどんどん忘れていく。

赤字続きなら、もうここらで、私も店を売るべきときなのかもしれない。そのほうが鎌倉という街にとって良いことなのかもしれない。

だけど古本屋のおやじでなくなったら、私はいよいよ何者なのだろうか。外と内、右と左のような、私の存在を確かに証明してくれる片割れもいないのに。

「考えてしまうのです。私はなんのためにこの世に生を受けたのかと。あの戦時体験をくぐりぬけてせっかく生き残っても、このまま何も成さず何も残さず、ただ塵《ちり》になっていくのなら、いてもいなくても同じだったのではないか。いくらたくさん本を読んでも、わからないのです」

私が言うと、老人ふたりはさっと肩を寄せて横並びになった。私の目の前で、すべての親指をぐーっと突き立てる。

「ナイスうずまき！」

「………………え？」

四本の親指には、くっきりした渦模様の指紋があった。なんだかそこに吸い込まれそうになる。

壁にかかっていた巻貝が、突然動いた。まるで金庫のダイヤル錠みたいに一回転し、ぴたりと止まる。触れてもいないのにどうしたんだろう。あらためて見ると、美しい螺旋の殻は古代生物の重い歴史を感じさせた。精巧な模型だろうか。

「アンモナイトみたいだ……」

「ええ、アンモナイトです」

内巻さんが言った。

「アンモナイトは七つの時代をまたいで生きました。シルル紀、デボン紀、石炭紀、ペルム紀、三畳紀、ジュラ紀、白亜紀。約三億五千万年という、はるかな時間の中で」

「ずいぶん長く生命をつないだんですね。特に何をするわけでもなく、強そうでもないのに」

「進化とはそういうものです。むしろ、強さが身を滅ぼすこともある。生態系の中間あたりのほどほどに位置していたということも、彼らが長く生き続けた大きな理由でしょう」

外巻さんが目を閉じ、せつなげな表情を浮かべた。

「でも、そんなアンモナイトも絶滅してしまった。約六五五〇万年前、地球に小惑星が衝突したときに……昨日のことのように思い出しますなあ」

思い出す？

まるでその光景を知っているかのような外巻さんを、私は不思議な気持ちで見た。

突然、アンモナイトの殻を塞いでいる蓋がぱっと開いた。中から数本の足がむにゅむにゅと出てくる。驚愕と気味悪さで身がすくんだ。作り物だと思ったら、生きていたのか。

「ぜ、絶滅したのでは……」

私が震える声で言うと、内巻さんが穏やかに言った。

「うちの所長です。どうぞ怖がらずに」

「所長……ですか」

混乱した頭で、私は所長を眺めた。足の付け根に真っ黒な瞳がある。所長は壁からすっと離れ、勢いをつけて宙に浮かんだ。シュバッと水を蹴るみたいな音がする。

生きているだけじゃなくて飛ぶのか。その姿は飛んでいるというより泳いでいるふうで、私は一瞬、ここが海の底であるかのような錯覚に陥った。

殻のうずまきを誇示するように、所長は気持ちよさそうに弧を描く。

ふむふむ、と内巻さんがうなずいた。

「次の時代に手渡しなさい、と所長が申しております」

「え？　所長が」

手渡すって、やっぱり土地を売れということか。

唖然としている私に、内巻さんが片手を上げる。

「それでは、ご案内しましょう」

その指の先には白っぽい甕が見えた。そこまでけっこうな距離がありそうで、こんなに広かったかなと思いながら私は内巻さんの後についていった。私の隣には外巻さん、そしてそのすぐ上に所長がふわふわ飛んでいる。一度受け入れてしまうと、なかなか牧歌的《ぼっかてき》な光景に思えた。

甕にたどりつく。すぐ近くで見ると白ではなく、ごくごく薄い水色だった。

「きれいだ……」

思わず声が漏れる。こんな儚《はかな》げな美しさに久しぶりに触れたようで、なんだかほっとした。

「かめのぞきという色です。藍染めの作業工程で藍の入った甕に布を浸す際の、ほんのちょっとのぞくわずかな時間を表しているのでしょう。諸説ありますがね」

内巻さんが説明し、それをつなぐように外巻さんが胸元のネクタイを指さした。

「このネクタイも、藍染めなんですよ」

見ればほとんど黒に近い藍色だ。渋みがあって、ふたりによく似合っている。内巻さんが言った。

「藍染めは実に手間と時間がかかります。藍液に浸けたものをいったん空気に触れさせることで色味が変わり、濃さが増していく。布や糸を甕に浸けては取り出し、浸けては取り出すことを何度も何度も繰り返して、より深く染めていくのです。ですから、この色には相当な経験と時間が詰まっているということになりますな。藍染めの中で最年長とでもいいますか」

「その藍色は、なんというのですか」

私の問いに、外巻さんがポンと手を打つ。

「よくぞ訊いてくださった。こちらは勝色《かちいろ》と呼ばれております。鎌倉時代の人々は、武士の服や武具を勝色で染めたそうです。勝ち戦になるようにと」

そこまで言うと彼は、ふ、と笑った。

「まあ、ダジャレですな。ダジャレは素晴らしい文化です。日本人は昔から大真面目にダジャレを用いてさまざまな局面を乗り越え、幸せであるようにと祈りを込め、豊かな心を育んできたのですよ。『めでたい』に通じるから鯛を縁起の良い魚としたり、ご縁があるようにと五円玉をお守りに持ち歩いたりね。言霊の効力を信じている……いや、知っているのでしょう」

本当にそうだ。そういえば父もフクロウの置物を「不苦労」だと言って大事にしていたし、私も千恵子さんが「よろこんぶだよ。喜ぶ、喜ぶ」と昆布の煮つけをくれるときはいつもなんとなくいいことが起きそうな気がする。

しかし、勝色で染めた武具で戦に出た武士を思うと私は少し悲しくなった。知らない者同士が戦って命を奪うことが「勝ち」の時代が、昔から確かにあったのだ。

このふたりの老人は、いくつなんだろう。見たところ、私より十歳ばかり年上に思われる。私は遠慮がちに訊ねた。

「失礼ですが、あなたがたも戦地に……」

「まあまあ、そんなセンチメンタルになりなさんな」

外巻さんは両手をぱたぱたと振りながら言った。その笑顔にどこか含みがある。

……センチメンタル。戦地と掛け合わせたダジャレか。

肩の力が抜けてやわらいだところで、外巻さんが甕の前で手招きをした。

「では、文太さん。こちらに来なされ」

言われるまま近づくと、甕には八分目ほどの水が蓄えられていた。いっさい濁りのない透明がどこまでも続き、底なしに思える。どうなっているのだろう。

ぼんやりしているといつのまにか所長が甕の上まで来ていた。は、と顔を上げた瞬間、所長は勢いよく甕の中に飛び込んでいく。

「あっ」

叫んだときにはもう所長は甕の底に沈み、みるみるうちに見えなくなった。せっかくその姿に順応したばかりなのに、もう会えないのだろうか。私は外巻さんに訊ねた。

「あの、所長はいつお戻りに？」

「まあまあ。もう一度、のぞいてごらんなさい」

あらためて甕の中をのぞく。水面には幾重にも波紋ができていた。輪は渦となり、ぐるぐると何かの形を作り始める。

白い山と薄茶色の鉢のようなものがぼんやりと浮かび上がり、しだいにはっきりとした映像になった。

「何が見えましたか」

内巻さんが静かに訊ねる。

「ソフトクリーム……でしょうか」

呆然としながら私が答えると、ソフトクリームはぱっと消えた。外巻さんが元気よく言う。

「では、文太さんにはソフトクリームとのご案内です」

私はぽかんとした。ソフトクリームなんて、滅多に食べることはない。何かのセットでついてくることがあったかもしれないが、自分から買ったことはたぶん一度もないだろう。

「文太さんを手助けするアイテムになることでしょう。お帰りはこちらの扉からどうぞ」

内巻さんが片手を差し出す。そこには一点の曇りもない真っ白な扉があった。さっきまでここにはなかった気がするが、どうだっただろう。

もう何もかもが不可思議すぎた。私は考えるのをやめ、扉に向かった。すぐ脇の台に籐の籠が置かれている。そこには透明セロファンに包まれた飴玉が積んであり、名刺サイズのカードが添えられていた。

「困ったときのうずまきキャンディ」。そう書いてある。飴玉はみな、深い青のうずまき模様だった。

「ご自由にどうぞ。おひとり様につき、おひとつ限定でございます」

外巻さんが言った。私は籠から一粒取り、上着のポケットに入れた。

内巻さんがにこやかに私を見つめる。

「浜書房は、お向かいでございます」

「向かい？」

「では、お気をつけて」

ふたりは一糸乱れぬさまでお辞儀をした。よくわからないまま私も礼を返し、白い扉のノブに手をかけた。

開かれた扉の先には、見慣れた私の小さな古書店があった。

どうなってるんだ、いったい。

振り返ると案内所はあとかたもなく、やはり見慣れた潮風亭の風車がくるくると回っているだけだった。

店を開け、のろのろとレジカウンターの椅子に座るとすぐに夢見がやってきた。私が鎌倉駅に着いたときから、ほとんど時間がたっていない。

背もたれに支えられるようにして、私はぼんやりとしていた。いつものように文芸書の棚でじっと目をこらしていた夢見が、顔だけこちらに向ける。

「どうしたの、ブンさん。具合悪いの？」

「いや、大丈夫だよ。いつもそこで本を探してるみたいだけど、夢見が気に入るのがなくてごめんな」

私が言うと、夢見は少し気まずそうにうつむいた。

「……探してるのは、人の書いた本じゃない」

「ん？」

「イメージトレーニングなんだ。私が書いた小説が世の中で売られているという設定で、本気で探す。本屋という本屋に行くたびに、必ずそれをやってる」

そうなんだね、と言おうとしたとき六郎が入ってきた。珊瑚というこの間の女性も一緒だった。

「あ、夢見も来てた」

六郎は夢見に笑いかけるとカセットケースを持ってラジカセに直行し、音楽をかけた。今日は浜田省吾《はまだしょうご》だという。これはなかなか、悪くない。

「私も今度、大江千里《おおえせんり》のテープ持ってこよう」

珊瑚が言った。大人っぽく見えるが、年齢は六郎たちとひとつしか違わないらしい。去年高校を卒業して、今は親が営む食料雑貨店を手伝いながら女優を目指しているのだそうだ。六郎と意気投合した珊瑚は、ここに来る前に待ち合わせてマクドナルドに寄ってきたと言った。

「ねえ、ブンさん、聞いて。笑っちゃうの。六郎くんって高井麻巳子《たかいまみこ》が結婚しちゃって半年もたつのに、まだ落ち込んでるんだって」

「うるさいな」

六郎が顔を赤くする。私は首をひねった。

「高井麻巳子って、誰だったかな」

「おニャン子クラブよ。秋元康《あきもとやすし》と結婚したの」

珊瑚が楽しそうに答える。今日はぴったりとしたニットのミニワンピースに、ロングブーツを履いていた。

おニャン子クラブと秋元康なら私もなんとなく知っている。歌って踊ったり、にぎやかにしゃべったりする若い女の子たちがたくさんいるグループと、プロデューサーの男性だ。私には、女の子たちの区別はまるでつかないが。

「あのふたり、十歳以上も違うんだぜ」

六郎がふてくされたように言う。珊瑚が「あらぁ」と声を上げた。

「十だろうが十五だろうが、惚れたら年の差なんて関係ないわよ」

そうだろうか。私は黙ったまま珊瑚の赤い唇を見た。私が最後に会ったときのマーちゃんと、今の珊瑚は同い年だ。年頃の女の子がひと回りも違う男を本気で好きになるものなんだろうか。

「まあ、落ち込んでるときは甘いものを食べたらいいのよ。手っ取り早く幸せになって、イヤなことも一瞬忘れられるから」

「一瞬じゃ意味ないだろ」

「その一瞬の積み重ねが大事なの！」

珊瑚はそう言いながら、持っていた手提げをレジカウンターに置いた。中に数冊、本が入っている。銀色夏生《ぎんいろなつを》や林真理子《はやしまりこ》の文庫と一緒に、古事記の現代語訳が混じっていた。

「これ、買い取りお願いします」

「古事記も読んだのかい」

「ああ、うん。この間、古事記を下敷きにした舞台を見て興味持ったの。でも、知れば知るほどムチャクチャなのよね、古事記って。救われないぐらいヒドイ話もいっぱいあって、なんかもう、ギャグ」

珊瑚は思い出し笑いをしながら片手をぶんぶんと振った。

「イザナミとイザナギが国造りするじゃない？　最初に矛で大地をぐるぐるかき混ぜてオノゴロ島を作って、そのあとふたりで左から右からぐるぐる回って子ども作って」

六郎と夢見が興味深そうに珊瑚の話を聞いている。

珊瑚は人差し指で円を描きながら続けた。

「それで思ったんだけど、自然界って渦ばっかりよね。台風とか竜巻とか鳴門海峡《なるとかいきょう》とか、銀河とか。なんでこんなに世界はぐるぐる回りたがるのかしら」

六郎が丸椅子に腰かけ、脚を組む。

「答えになってないかもしれないけど、うずまきっていうのはそれ自体がエネルギーなんだ」

「エネルギー？」

「うん。ふたつの異なった質のものが接触するとき、必ず渦ができる。そこで回転の運動が起こって、パワーが生まれる」

「うーん？　わかるような、わからないような。頭いいよね、六郎くん」

珊瑚が頭に手をやった。

六郎は「理系クラスだからね」と笑って脚を開く。

「日本だけじゃなくて外国の神話にも、うずまきの話はよく出てくるよ。物理でクロソイド曲線の話が出たとき、ギリシャ神話が語源だって余談で先生が言ってた」

夢見が小さな声で訊ねる。

「クロソイド曲線って？」

「曲率半径が一定の割合で徐々に変化するの。高速道路なんかで使われてるんだけどさ、ハンドルを等角速度で回したとき、タイヤが描く軌跡と同じカーブがこれ」

六郎は立ち上がり、レジカウンターにあった鉛筆とメモ用紙を使って図を描いた。

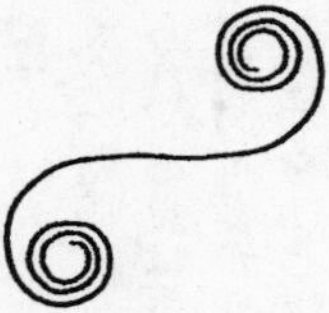

珊瑚が首をかしげる。

「この形は面白いけど、難しい話ねぇ。なんだっけ、クロソ……？　クロソロイド曲線？」

「違う、クロソイドだってば。なんだよ、クロソロイドって。アンドロイドじゃあるまいし」

六郎にこばかにされて、珊瑚が口をとがらせる。

「あ、そ。さすが天才SF作家は違いますね。それで、その名前がギリシャ神話から来てるの？」

「うん、なんとかっていう三姉妹が出てくる話。忘れちゃった」

「天才でもそれは覚えてないのかぁ」

珊瑚はけらけらと笑いながら、夢見のほうに歩み寄った。もうこの話には飽きてしまったらしい。

「夢見ちゃんのみつあみ、きれいに編み込んであるね。ほどいたら私みたいにソバージュになるんじゃない」

「いいの、私はこれで」

「そうだ、私が着なくなった服、今度あげる」

珊瑚に腕をからめられ、夢見はポッと顔を赤くした。嫌がっているというふうではない。あからさまな珊瑚の可愛がりっぷりに照れているのだ。

私は珊瑚の持ってきた本をひとつひとつ開き、値段をつけていった。

「カバーがないのはワゴンの百円文庫セール行きだな」

六郎が訳知り顔で言うと、珊瑚が思い出したように目を見開いた。

「そういえばさあ、うちの店の向かいにソフトクリーム屋ができたの。この寒いのに大繁盛よ。歩きながら食べられる手軽さがいいんだろうね」

ソフトクリーム？

私は本を開く手を止めた。

「それで、ひとつ百円なんだけど、四月から消費税が三パーセントつくでしょ。百円玉をポンと出すならいいけど、百三円になると一円玉をぽろぽろ払うのって客は面倒くさがるだろうし、お釣り出すのもいちいち手間だし、やっかいだなってお店のおじさんが言ってた。税込みで百円にすると儲《もう》けが少なくなっちゃうしね」

六郎が「浜書房もそうだろ？」と話を振ってくる。私はうなずいた。

「あ、私、そろそろ行かなきゃ。店番の時間。いくらになった？」

珊瑚はかがみ込んで私の手元を見た。私は電卓をたたき、金額を珊瑚に向ける。

「ええーっ、こんだけ？」

「こんなもんですよ、古本の買い取りなんて」

私はそこに少しだけ色をつけて端数を切り上げた。

「じゃあ、これで」

「うん、わかった。ありがとう」

珊瑚はニッと笑い、私から小銭を受け取った。

ソフトクリームが手助けしてくれることを、思いめぐらせる。でもまるで考えつかない。何かが近づいたようで、また遠くへ離れていってしまった。

＊

一月五日、木曜日。

ギリシャ神話で三姉妹といえば、たぶん運命の三女神のことだ。昔、一度何かで読んだ気がする。カウンターに置きっぱなしになっていた六郎のメモがなんとなく捨てられず、昼過ぎからギリシャ神話の本を開いた。この店に何年も前から置いてある古い解読書だ。

クロソイドの語源らしき名前はすぐに見つかった。

人間の運命を割り当てるモイラ三姉妹。糸を紡ぐクローソー、糸の長さを測るラケシス、糸を切るアトロポス。人間の寿命は、彼女たちによって個々に定められていく。渦を巻くクロソイド曲線は、糸巻き棒から糸を紡ぐクローソーに由来するのだろう。私も彼女たちの采配ひとつでここまで生きながらえてきたのだろうか。女神に割り当てられた人生。

帽子を目深にかぶった男が店に入ってきた。ジャンパーの襟を立てている。二、三度ほど来たことのある客だ。彼はゆっくりと棚を眺めながら、少しずつ奥へと進んでいった。

私はカウンターの中で読書を続けた。老眼鏡をかけていても私にはいささか文字が小さく、じっくりと目を留めながら読み進める。

モイラ三姉妹にはさまざまな活躍があった。神々と巨人族との戦いに加わったり、怪物に不思議な果実を食べさせたり、なかなかのつわものだった。面白い。

神話の世界に入り込み、ふと我に返って顔を上げると帽子の男が店を出ていこうとしている。

突然、不穏な気分になった。何が、ということではない。直感のようなものだ。

腰を上げて男をうかがうと、彼の持っている紙袋からちらりと箱入り本の端が見えた。ピンときた。うちの店の本だ。男は足早に去っていく。

「ま、待て」

私は急いでカウンターを出た。足がもつれて転びそうになる。あわてて棚に手をつこうとしてうまく自分を支えられず、ばさばさと本を落としながら床に倒れ込んだ。膝と腕を打った。痛かった。こらえてなんとか立ち上がり、足を引きずりながら外へ出る。もう、そこに男の姿はなかった。

私は店の奥に入り、思い当たる棚を見た。やはり、そうだ。

森敦《もりあつし》の『酩酊船《よいどれぶね》』がなくなっている。二百部限定版、毛筆署名と落款《らっかん》入りで、一万円の値をつけていた。

私はそこに座り込んだ。情けない。目の前で万引きされていることにも気づかず、追いかけることもできず、高値の本を盗られたまま、痛む体をなんともできない。うなだれているところに、扉が開いた。現れたのは、一番見たくないうりざね顔だった。

「あれ、浜さん、どうされましたか」

山西が入ってくる。私は返事をせずゆっくりと立ち上がり、ズボンのほこりを手で払った。

「本が落ちちゃってるじゃないですか」

ニヤニヤしながら山西が床の本に手を伸ばした。

「さわるな」

私は低い声で阻止する。山西は「おお、こわ」と笑って首をすくめた。まったく不愉快な男だ。

「ねえ、浜さん。今朝ね、お隣の地主さんがやっとハンコ押してくれたんですよ。逗子まで通ったかいがありました」

隣の空き家のことだ。山西が目を細める。

「浜さんもここを売ってくれたらお隣とくっつけて、かなり広めの土地ができるんですよね。ということで、今ハンコを押してくれるなら、若干、値を上げてもいいですよ」

どうして私がこいつに「上げてもいい」なんて許可されなくちゃいけないんだ。言い返す気力もなく、私は無言のまま床に落ちた本を拾って棚に戻した。

「今のうちですよ、浜さん。地価って変動するんです。今が一番いい時だ。後になって、あの時売っておけばよかったなんて思ったら損ですよ」

「帰ってくれ」

山西は「はいはい。ではまた」と麩のように軽薄な返事をし、相変わらず不気味な笑みを浮かべながら出ていった。

カウンターの中に入り、膝をさする。さっきよりは痛みが引いていた。大けがをしなくて済んだのは幸いだった。でも、自分がいかに老いていて動けなくなっているのか思い知らされた気がする。

もう潮時なのかもしれない。

山西のことは気に入らないが、ここを買ってくれるというのならむしろありがたいのかもしれない……。

入れ違いに、珊瑚と夢見が来た。珊瑚が扉のほうを振り返りながら言った。

「あの人、うちの店にも来てた。地上げ屋の山西でしょ」

まずいものを食べたような顔で珊瑚はいきまく。

「気持ち悪いのよねえ、にそにそしながら土地売ってくれって粘着してくるの。お母さんなんて、こないだすっごく怒って、私の大事な店にナメクジが入ってきたみたいだねえ、消えろ！　って叫んでね、塩ぶっかけてた」

私は思わず笑ってしまった。会ったことはないが、いかにも珊瑚の母親らしい。

「私の店って、お母さんが店主なのかい」

「うん。お父さんは商社に勤めてる。お店はお母さんが、好きでこじんまりやってるの。小町通りのほうにあるから今度ブンさんも来て。桐谷商店」

「うん、そのうちな」

桐谷商店。人混みが苦手で小町通りのほうにはなかなか行かないが、覚えておこう。

「あ、私の売った本、売られてる！」

珊瑚が歓喜の声を上げた。古事記現代語訳だ。ほとんど新品同様で状態が良かったので、いい値がつけられた。

「嬉しいなあ。この本、この店で転生したのね。今度は誰の元で生きるんだろう」

本を取り出し、赤ん坊にするようによしよしとなでる珊瑚に夢見が言った。

「私もいつも、そう思う。古本屋って本たちの輪廻《りんね》であふれてるよね」

うんうん、と珊瑚がうなずき、本を棚にそっと戻した。

「今日、夢見ちゃんに洋服あげるんだ。お店の裏部屋にいろいろ置いてきたから、一緒に行って選んでもらうの」

私にそう説明し、珊瑚は夢見に言った。

「ああ、そうだ。タグにカタカナで『オ』とか『サ』とか書いてあるかもしれないけど気にしないで。お姉ちゃんのもあるの。乙姫のオと、珊瑚のサ。洗濯したあとどっちのかわからないからって、お母さんが勝手に書いちゃうことがあって」

「お姉ちゃんは、乙姫っていうのか」

乙姫に珊瑚。親御さんはずいぶんと海が好きらしい。ほほえんだ私に、珊瑚が明るく答えた。

「そう。お母さんは人魚」

……………人魚。

矢が刺さるような想いがして、息が止まった。

人魚は、マーちゃんの名前だった。

「人魚ちゃん」では面はゆいから、マーメイドのマーちゃんと呼んでくれと、彼女は皆におどけながら言ったのだ。

「お母さんは、昔から鎌倉に住んでいたのかい」

探っていることを悟られまいと、なるべく平らかに言ったつもりだったが声がうわずっていたかもしれない。珊瑚は屈託なく答えた。

「ううん、横浜。おじいちゃんが印刷所やってて、その関連会社のタイピストだったんだって」

やっぱり。やっぱりそうだ、間違いない。

まさか、こんなに近くにいたなんて。

ああ、マーちゃん。

結婚して、ふたりも子どもを産んで。好きなお店を持って。

幸せになったんだ。よかった。

少しだけさびしい。でもやっぱり、嬉しかった。そして会いたかった。

本当の気持ちを、伝えたかった。

マーちゃんと気持ちが通じ合っていたことを互いに確認すれば、自分がこの世で生きた意味のたったひとつの証になる気がした。

だけど今さら？　彼女は私のことなど、覚えていないかもしれないのに。

珊瑚が洋服の話をあれこれとしてきたが、ほとんど耳に入らなかった。この子はあのマーちゃんの娘なのだと、実感のわかない思いで珊瑚を見つめるだけだった。

しばらくすると、ふたりは連れ立って店を出ていった。

客のいないシンとした店で、私は肘をついて考え込んでしまった。

珊瑚がこの店に来るようになったことも、もしかしたら何かの縁かもしれない。でもこの年になってまで、余計な波風を立てることはないじゃないかと、もうひとりの自分が言っている。

一時間ほどして、店の扉が開いた。夢見だった。

息を切らしている。店の中に入ってくると、夢見は文芸棚を素通りして私のところに来た。

「これ、あげる」

夢見の手に、ソフトクリームがある。

私は驚いて、その白くやわらかそうな贈り物を見た。

「ブンさん、なんだか様子が変だったから……。何かあったのかなと思って。珊瑚さんちの店のお向かいで買ってきた。落ち込んだときは甘いもの、だよ」

溶けないうちに、でも形を崩さないように、急ぎながらも動かさずに持ってきてくれたのだろう。夢見のそんな姿が思い浮かばれて、胸が熱くなる。私は手を伸ばしてソフトクリームを受け取った。

「どうして、ソフトクリームを……」

「うずまきはエネルギーって六郎が言ってたから。きっとパワーが出るよ、食べて」

目頭がじわりと痛い。涙が出そうになるのを押しとどめながら、私はソフトクリームに口をつけた。優しい舌ざわり、ミルクの甘味。心地よい冷たさが、動揺していた私の心を静めていく。

「こんなしょぼくれたじいさんに、なんでそんなに良くしてくれるんだ」

私が言うと、夢見はちょっと頭を傾けた。

「しょぼくれたじいさんじゃないよ。本の生まれ変わりに手を貸してるんだから、ブンさんは偉大な仕事をしてる。それに」

夢見は少したあらったあと、こう言った。

「ブンさんは、友達だよ」

意表を突かれて私は顔を上げる。夢見は照れくさそうに場を離れ、カウンターの向かいに置かれた本棚の前に立った。

「思うんだ。千年前って、今とはぜんぜん違う言葉を話していたでしょう。千年後もきっと違う。だとしたら、同じ言葉を同じ時間で話している人たちって、みんな同級生みたいなもんだなって」

珊瑚が売った古事記の背表紙にそっと触れながら、夢見は静かに語り続ける。

「それってね、地球の歴史から言ったら、ほんのわずかな時間なんだよね。だから私は、小説を通して同級生たちに伝えたいことがいっぱいある。今の言葉を今の気持ちで理解してくれる人たちに」

背中を向けたままだった夢見が、こちらを振り返った。

「私が、この私として生きているうちに」

その瞳は凛としていて、私の迷いを晴らすのにじゅうぶんな光をたたえていた。

私はソフトクリームを食べ終わると、「おいしかったよ、ありがとう」と礼を言った。そして夢見に問いかける。

「ソフトクリーム屋がどこにあるか、教えてくれないか」

その向かいにきっと、会うべき人がいる。伝えるべきことがある。

私が、この私として生きているうちに。

*

一月六日、金曜日。

浜書房は月曜定休にしているが、今日は臨時休業にした。

夢見に教えられたソフトクリーム屋をめざして歩く。昼になる前の小町通りは、予想以上に混んでいた。

もう足は痛まなかった。でもドキドキしていた。普段、こんなふうに気もそぞろになることはそうない。緊張すること、身分不相応に頑張らなくてはいけないことを、ずっと避けて生きてきた。逆に言えば、苦手なことをよけて通る生活がずっと許されてきたのだから、考えてみたら私は今までなんとお気楽で平和な日々を送ってきたのだろう。

漬物屋を過ぎ帽子屋を過ぎ、ソフトクリームを模《かたど》った大きな看板が見えてきた。私は一度立ち止まり、深呼吸をひとつする。

ソフトクリーム屋の向かいには、果たして、桐谷商店があった。

店先にはトイレットペーパーが積んであり、スライド式のガラスドアの向こうに、缶詰や調味料、スナック菓子が並んでいた。私は足を踏み出し、店の中をのぞいた。レジカウンターの中に、女店主がいた。

椅子に座って、『FUTURE』という週刊誌を読んでいる。何か興味のある記事があったのか、彼女はページの端を折った。

伏せた目元に面影がある。鼻筋の通った少し洋風な顔立ち。豊かな黒髪に白いものが混じっていたが、それは彼女のあでやかさを曇らせることなく、店主としての安定感を持たせていた。

私はガラスドアを引いた。

半分、身を入れたところでマーちゃんが私に目を向ける。

「いらっしゃい」

特に愛想がよいわけでもない、でもさっぱりと快活な感じがいかにもマーちゃんだ。マーちゃんはすぐに週刊誌に目を落とした。私が浜文太であることに気づいた様子はない。私は中に入った。他に客はいない。

すぐに声がかけられなくて、私は店を一周した。同じ空間に、あのマーちゃんがいるということがなんとも不思議だった。

目についた海苔の佃煮の小瓶を手にとり、私は今にも爆発しそうな心臓をなだめながらレジに向かった。

マーちゃんが週刊誌をレジ脇の台に伏せる。そこには水筒や煎餅、本やノートが置かれていて、彼女がここで好きなように過ごしていることを感じさせた。私と同じように。わかるよ、マーちゃん。ここは、店主だけの小さな宇宙だ。

「百八十円」

マーちゃんが言った。私は財布から小銭を出す。百円玉を、二枚。

「二十円のお釣りね」

レジから取り出した十円玉をこちらによこし、彼女はやっと私の顔をちゃんと見た。胸になつかしさが満ち満ちて、あふれて流れ出そうだった。マーちゃんは、目をぱっと見開き、唇を半分開き、片手を開き、頰に指をあてた。

「やだ」

最初に発した言葉がそれだった。やだ。そしてそのあとすぐマーちゃんは、わあっと笑った。私はそのことがただただ嬉しくて、心からほっとして、やっと思いを声にした。

「……マーちゃん！」

「ええ、本当に？　文太さん？」

「うん。よかった、わかってくれて」

覚えていてくれて。そんな言葉を胸でなぞる。

「すっかりおじいちゃんになったわねえ、いい感じよ」

マーちゃんは親しげに笑った。まるで昨日会ったばかりみたいに。三十二年のわだかまりが、いっぺんに解けたみたいだった。

私は簡単に、マーちゃんと会わなくなってからの身の上話をした。浜書房のこと、今もひとりでいること。珊瑚のことは、なんとなく言わなかった。

「ねえ、ここに座りなさいよ」

マーちゃんは、カウンターの中にある丸椅子を指さした。上に載っていた書類をどけ、向かい合うように椅子を置く。私はマーちゃんの宇宙に招かれたことを光栄に思いながら、そっと腰かけた。

職業柄の癖で、台の上の本に目がいく。四柱推命のタイトルが三冊あった。

私の視線に気づいたマーちゃんが「ああ、これ」と笑う。

「占いの勉強を始めたんだ。最初はただの興味本位だったんだけど、やってみると面白くてね」

マーちゃんは一番上の本を手元に寄せて開いた。

「文太さんのも観てあげる。生年月日を教えて」

「昭和元年十二月二十五日」

私が言うと、マーちゃんはボールペンで広告の裏にメモしながら「へえ」と言った。

「あの七日間しかなかった昭和元年か」

「そう、オマケみたいにくっついてる昭和元年だよ」

マーちゃんはボールペンを指で器用にくるりと回した。

「オマケなんて。私はあの七日間って、天地創造だったんだなと思うよ」

天地創造。

神がこの世界を作り上げた七日間。

そんなこと、思いつきもしなかった。マーちゃんは本を見ながら、紙に数字や漢字を書き込んでいく。そして大きく「戊」と書き、ぐるっと丸で囲った。

「つちのえ、だね。優しくて寛大で、おおらか。でも保守的でね、固定観念に縛られてるタイプ」

私は苦笑する。

「どうだろう、当たってるかな。悪いところは特に」

「本当にね。固定観念なんて、取っ払っちゃえばいいのに」

そうしたら、一緒になれたのに。

お互い、同じことを思ったのかもしれない。三秒ほどの沈黙ができた。

でも、すぐに思い直す。

今のマーちゃんは、とても幸せそうだ。彼女にとっては、やっぱりこれでよかったんだ。あのとき私とマーちゃんが結ばれていたら、珊瑚だってこの世にはいない。

ところがマーちゃんは、意外なことを言った。

「文太さんがいなかったら、乙姫も珊瑚もこの世にいない」

「え？」

「ああ、乙姫と珊瑚って、私の娘たち。私はね、文太さんに失恋して、傷心旅行気分で鎌倉の神社巡りに出かけて、そこで夫と出会ったの。だから、縁の糸をたどっていくと娘たちは文太さんにもつながる」

私と出会ったことにも、ひとつの価値を見出してくれるのか。言葉を失っていると、マーちゃんは頬杖をついてほほえんだ。

「私も今年はもう五十二歳だけどね、この年になってつくづく思うのよ。人生ってまっすぐな道を歩いていくんじゃなくて、螺旋階段を昇っていくようなものなんだなって。お互いの曲線がそっと近づいたり重なったりするときに人は出会うものだし、ぐるぐる回りながらあるところでまた同じような景色を見たりもするのね。もしかしたら、世界全体が螺旋なのかもしれない。歴史は繰り返されるって、きっとそういうことよ」

私の螺旋階段と、マーちゃんの螺旋階段が今、触れ合っている。私はマーちゃんに感謝の気持ちを込めて言った。

「私は何も残さないまま終わる人生かもしれないけど、マーちゃんがそう思ってくれるなら、嬉しいよ。少しでも生きた意味があったのなら、それで」

マーちゃんはまっすぐに私を見る。

「違うよ、文太さん。何かを残すためじゃなくて、この一瞬一瞬を生きるために、私たちは生まれてきたんだよ。生きるために生きるんだよ」

客が入ってきた。マーちゃんが本を閉じる。大学生ふうの男だった。困った顔をして、早口で訊ねてくる。

「絆創膏《ばんそうこう》、ありますか」

「ごめんね、絆創膏は置いてない。どうしたの」

男は店の外にちょっと顔を向ける。肩パッドのしっかり入ったコートを着た女の子が、店先に立っているのが見えた。

「友達が、靴擦《くつず》れできちゃって」

「ああ、それは痛いね。慣れないヒールで歩き回ったんでしょ」

マーちゃんは笑いながら、台の下についていた引き出しを開けた。

「売り物じゃないけど、ここにあるから持っていきなさい」

絆創膏の箱から、四枚つながったひと綴《つづ》りを渡す。

「ありがとうございます、助かります。いつもは僕の車で遊んでばっかりだから、靴擦れできるほど歩かせちゃうこと想定してなくて」

私が「何の車に乗ってるんだい」と訊くと、男は嬉しそうに答えた。

「真っ赤なプレリュードです。イタメシ屋のバイトで貯めたお金をつぎ込みました。

ローンはいっぱい残ってますけどね」

マーちゃんが流し目をする。

「彼女を助手席に乗せるためにがんばったんだ？」

男は頭を掻いた。

「まだ片思いなんですけど。アタック中です。奥さんとご主人みたいに仲良く、ともに白髪の生えるまでを目指してます」

私はあせった。彼は、私とマーちゃんが夫婦だと思っている。いや……と訂正しようとした私より先に、マーちゃんが言う。

「そうよ、がんばりなさい。押しの一手が肝心よ。私たち夫婦みたいに、幸せになりなさい」

「うわあ、ノロケられちゃったなあ。ご主人、いいですねえ」

そう言われて、私も話を合わせるしかない。

「う、うん。まあな」

「円満の秘訣って、何ですか」

「うーん、固定観念を取っ払うことかな」

「固定観念か、なんか深いですねぇ」

ノリで言ってしまってから恥ずかしくなる。マーちゃんはすました顔で唇の端を上げていた。

男は「もらうだけじゃ悪いんで」と、リゲインの瓶を一本買った。24時間戦えますか、という宣伝文句が話題の栄養ドリンクだ。

礼を言いながら大きく頭を下げて出ていくその青年を、私たちはふたりで見送る。若者よ。戦うのもいいが、隣人を愛せよ。一瞬一瞬を逃さずに、愛せよ。

「……固定観念を取っ払うことかな」

マーちゃんが私の口真似をした。私は額に手をあてて笑う。

まるでパラレルワールドだ。

数分だけ、私とマーちゃんは夫婦だった。選ばなかった人生を、ほんのつかのま、味わったような気がした。

「マーちゃん」

私はマーちゃんを見つめる。

「好きだったよ。本当は、とても好きだった」

マーちゃんは私を見上げ、満足そうに笑った。

「わかってたよ、ばか」

桐谷商店を後にして、ひとりで浜書房まで歩いた。

二十分もかからないところに、私の変わらない日常があった。

シャッターを開け、店の中に入る。

かび臭い古本のにおい。何よりも安心した。愛おしい、私の店。


生まれてから、一日も飛ばさずに生きてきた。螺旋階段を一段、一段。

生きながら何度も生まれ変わる本たち。

この輪廻に溶け込みながら私は、また一段ずつ、歩いていこう。

*

一月七日、土曜日。

午前六時三十三分、天皇崩御。

朝のニュースでその訃報を知らされた。混沌。私は静かに目を閉じ、さまざまな時間のために祈った。


いつも通りに店を開ける。

今日は日本中がせわしなく動いているだろう。私はあえて、普段と同じに過ごすことにした。

午前中はひとりの客も来なかった。まあ、それもいつも通りのことだ。

午後二時にさしかかるころ、六郎がやってきた。

「ブンさん、昨日臨時休業にしてただろ。俺、知らせたいことがあったのに」

「ああ、ごめん。大切な用事があってね。知らせたいことって？」

六郎はぴっと背筋を伸ばした。

「じゃーん！　黒戸六郎、海原新人賞で大賞を獲りました！」

えっ、と思わず大声が出る。

「すごいな、やったじゃないか。おめでとう！」

「賞金百万円！　嬉しいなあ、何に使おう」

両手をグーにして、六郎はガッツポーズをとる。そこに夢見が入ってきた。私と目が合うと、ひそっと笑った。

「六郎が、大賞獲ったんだって」

私が夢見に言うと、六郎が浮かれた声を出す。

「もう知ってるよ。俺、昨日みんなに電話かけまくったもん」

夢見はただ静かにほほえんでいる。今日は文芸棚の前には立たず、丸椅子を引き寄せて座った。珍しい。

「じゃあ、いよいよ作家デビューだな」

私が言うと、六郎はかぶりを振った。

「それは別に興味ない。応募したのは力試ししたかっただけだからさ、大賞獲って気が済んだよ。作家になりたいわけじゃないんだ。こういうのって、好きでやってるうちは楽しいけど、仕事になっちゃうと大変そうじゃん。編集者にあれこれ言われるのは気が進まないしね。俺は百万円もらって、それでバンザイなの」

六郎はリュックから封筒を出した。

「写真、できたよ。この間撮ったやつ」

渡された封筒の中から、写真が三枚出てきた。店内、外観。そして私。

「俺、いずれこの店継いでもいいよ。高校卒業したら自動車工場で働くけど、休みの日とかたまに手伝いに来るよ。ブンさんが隠居したくなったら言って」

ぽわっと心に灯りがともる。実現するかどうかは別として、十代の男の子がそんなふうに言ってくれるのは嬉しかった。

「それは、心強いな」

「マジだからね。じゃ、俺、今日は友達とカラオケ行く約束してるから」

六郎は私と夢見にそれぞれ手を振り、軽やかに出ていった。

手元の写真を見る。一瞬を閉じ込めた紙。古びた店、仏頂面の私。悪くなかった。

「夢見も撮ってもらえばよかったのに」

私が言うと、夢見は「写真は嫌い。ブスだから」とうつむいた。

「そんなことないよ」

私の言葉を通り過ぎるように無視して、夢見は言った。

「……………なんでだろう」

「え？」

「なんであんなにすごい小説が書けるんだろう。やっぱり六郎はすごいよ。たった一回の投稿で大賞を獲るなんて。……なのに、なんで作家になりたくないなんて言うんだろう」

ひとりごとみたいに、はっきりしない口調だった。定まらない視線は、本棚をさまよっている。

「私は文芸サークルに入ってからずっと、六郎のことがうらやましかった。彼みたいな天才のそばにいたら、自分にも才能が伝染するような気がしてた。九十九っていうペンネームも、六郎にあやかってつけた。そのまま6ってつけたらバレるから、さかさまにして、9で」

肩が震えている。私はなんとか声をかけた。

「夢見だって、これからいくらでもチャンスはあるよ」

「私は高校生になってから何度もいろんな新人賞に投稿してるよ。でも全然だめなんだ。落選するたび、入選者に嫉妬するの。尊敬してるはずの六郎にでさえ、やっぱり嫉妬した。憎まなくていい人にこんなに黒い気持ちになるの、もういやだ」

夢見の目から大粒の涙がこぼれた。

私は無力だ。こんなときに、気の利いた言葉がなにひとつ浮かばない。困った。

あっ、と突然思い出す。

そうだ、どうして忘れていたんだろう。困ったときのうずまきキャンディ。あれがあるじゃないか。

私は上着のポケットに手を入れた。よかった、あった。

カウンターから出て、小さな飴玉を夢見に差し出す。

「ソフトクリームのお礼だよ。落ち込んだときは甘いものだろ」

夢見は濡れた顔を少しだけ上げ、ゆっくりと飴玉を受け取った。

「……うずまき？」

そうつぶやき、セロファンをはがして飴玉を口に入れる。そのとたん、夢見は眉を動かした。

「びっくりした、さっと溶けた。味がしないね。水を飲んだみたいだ」

「えっ、そうだったか。それはすまなかった」

甘い飴じゃなかったのか。なんだか、うまくいかなかったな。

他に何か夢見を励ますようなものはなかったかと、私はきょろきょろした。

「でも、不思議とおいしい水だ。なんだか、はっきりと目が覚めるような水」

夢見がそう言った次の瞬間、かたんと音がして、本が一冊、棚から飛び出した。落下はせず、途中で止まっている。夢見は立ち上がり、半分突き出たその本をそっと抜き出した。

「ギリシャ神話？」

おととい私が読んでいた本だ。

「なんで急に飛び出してきたんだろう」

夢見が本を開く。ちょうど、モイラ三姉妹のページだった。

ああ、もしかして。もしかしてこれが、うずまきキャンディの魔法なのか。

丸椅子に座り直し、夢見は少しの間、神話を読んだ。そして目を離さずに言う。

「神話って、ホントに奇想天外だよね。どうしてこういうのがあたかも実際に起きたみたいに語り継がれるのかな。誰もこれが事実だとは思ってないはずなのに、神話をどこかで信じてるみたいな気持ちになるよね」

「たぶん、本当に言いたいことを書くためにフィクションが必要なんだよ。事実をそのまま書いたら受け入れてもらえないことも、空想世界みたいな設定にすると伝わるんだ。神話にこめられたメッセージは、物語の奥のほうにぐるっと丸まってしまわれてるんじゃないかな。それに、どんなムチャクチャな設定でも話が進んでいくのが創作物語のいいところだろ」

そうか、と夢見はうなずいた。

「私は今まで、自分が経験したことしか書けないって思ってたから、ずっと学園ものを書いてたけど。……そうだね、想像の中で創る話なんだから、考えてみたらどんな小説もみんなSFみたいなものなのかもしれない。すべてが、無限に自由」

夢見は顔を上げる。

「書けるかな。現実に縛られないで、もっともっとイメージの世界を広げて。本当に言いたいことを、そこに乗せて書いてみたい」

さっきまでぐしゅぐしゅと泣いて小さくなっていた夢見が、ひとまわり大きくなって発光しているように見えた。もう大丈夫だ。

ふと、アンモナイト所長の言葉を思い出した。次の時代に手渡しなさい。

もしかしたら私は、夢見という次の時代に、何かを手渡すことができるのだろうか。

「その本、あげるよ」

「いいの？」

「いいんだ。本なら売るほどある」

私の冗談に、夢見が頰をゆるめる。

「ありがとう。うずまきって本当にエネルギーなんだね。あのキャンディを食べたら力が湧いてきた」

夢見は吹っ切れたように、すっきりとした顔で私を見た。

「なけなしの才能でも私は書いていくよ。いつ小説家になれるかわからないけど、どれだけ時間がかかっても、それでも書いていく」

私はその意志の証人になったような気持ちで答える。

「君はもう、小説家だよ。たくさんの同級生が待ってる。生まれ出てくる言葉を届けるべき誰かが」

一瞬驚いた表情を見せたあと、夢見は嬉しそうに、ほのかな笑みを浮かべた。


夢見の膝の上で開かれたページには、モイラ三姉妹の絵が挿入されている。私は左の女性を指さした。

「このクローソーっていうのが、六郎が言ってたクロソイド曲線の語源だよ」

「ああ、そうなんだ。珊瑚さんがクロソロイドって間違えたやつ」

夢見はあらためて糸を囲む三姉妹の絵に見入り、左手でそっとさわった。

「あのとき思ったんだけど、クロソロイドって、なんか、人の名前みたいだな。運命の糸の中に六郎の口が入ってる」

中指にはペンだこがある。その固そうなふくらみは、左利きの夢見が今まで膨大な量の原稿を書いてきた証だった。

私は笑いかける。

「じゃあ、これからはクロソ・ロイドってペンネームで小説を書いたらいい」

夢見はハッと目を見開き、意を決したように大きくうなずいた。新しい名前を受けた小説家の、次の時代の幕開けはすぐそこだった。

私もクロソ・ロイドの書く小説を楽しみに待っていよう。同級生のひとりとして。


そのとき、千恵子さんがバタバタと入ってきた。

「ちょっと、来てごらん。新しい元号が発表になるよ！」

千恵子さんの後について、夢見とふたりで潮風亭に飛び込んだ。

二時半の店には客が半分ほどいて、高いところに設置されたテレビを見上げている。画面の中では官房長官の小渕恵三《おぶちけいぞう》さんがテーブルを前にして座っており、すぐそばに額が伏せて置かれていた。

小渕さんは一度記者たちに目をやると、眼鏡を片手でそっと上げて座り直した。二つ折りの白い紙を広げ、読み上げる。

「ただ今、終了いたしました閣議で、元号を改める政令が決定され、第一回臨時閣議後に申しました通り、本日中に交付される予定であります」

きっと日本中の国民が今、固唾《かたず》を呑んでブラウン管を注視しているのだろう。小渕さんは、すっと前を見据えた。

「新しい元号は、平成であります」

額を立てる。そこには大きく「平成」と書かれていた。鎌倉うずまき案内所の立て看板を彷彿させる、流れるように美しい毛筆書体だった。

千恵子さんがお盆を持ったまま笑顔を見せる。

「昭和も今日までかぁ。昭和六十四年って、七日間しかなかったんだねえ」

「昭和元年も七日間しかなかったよ」

私は言った。不思議なものだ。歴史は繰り返される。

夢見がぼんやりとテレビを見上げたまま、誰に言うとでもなくつぶやいた。

「最初に七日、最後に七日か。なんだか、昭和時代っていう本の表紙と裏表紙みたいだね」

その言葉が、私の中に優しく降りてきた。そうか、私が生まれたあの時間は、表紙だったのか。そして鎌倉うずまき案内所に導かれたあの時間は……。

私は昭和をまるごと生きた。
ひとつの時代を読み終えて、もうすぐ裏表紙が閉じられようとしている。
そう、そして明日から——。

平成が、始まる。

書き下ろし短編

# 遠くでトーク

――パチリ、パチリ。

外巻　もうずいぶん長くこうしてオセロ対戦しておりますが、いっこうに勝負が決まりませんな。
内巻　もとより、勝負などしているつもりはありませんからね。
外巻　さよう、日々刻々と、白と黒が交互に転換されつつ悠久の時が流れ……。
内巻　ええ、それはそれは、あらゆる時代をくぐってまいりました。記憶に新しいところでは、明治、大正、昭和……。
外巻　平成というのもありましたなぁ。あれはなかなか、興味深い時代だった。
内巻　ええと、その次はなんでしたかな。
外巻　もうお忘れか。令和でしょう。
外巻　ああ、そうだ。令和といえば、なかなか大変な始まりでしたな。
内巻　そうでしたね。でも大変じゃなかった時代など、どこにもありはしません。そのつどそのつど、よくぞ乗り越えてきたものです。必ずや再起を果たす。
外巻　人類はたくましいものですからな。なんでも食う、どこでも住む、とことん探求する。しかし、いつでもどんな世でも、やはり人々に大事なのは……。

内巻　なんですか、ニヤニヤとネクタイなど指さして。
外巻　大事なのはアイ……。藍と愛……。
内巻　……。
外巻　いやいや、そんなにイヤな顔をしなくても。
内巻　それはそうと、飴屋さんから連絡がありましてね。
外巻　ほうほう。「困ったときのうずまきキャンディ」の製造をお願いしている。
内巻　長い長いおつきあいですな。
外巻　このたび、息子さんに跡を継がせることにしたそうです。
内巻　なんと。ということは、これからは息子さんがうずまきキャンディを。
外巻　ええ。飴作りはなかなか体力のいるしごとですし。
内巻　そうですなあ！　煮詰めた飴を、粘土さながらにのばしてこねて！　丸太のような塊を、細く細く棒状に引き伸ばし引き伸ばし……。そして刃物を当てながら、小気味よくカカカッとカットし！
外巻　飴が冷えて固まる前に、素早く作業しなくてはなりません。
内巻　スリル、スピード、サスペンス！
外巻　断面に映える美しいうずまき模様も、職人技ですな。
内巻　しかし、あの「困ったときのうずまきキャンディ」の製造方法はかなり厳重な秘伝ですからな……。

内巻　はい。息子さんとはいえ、これまで教えていなかったそうです。口伝えでしか残されていない原材料の中身を、今ようやく……。
外巻　うむうむ。困ったときに役立つ……あれですな。
内巻　実は、そんなに特別なものじゃない。誰もが心の中に持っている……。
外巻　しかし、人はそれをついつい忘れてしまいがちだ。あるいは、自分にはないものだと思い込んでいる。
内巻　さよう。あのキャンディの原材料は、水飴、鎌倉の海の青、そして……。
外巻　おや？
内巻　聞こえましたね。
外巻　聞こえました。ギイッという音が。鉄のドアが開いたようだ。
内巻　ふむふむ。続いて、螺旋階段を降りる足音が。
外巻　また誰か、はぐれてきたようですな。
内巻　では、オセロの続きを。ところで今、世の中は西暦何年でしたかな？

――パチリ、パチリ。

鎌倉うずまき案内所

Kamakura Uzumaki Annaijo

# 平成史特別年表

元年◆昭和天皇崩御。皇太子明仁親王が即位
◆消費税法施行。税率3パーセント
2年◆バブル経済崩壊
3年◆ドラマ『東京ラブストーリー』放映
4年◆百歳の双子、きんさんぎんさんブーム
◆ポケベルブーム突入

平成元年～平成5年
(1989-1993)

1989年
## ソフトクリームの巻

昭和64年
浜 文太(64)

♬ カセットテープ

昭和64年◎紅珊瑚(20)、黒祖ロイド(19)と出会う
◎山西(26)、地上げ屋として浜書房を訪れる
◎桐谷人魚(52)、浜文太と再会
◎折江(22)、桐谷商店を訪れる
平成元年◎ペンネーム「黒祖ロイド」の小説執筆スタート

6年◆小説『マディソン郡の橋』大ブーム
◆ドラマ『家なき子』放映
◆都推奨ゴミ袋、黒から半透明に
8年◆たまごっち販売スタート
◆アムラーファッションが流行
9年◆消費税、5パーセントに増税

平成6年～平成10年
(1994-1998)

1995年
## 花丸の巻

平成7年
鮎川茂吉(40)

♬ CD

7年◎広中譲(40)『笑っていいとも!』に出演
◎紅珊瑚(26)黒祖ロイド(25)鮎川茂吉と出会う
◎劇団「海鷗座」、演劇祭に公演参加
8年◎広中真吾誕生。桐谷人魚(59)が居合わせる
◎紅珊瑚(27)女優デビュー
10年◎黒祖ロイド(28)文芸誌『海原』で読者賞受賞

11年◆ノストラダムスの大予言、無事に過ぎる
13年◆小泉内閣発足
◆映画『千と千尋の神隠し』大ヒット
◆東京ディズニーシー、オープン

平成11年～平成15年
(1999-2003)

2001年
## ト音記号の巻

平成13年
園森いちか(15)

♬ MD

11年◎黒祖ロイド(29)、作家デビュー
13年◎紅珊瑚(32)、ガラス工房で作業体験
◎田町朔也(30)、親戚の結婚式に出席
◎乃木(15)、静岡から東京に転居

♬ 作中に登場した音楽機器

19年◆石川遼、15歳8ヵ月で史上最年少のゴルフツアー優勝
◆「ハニカミ王子」流行語大賞
◆小島よしお「そんなの関係ねぇ」ブーム

## 平成16年～平成20年（2004-2008）

2007年
### 巻き寿司の巻
+++++
平成19年
日高 梢（32）

♬ MP3プレイヤー

17年◎田町朔也（34）中学校教師から塾講師に転職
19年◎桐谷人魚（70）、風水屋で占い鑑定
◎黒祖ロイド（37）、文学賞受賞
◎黒祖ロイド、浜書房でサイン会
20年◎田町朔也（37）、結婚

22年◆鶴岡八幡宮の大銀杏、倒伏
23年◆東日本大震災
25年◆『恋するフォーチュンクッキー』リリース
◆舞祭組、結成
◆ルンバ、国内出荷累計百万台突破

## 平成21年～平成25年（2009-2013）

2013年
### つむじの巻
+++++
平成25年
広中綾子（51）

♬ iPod

25年◎山西（50）、家電量販店に販売員として勤務
◎早坂瞬（23）ミモザ配属、折江（46）の部下に
◎田町朔也（42）、メルティング・ポット開店
◎劇団「海鷗座」、サンシャイン劇場で公演
◎紅珊瑚（44）、美容液のCMに出演
◎広中真吾（17）ヒロチュー名義でYouTube配信

26年◆ソチオリンピック。羽生結弦が金メダル
◆消費税、8パーセントに増税
◆『笑っていいとも！』最終回
29年◆青山美智子、作家デビュー
31年◆平成から令和へ改元

## 平成26年～平成31年（2014-2019）

2019年
### 蚊取り線香の巻
+++++
令和元年
早坂 瞬（29）

♬ スマホアプリ

令和元年◎広中真吾（23）、自社で年商五百億
◎紅珊瑚（50）、黒祖ロイド（49）をミモザに紹介
◎鮎川茂吉（64）、浜書房でシナリオ講座
◎田町朔也（48）、メルティング・ポットで取材
◎乃木（33）、ライターとして黒祖ロイドに会う
◎桐谷人魚（82）、桐谷商店で早坂瞬に会う

◎取材協力先

和 Cafe ＆ ぎゃらりー伊砂

◎参考文献

『子供の科学★サイエンスブックス　アンモナイトと三葉虫　大むかしのヘンな生き物のヒミツ』
子供の科学編集部編／誠文堂新光社
『137億年の物語　宇宙が始まってから今日までの全歴史』
クリストファー・ロイド著　野中香方子訳／文藝春秋